The
Mnemonist

기억술사

The
Mnemonist

기억술사

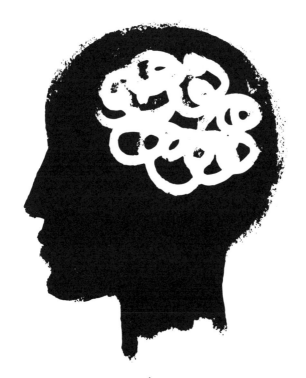

by
H.W. NOEL BAHK

___목차

01___ _ _

만약이라는 불행

30대 초반으로 보이고, 단정하지만 꽤나 세련된 차림의 여성이 성형외과가 가득한 압구정역 거리에서 두리번거리며 길을 찾고 있다. 헤매는 것도 잠시, 그녀는 자신의 전방을 주시하고, 가야 할 목적지를 발견한다. 그녀는 곧 자신의 목적지 앞에서 멈춰서 건물에 색색별로 지저분하게 달린 간판들을 자신의 손가락으로 하나하나 짚어가며 혼자 웅얼거린다. 그리고 그녀의 손가락은 2층 코너에 있는 어떤 간판에서 멈춘다. 그녀는 자신만 들릴 수 있도록 읊는다. "바로기억클리닉." 그녀는 살짝 긴장이 된 표정으로 성큼성큼 4층에 위치한 클리닉으로 올라간다. 안내 데스크에 도착하자 그녀를 반기는 것은 강한나였다.

"예약하셨나요?"
"네, 김수진으로 2시에 예약했습니다."
"아, 네. 이거 작성하시고, 제출하고 잠시만 기다려주세요."

강한나는 친절한 목소리로 양식을 건넨다. 김수진은 재빠르게 양식을 작성하고 주위를 둘러본다. 클리닉에는 그녀를 제외하고 3명이 더 상담을 기다리는 듯 앉아있다. 그녀는 클리닉 가장 중앙 벤치를 찾아가서 앉는다. 그리고 곁눈질로 그녀 뒤에 앉은 다른 사람들을 살핀다. 20대로 보이며 여자가 반려묘 용품이 가득한 박스를 붙들고 훌쩍거리고 있고, 뭔가 사연이 있어 보이는 후줄근한 차림의 아저씨는 가만 있지 못하고 계속 혼자 반복해서 구시렁거리고 있다. 그리고 얼마 지나지 않아 그녀의 이름이 호명된다.

"김수진 씨, A번 방으로 들어가세요."

자리에서 일어난 수진은 복도를 지나 두 번째로 보이는 방 앞으로 간다. 방에 큼직하게 쓰인 알파벳을 확인하고 노크를 하고 들어간다. 그녀가 조심스레 문을 열자 그녀 앞에 펼쳐지는 것은 한쪽 벽면 가득한 졸업장과 자격증, 그 반대편으로 가득 꽂힌 책들이다. 동시에 어울리지 않을 정도로 거대한 책상에 앉아 있는 작은 여자 원장을 발견한다. 여자였기 때문일까. 수진은 안도의 한숨을 쉰다.

원장의 나이는 30대 초반 정도로 보이지만, 졸업 연도와 걸려있는 사진을 고려하면 40대가 넘은 것이 확실했다. 큰 명패에는 '조요나 원장'이라고 새겨져 있다. 수진이 앉자 조요나는 곧바로 그녀의 상담을 시작한다.
"안녕하세요. 수진 씨, 저희 병원에서 뭘 하는지 알고 오셨죠?"
퉁명스러운 듯하면서도, 많은 것을 겪은 듯한 말투다. 마치 수진이 무엇 때문에 왔는지 파악이라도 한 듯 말을 던지는 조요나 원장에게 수진은 짧게 답한다.
"네. 지워버리고 싶은 기억이 있어서요."

조요나 원장은 그녀에게 빼곡하게 글이 적힌 계약서를 건네며 말한다.
"먼저 말씀 드릴 것은… 오시기 전에 검색해서 이미 아실 수도 있겠지만, 임상시험 단계인 기술이기 때문에 부작용이 있을 수 있다는 사실이에요. 물론 흔한 것은 아니지만 정말 간혹가다 그런 분들이 있거든요. 만약 이런 부분들에 전부 동의하시면 아래쪽 서명란에 서명하시면 돼요."

수진은 고민도 없이 곧장 계약서에 서명을 한다. 곧이어 조요나 원장은
그녀에게 빈 종이를 하나 건넨다.

"이 편지는 '자신에게 보내는 편지'예요. 가끔 자신이 기억을 지운 것을
알아내기도 하고 지워진 기억이 궁금해서 돌아오셔서 기억을 되돌려
놓으라고 요구하시는 분들도 있어서, 마지막으로 그런 자신에게 하는
충고인 셈이죠. 여기에는 자신이 어떤 기억을 망각시킨 것인지 사실대로
쓰는 사람도 있고, 거짓을 쓰는 사람도 있고, 본인만 설득할 수 있는
방법으로 왜 이 기억이 내 머릿속에서 없어야 하는지 쓰기도 하죠."

이해했다는 듯 고개를 끄덕인 수진은 짧은 문장의 몇 글자를 적는다.
미래의 자신에게 보내는 편지를 쓰는 일은 누구에게나 어색할 것이다.
그녀 역시 짧은 몇 문장을 위해 꽤나 많은 시간을 할애했다. 수진은 잠시
글을 쓰던 손을 멈춘 뒤, 조요나 원장에게 물었다.

"지운 기억은, 다시 돌아오지 않는 거죠?"

"네. 돌려놔달라고 하시면 할 수는 있지만, 예전 기억이 온전히 돌아오는
것은 아니에요. 기억을 뇌로 직접 입력하는 게 아니라 수진 씨의 영상화된
기억을 다시 시청해서 주입시키는 형식이기 때문이죠." 조요나 원장은
수진에게 더 적합한 방법으로 설명할 방법을 떠올리며 말을 이어 나갔다.

"어떻게 비유하면 좋을까요. 여기 오시는 많은 분들이 자신의 기억을

컴퓨터 파일을 백업하는 정도로 생각해요. 그런데 우리 뇌는 생각보다 복잡한 구조를 가지고 있고, 게다가 유기적이죠. 기억은 액체처럼 어떤 컵에 담아내는가에 따라 모양이 변하기도 하고, 온도에 따라 성질이 바뀔 수 있다고 보시면 돼요. 아이스크림을 생각해도 좋아요. 만약 냉장고에서 아이스크림을 꺼내서 실온에 놓아두면 다 녹아버리겠죠? 그것을 다시 냉장고에 넣는다고 똑같은 모양으로 되돌아가거나 본래의 상태로 복구될거라 생각하지 않잖아요."

"그럼, 이 기억은 클리닉에 계속 보관되는 건가요?"

"네. 물론입니다. 확신이 없다면, 나중에 다시 오셔도 돼요."

"아네요. 그럴 필요 없을 거예요."

그녀의 대답을 듣고, 고개를 끄덕이던 조요나 원장은 그녀에게 묻는다.

"언제의 기억이고 얼마간의 기억인가요? 기억이 안착할 때 기억의 시기와 기간이 중요해요."

"아, 네. 한 일주일 전 기억이고, 저녁에 일어났던 몇 시간의 기억이에요."

"그렇군요. 수진 씨의 결정에 따라서 시술은 달라지는데, 세 가지 방법이 있어요. 그 기억을 그냥 잊어버리게 만들 수도 있고, 그날 어떤 일이 일어났는지 생각이 안 날 정도로 아무런 감정이 들지 않게 할 수 있고요. 아예 그날의 기억을 다른 기억으로 채워 넣을 수도 있어요."

"그냥 잊고 싶어요."

"그렇군요."

조요나 원장은 틈틈이 수진과 눈을 마주치며 수진의 대답을 하나하나

기입했다. 수진은 잠시의 적막함을 견딜 수 없었는지 살짝 불편한 듯, 의자에 등을 기대며 팔짱을 꼈다.

"혹시 기억 지우면 아픈가요?"

"아니요. 살짝 어지럽거나 메슥거린다고 한 경우도 있지만 아프진 않아요."

"부작용 같은 게 있나요?"

"아까 말씀드린 대로 임상시험이다 보니 아직 모든 부작용을 파악한 것은 아닙니다. 하지만 간혹 일시적인 실어증이나 편두통이 찾아오는 경우는 있었습니다."

"기억을 지우는 데는 얼마나 걸리나요?"

"사람마다, 또 기억마다 다르지만 수진 씨 같은 경우는 몇 시간의 기억이기 때문에 오래는 안 걸려요. 길어야 10분에서 20분 정도? 저희가 장비를 작동시킬 때 기억을 떠올리면 되시고, 그 기억들이 실시간으로 영상화되어 VR 장비를 통해 보일 거예요. 한 장면의 영상처럼 그때를 다시 경험하게 될 거고, 영상들은 저희 슈퍼 컴퓨터에 저장됩니다. 그리고 모든 기억이 출력이 되었을 때 제가 마지막으로 기억을 지울지 물어볼 거예요. 그때 최종 선택을 하시면 되고, 그러면 그 기억을 완전히 잊게 되는 것이죠."

수진은 알겠다고 대답했지만 머뭇거리며 불안한 눈빛을 보였다. 조요나 원장은 처음에 만났을 때와 다르게 따뜻한 눈빛으로 그녀를 바라본다.

"여기서 상담한 내용이랑 지워진 기억은 철저히 비밀 유지가 될 것이고 유출될 일은 절대 없으니 안심하셔도 돼요. 우선 수진 씨가 어떤 기억을 지우고 싶은지 알아야 하니 한 번 수진 씨의 얘기를 들어볼까요?"

조요나 원장은 곧장 인터폰으로 테크니션을 호출했다. 곧이어 노크를 하고 어떤 남자가 뭔가 거추장스러운 전선들이 잔뜩 매달려 있는 기기와 모니터를 끌고 들어온다. 그는 미용실에서나 볼법한 헤어스팀기처럼 생긴 장비를 그녀의 머리 위에 고정하고, 그녀에게 VR 장비를 준 뒤 바로 옆에서 장비들을 작동시킨다. 수진의 머리 위에서 장비가 가동되자 그녀는 마치 광륜을 쓴 천사처럼 보였다. 곧이어 강한나 간호사가 주사를 놓아주고 밖으로 나갔다.

"그 VR 장비를 착용하시면 돼요."

수진은 모르는 남성이 들어온 게 어딘지 불편했는지, 몸을 뒤척이며 손을 만지작거리기 시작했다. 그녀의 행동을 눈치챘는지 곧바로 조요나 원장이 테크니션에게 한마디 했다.

"신명 씨, 우선 이거 세팅하고, 강한나 간호사 다시 들어오라고 해줄 수 있어요?"

"네."

그는 짧게 답하고, 마지막 세팅을 해놓고 밖으로 사라진다. 얼마 뒤 카운터에 앉아 있던 강한나가 다시 들어온다. 수진은 마음을 가다듬고, 머리 위로 VR 장비를 쓴 뒤 얘기를 시작한다.

"1년 만난 남친이 있어요. 가끔 말다툼을 한 적은 있어도 무난한 관계인 거 같아요. 6개월 전 그에게서 프러포즈를 받았어요. 그래서 저희는 다음 주면 결혼하게 돼요."

"축하드립니다."

"네. 사실 바로 전에 사귀었던 남자가 저한테는 참 기억이 많이 남는 사람이었어요. 처음으로 사귀어 본 연하고, 4년간 만나면서 그렇게 뜨거운 사랑을 한 적이 없었던 거 같아요. 음… 그래요. 사실 지금의 남친과 비교하면서 늘 그 사람을 생각한 적도 많고, 결혼 준비를 하면서도 '그 친구와 결혼을 했으면 어땠을까?' 이런 상상도 많이 해요."

조요나와 강한나는 벌써 어떤 얘기가 나올지 유추가 되는 모양인지 서로 눈을 마주치며 고개를 끄덕인다.

"그러시군요."

"전 남친과 헤어지고 나서 거의 그 사람만 생각했고, 2년이 지나서야 현재 남친을 만났어요. 지금 현 남친이랑 만나는 와중에도, 한 번쯤 연락해 볼까 고민도 많이 했었어요."

"그럼 아무래도 꽤나 긴 기간이다 기억을 지울 수 없을 것으로 보이네요. 전 남자친구와 4년 만났고, 2년간 그분에 대한 기억을 아예 안한 건 아닐 테니… 보통 254일 이상이 되는 기억은 그냥 망각시킬 수 없어요."

조요나 원장의 말에 갑자기 깜짝 놀라며 손사래를 치며 수진이 답한다.

"네? 아니요. 그전 남자친구 기억은 지우지 않을 거예요. 저한테는 잊고 싶은 기억은 아니에요."

조 원장과 강 간호사는 서로 살짝 눈치를 보다가, 조 원장이 말을 꺼낸다. 왠지 오늘 상담은 길어질 것 같다.

"네. 그럼 계속 말씀하시죠."

"결혼 준비를 하면서 정말 모르던걸 많이 알게 되더라고요. 몰랐었던 단어들부터 시작해서, 뭐 그런 거 있잖아요. '스.드.메'(스튜디오, 드레스, 메이크업) 같은 거? 그동안 연락도 안 했던 사람들에게도 전화해서 마치 네트워킹을 한다고 해야 하나? 아무튼 저랑 친했던 초등학교 친구들부터 시작해서 대학 동기들 직장동료들 다 연락을 했을 땐 거의 매일이 술 약속으로 변하더라고요."

"그렇죠. 보통 결혼식 때나 장례식 때 모든 지인들에게 다 연락하게 되죠."

"아무튼 그 정신없는 와중에 베프들은 저랑 처녀 때의 마지막 파티까지 다 세팅을 해 놨더라고요. 제가 그렇게 노는 것을 좋아하는 스타일은 아닌데, 클럽부터 시작해서 호텔까지 예약을 다 잡아놨더라고요."

처녀 파티에서 무슨 일이 벌어졌던 것일까? 원나이트? 아니면 술에 취해서 무슨 일을 당한 건가? 수진은 그동안 답답했던 일들을 상담하려고 온 듯 계속해서 말을 이어갔다. 가끔 이렇게 두서없이 말하는 사람들이 있기에 조요나 원장은 익숙한 듯 고객들이 불편하지 않게 하려고 노력한다.

"그랬군요. 남자친구는 걱정하지 않았나요?"

"남자친구는…."

수진은 잠깐 말을 멈추고 답답해서인지 아니면 한심해서인지 헛웃음을 짓는다.

"미련할 정도로 순수해서, 전혀 의심도 안 하고 친구들이랑 잘 놀라고 하더라고요. 아무튼 미리 허락을 받아놓고, 결혼식 한 달 전인 4월 11일에 제 친구들과 다 모이기로 했어요. 그날… 제 친구 네 명이 모여서 1박 2일 광란의 파티가 벌어졌어요."

수진의 시점에서는 갑자기 눈앞으로 4월 11일의 장면들이 형상화되어간다. 그녀의 눈앞에서 자신의 기억들이 영상처럼 VR에서 나오는 것이었다. 감탄하며 뭔가 신기한 듯 그녀는 여태 볼 수 없었던 미소를 살짝 지었다. 뭔가 웃음을 참는 건지, 아니면 즐거운 기억이 떠오른 건지 알 수 없었다.

"예약한 호텔 스위트에서 모여서 샴페인을 터뜨린 뒤, 이태원 클럽에 가서 한참을 놀았어요. 제 친구들 다들 20대 중반 정도로 보이고 워낙 외모들도 다 괜찮아서 남자들이 많이 붙더라고요. 다들 오늘은 즐기러 왔으니, 저도 남자들과 춤을 췄죠. 저랑 춤을 추던 남자는 제가 맘에 들었는지 계속 둘이 밖으로 나가자고 하더라고요. 굉장히 핸섬하기도 했고, 살짝 가슴을 만져보니 가슴 근육도 만져지는 게….."

강한나 간호사가 '풋'하고 웃는다. 조요나 원장이 살짝 인상을 쓰며, 강한나를 쳐다보자 고개를 돌리며 입을 틀어막는다.
"오랜만이었어요. 현재 남친은 그냥 직장인이라 몸이 살짝 후덕한 데, 오랜만에 연하의 향기라고나 할까. 뭔가 다부진 몸을 만져보니, 유혹이 없진 않더라고요. 그런데 좀 아니잖아요. 그래도 결혼은 약속인데."
조요나 원장은 이번에도 예상이 빗나갔는지 뭔가 안도의 한숨을 쉬며 고개를 끄덕인다.
"뭔가 죄책감도 들고, 계속 술이 들어가면 위험하겠다 느껴서, 친구들에게 나가자고 했어요. 그런데 친구들이 별말없이 그러자고 하면서 호텔로

가자고 하더라고요. 느낌이 왔죠. '아, 뭔가 준비했구나.' 제 친구들 중에
굉장히 오픈되어 있는 친구가 있어서 뭔가 특이한 걸 준비했겠다 싶은 건
있었어요."

"그래서 곧장 호텔로 가셨나요? 뭐를 준비했었나요."

"남자 스트리퍼를 고용했더라고요."

"스트리퍼요?"

"네. 친구가 자주 가는 호빠가 있는데 거기서 데려왔다면서, 오늘은 좀
즐기라고 하는 거예요. 호텔에 가니까 저를 앉혀놓고 춤을 추면서 옷을
벗는데, 민망하더라고요. 친구들은 장난친다고 저를 혼자 두고 밖으로
가더라고요. 거기다가 어찌나 술을 먹이던지."

수진은 얼굴을 붉히며 고개를 떨군다. 조요나와 강한나 역시 뭔가 불길한
예감이 든다.

"제가 다음 날 오전 10시에 일어났는데, 옷은 하나도 걸치지 않고 속옷만
입고 있는 거예요. 도대체 무슨 일이 일어났는지 하나도 기억이 나지
않았어요. 그리고 너무 불안한 거예요. 거기다가 남자친구는 밤에 연락이
안 돼서 이상했는지 계속 전화했더라고요."

수진의 목소리가 살짝 떨리고 있었다. 그런데 뭔가 이상했다. 분명 지우고
싶은 기억은 일주일 전 얘기인데, 왜 한 달 전 얘기를 하는 건지. 조요나는
그녀가 본론으로 들어가길 원했지만, 그녀의 이야기를 군소리 없이
들어주었다. 잠시의 정적이 뭔가 그녀의 의도와는 다르게 흘러갔다는
것을 느낀 것인지 수진은 허공에 손사래를 치며 다시 이야기를 시작한다.

"아! 당연히 그 남자랑 안 잤어요. 저는 필름 끊겨서 기절하고, 결국 그 호빠 남자애를 데려온 친구가 자기방에 데려가서 잤더라고요. 결국 자기가 즐기고 싶었던 거죠. 알고 보니 제가 술을 너무 마시고 토를 하는 바람에 옷은 다 벗겨 놓을 수밖에 없었다고 하더라고요."

조요나는 오늘 손님의 경우는 최대한 이야기가 새지 않도록 최대한 가지치기를 해야 한다는 것을 깨달았다.

"수진 씨, 죄송한데 저희가 지우고 싶은 기억 전의 모든 스토리를 알 필요는 없고요. 딱 지우고 싶은 기억의 때로 가볼까요?

"어머! 죄송해요. 이야기가 자꾸 샜네요. 이런 얘기 하려던 게 아닌데."

"괜찮아요. 우선 눈을 감으시고, 지우시고 싶은 때를 기억해 보세요. 그리고 도움이 된다면 말씀을 계속하시면서 회상을 해도 되고, 그냥 아무 말 안 하셔도 돼요."

잠깐 생각에 잠긴 듯 수진은 머뭇거리다가 말은 계속 이어나간다.

"지난주에 오랜만에 대학 동기를 만났어요. 대학교 때 제일 친하게 지냈던 친구였어요. 저랑 결혼할 사람도 소개해 주고 싶었고요. 그래서 그 친구랑 그 친구 여자친구, 저랑 예비신랑이랑 넷이서 보기로 했어요. 대학교 졸업하고 나서 1~2년간은 자주 보면서 간간이 연락을 하고 지내긴 했는데, 마지막으로 본 게 벌써 5년이나 되었더라고요. 약속 당일이 되었는데 그 친구의 여자친구가 갑자기 못 나오게 돼서 저랑 제 남친, 그리고 그 친구 셋이 만나게 된 거죠."

수진이 말하는 동시에 VR 장비를 통해 그때의 기억들이 마치 일인칭 시점으로 펼쳐지며 그녀의 눈앞에서 형상화되기 시작한다.

*

만나기로 한 장소는 대학 때 가끔 갔던 삼겹살집. 수진과 그의 남자친구는 수진의 대학 동기였던 이연수를 기다리고 있다. 대학 다녔을 때 곰 같은 몸집, 귀여운 얼굴상, 그리고 다크서클 때문에 '쿵푸 팬더'로 불렸던 연수였다. 학교에서 인기가 많고 유독 따라다니는 남자들도 많았던 수진에게 연수는 베프이자 보디가드였다. 수진이 전 남자친구와 사귀면서 연락이 뜸해졌지만, 항상 마음속 한편에 의지했던 친구다. 회상을 하며, 연수에 대해 한참 얘기하던 수진은 갑자기 문을 열고 들어오는 사내를 발견한다. 분명 어디서 많이 본 얼굴인데, 알 듯 모를 듯한 얼굴이었다. 하지만 그 남자의 눈 밑으로 내려온 다크서클을 보고는 비로소 확신했다.

"팬더?"
"야! 김쑤! 진짜 오랜만이다. 안녕하세요! 얘기는 많이 들었습니다."
상상과는 다른 모습을 한 연수. 곰 같다던 몸은 온데간데 없고, 트레이너 같은 몸을 가진 데다, 귀엽던 얼굴 상에서 살이 빠져 누가 봐도 훈남이다. 딱 봐도 비교되는 수진의 남자친구는 살짝 경계가 되었는지 수진의 어깨에 손을 올리고 자신에게 바짝 붙이며 악수를 청했다.
"안녕하세요, 수진이한테 얘기 많이 들었습니다. 저는 임준우라고 합니다."
"아 네! 반갑습니다. 이연수입니다."

셋은 대화를 나누며 즐거운 시간을 보냈다. 초반에 살짝 경계했던 준우 역시 소주 몇 잔을 기울더니 연수가 편해진 모양이다. 그때 갑자기 준우에게 전화가 걸려왔다.

"여보세요? 네, 네. 아 과장님, 제가 지금은 좀… 아, 네. 곧 가겠습니다. 30분 내로 가겠습니다."

임준우가 전화를 끊자 수진이 무슨 일인지 물었다.

"왜? 회사에서 뭐래?"

"진짜 미안한데 회사에서 클라이언트한테 파일 하나만 보내 달라고 부탁해서 지금 들려야 할 거 같아. 나는 시간 좀 걸릴 거 같으니까, 둘이 더 마시고 놀아. 끝나고 연락하고."

"아쉽네. 알았어."

준우는 자리에서 일어나 계산하고 택시를 잡았다. 마중 나온 연수에게 악수를 청하고, 수진에게 인사를 하고 자리를 떠났다.

"연수 씨 만나서 반가웠어요. 수진아, 오빠 이거 좀 처리할게. 이따 연락해."

갑자기 떠난 준우 때문에 수진과 연수는 살짝 어색한 분위기다. 이 침묵을 못 이겼는지 수진이 말을 먼저 꺼냈다.

"오랜만에 만났는데 한잔 더 하자! 거기 알지? 우리 자주 가던 바?"

"아직 열었으려나? 우선 가보자!"

술집으로 슬슬 걸어가는 둘은 마치 오랜만에 만난 연인처럼 보인다.

수진은 갑자기 웃으면서 고요를 깼다.

"야. 나 너 진짜 못 알아봤어. 살 엄청 빠졌다."

"만나고 있던 여친이 트레이너였어. 데이트할 때도 운동, 먹는 것도 프로틴이나 샐러드다 보니까 살이 엄청 빠져 있더라고. 나 진짜 여자 만나면서 이렇게 힘들었던 건 처음이다."

그녀는 한참을 깔깔 웃다가 팔을 한 대 치면서 말했다.

"그래도 잘 생겨졌다."

그 말에 살짝 수줍어하는 것 같은 연수는 잠시 조용히 걷다가 소리친다.

"저기 있다! 망원경!"

"와! 아직 있었네?"

그들은 마치 대형 마트의 장난감 코너를 발견한 아이들처럼 그쪽으로 뛰어갔다. 그리고 대학교 시절에 항상 앉던 자리에 앉는다.

"뭐 마실래? 오늘은 다 내가 산다."

수진이 물었다. 연수는 웃으며 대답했다.

"오랜만에 잭콕 마실까?"

"아 진짜 오랜만이다. 잭콕. 요즘은 진짜 소주 아니면 와인, 위스키인데..."

그들은 잭콕이 나오자 추억에 젖어 학창 시절 사진을 보듯 컵 속을 바라보며 한 모금씩 들이켰다. 그리고 그들은 얼굴을 찌푸리며 서로를 바라봤다. 연수가 컵을 올려 들고 컵 속의 내용물을 바라보며 말했다.

"진짜 대학교 다닐 때는 이걸 무슨 맛에 마셨지? 겁나 맛이 없네."

수진, 환하게 웃으며 그의 말에 공감했다.

"그땐 이것도 엄청 아는 척하면서 마셨는데, 소주 마시는 애들 흉보면서"

그들은 촛불이 켜진 테이블에서 서로를 바라보며 기억속 창고의 옛날 얘기를 꺼냈다. 한참 동안 옛날 얘기를 하는데 이연수가 뜬금없는 말을 꺼냈다.

"야, 내가 너 짝사랑한 거 아냐?"

잠시 대답을 고민하다가 알맞은 대답이 생각나지 않았는지 수진은 결국 입을 열었다.

"알아. 그거 몰랐던 사람이 어딨어? 어지간히 티를 냈어야지."

그는 그녀의 대답에 눈썹이 올라가며 그녀에게 물었다.

"그런데도 나를 친구로 만난 거야? 왜?"

"너랑은 친구로 편했으니까. 그리고, 너 그때 나한테 다시 한 번 제대로 한 적 있어?"

"다시 했으면 받아줬을 거야?"

수진은 그 말을 듣고 조용했다. 단 3초 정도 생각했을 뿐인데, 연수에게는 이 어색함이 10분처럼 느껴졌다. 그때 갑자기 수진의 폰이 그들의 고요를 깼다. 준우의 카톡을 받은 수진은 깜짝 놀라며 집에 가야겠다고 했다.

"나 가야겠다. 남친이 집에 잘 들어갔냐고 카톡 왔어. 이제 들어가자. 벌써 12시네."

"그래, 가자."

문을 열고 나오는데 비가 부슬부슬 오기 시작했다. 오늘 일기 예보에는 이런 얘기가 없었는데, 마치 짠 것처럼 비가 내리기 시작한다. 그리고 추적추적하게 내리던 비는 어느새 소나기처럼 쏟아지기 시작했다. 밤하늘이 그 둘을 응원하듯, 영화 한 장면을 연출하듯, 둘은 서로의 얼굴을 마주 보고 '씩' 웃고, 신촌역이 있는 곳으로 힘껏 달려간다. 둘은 비를 맞으며 혼신을 다해 달렸다. 그리고 쏟아지는 비에 어쩔 수 없이 비를 피할 수 있는 곳이라면 한 번씩 멈춰서 숨을 달랬다. 마치 '무궁화 꽃이 피었습니다'를 하며 뛰노는 아이들처럼 그들은 나무와 나무 사이로 잠시 몸을 피했다가, 편의점 파라솔 밑으로, 그리고 닫힌 카페 아래로 향했다. 둘은 서로의 거친 숨소리만 들으며 조용히 빗소리를 들었다. 수진의 하얀 티셔츠로 살과 그녀의 속옷이 비치기 시작하고, 아직 일교차가 큰지라 가볍게 떨고 있는 것을 연수는 보게 된다. 그는 자신이 걸치고 있던 청재킷을 벗어 그녀의 양쪽 어깨에 걸치고 자연스레 그녀와 마주보게 된다. 비 오는 소리와 얼굴이 가까워진 그 둘. 누구 하나 먼저 할 것 없이 얼굴이 가까워지고, 키스를 했다.

*

'꿀꺽…'

강 간호사 들으면서 침을 삼키고, 무슨 일이 일어났는지 대략 예상이 가는지 얼굴을 살짝 붉힌다. 조요나 원장은 뭔가 이미 익숙한 얘기인 듯, 고개를 숙여 펜으로 무언가를 끄적인 후, 다시 고개를 든다.

"알아요. 이러면 안 되는 거. 분위기에 휩싸였고, 술도 어느 정도 취했겠다, 뭔가에 홀린 듯이 연수와 호텔로 갔어요."

둘은 수줍게 호텔방을 잡는다. 마치 대학교를 갓 입학해 처음으로 모텔을 찾아간 커플처럼, 연수는 어색하게 방을 잡았고 수진은 그 뒤에서 양손을 공손하게 꼭 쥔 채 있다.

엘리베이터를 탄 연수와 수진, 다시 연수는 수진의 목을 부드럽지만 강렬하게 잡고 키스를 한다. 짧은 순간이지만 그들의 거친 숨결은 어느새 하나가 되어 있다.

[땡!]

소리와 함께 7층으로 도착한 그들, 달려가 듯 본능에 충실하게 방을 향해 빠른 걸음으로 걸어갔다. 그리고 그들은 706호에 도달했다. 문을 열고 들어가자마자 연수는 그녀를 거칠게 끌어안고, 다시 그녀에게 입을 맞춘다. 처음에는 목, 그녀의 턱, 그리고 입술로 옮기면서 침대를 향해 움직였다. 그러자 수진이 잠깐 그를 밀쳐내고 수줍게 말했다.

"잠깐만. 우리 먼저 씻자."

이연수, 뭔가 정신을 차린 듯 답한다.

"응. 너 먼저 씻어."

수진은 화장실로 들어가 씻기 시작했고, 마음속에서는 끊임없는 갈등이 벌어지고 있다. 이것이 현실인지 꿈인지 모르겠다는 표정으로 고개를 젓고 있었다. 그러나 이미 벌어진 일이었고, 이것은 분명한 현실이었다. 그녀는 씻고 타월만 두른 채 침대를 향했다.

"너도 씻고 와."

말없이 화장실에 연수가 들어갔다 10분도 안돼 역시 타월만 두른 채로 침대에 다가왔다. 수진은 다부진 그의 몸을 보며 수줍다. 그에게 끌리는 건 이제 이성으로 어쩔 수 없어 보였다. 눈치챈 그는 다시 그녀에게 입맞춤을 하며 그녀의 타월을 풀었다. 그리고 연수는 그녀에게 부드럽게 속삭였다.

"너무 예뻐."

그녀의 얼굴이 붉어지자, 연수가 그녀의 가슴을 애무하기 시작했다. 그녀는 흥분했지만, 그의 손을 붙잡고 물었다.

"너 여자친구는 어떡해?"

"사실 나 여자친구 없어. 그냥 너랑 너 남자친구가 불편할까봐 그냥 친한 여사친을 부른 거였어."

그의 대답에 수진은 한편으로 안심하면서도, 연수가 여자친구가 없는 것 때문인지 아니면 자신만 혼자 죄를 짓는 기분 때문인지 복잡한 감정이 들기 시작했다. 그리고 지금 이 상황에 있는 자신을 생각하며 불안함과 죄책감이 한꺼번에 몰려왔다. 자신의 발가벗은 모습과 그것을 원하는 그의 모습이 한심하게 느껴졌다. 그게 극에 달해 갑자기 울음을 터뜨렸다. 연수는 자신이 잘못했다고 생각했는지 당황했다.

"흑, 이러면 안 되는데. 우리 진짜 나쁜 거 같아."

"미안. 너도 이걸 원하는 줄 알았어."

"원해. 원하는데, 그럼 그 후에는 어떻게 되는 건데?"

그는 아무 말도 못했다. 처음 봤을 때부터 짝사랑했던 수진이었기에, 이제서야 자신의 품 안에 있는 그녀를 놓치기 싫었다. 하지만 자신의 앞에서 이렇게 고통스러워하는 수진의 모습을 보면서, 그리고 앞으로 두 사람이 감당해야할 것을 알기에 그는 결국 그녀를 바라보다가 이불을 덮어주고 꼭 안아준다. 예전에 그녀가 힘들어할 때 곁에서 그냥 위로해 줬던 것처럼. 짝사랑하면서도 아무것도 못 했던 그때처럼 말이다.

*

"정말 아무 일도 없었어요. 아니, 사실 아무 일이 아닌 건 아니죠. 어쨌든 나는 다른 남자와 섹스를 안 했을 뿐이지, 그 사람에게 감정을 느끼고 흔들렸고, 밤을 함께 보낸 것이니까요. 사실 잠만 안 잤을 뿐이지 바람을 피운 거나 마찬가지죠."
잠시 말을 멈췄다가 수진은 말을 이어나간다.
"무엇보다 지금 와서 잠깐의 흔들림 때문에 나만 바라보는 사람에게 상처를 줄 수도 없었어요. 그런데 평생 살면서 연수와의 일을 생각하면서 '만약 그때 그냥 연수랑 사랑하게 되었으면 어땠을까' 그런 후회는 하기 싫었어요. 지금 남편이 될 사람 덕분에 전 남자친구도 잊을 수 있었어요. 고마운 사람이죠. 저는 잠깐의 설렘에 평생 매여 있기 싫어요."
조요나 원장은 그 얘기를 들으며 고개를 끄덕인다.

"네, 무슨 말씀인지 알겠어요. 그럼 연수라는 친구분도 수진 씨가 그 기억을 지울 거란 거 알고 있나요? 그분도 기억을 지우기로 했나요?"
"그 친구에게는 얘기했어요. 그 친구는 잊지 않기로 했고요."

"그렇군요. 알겠습니다. 그럼 기억의 망각을 진행하도록 하겠습니다."

"네, 감사합니다."

"다시 한번 말씀드리지만, 지운 기억은 다시 돌려놓는다 해도 온전히 돌아오지 않아요. 확실히 지우시겠습니까?"

수진은 잠시 생각을 한다. 그리고 살짝 미소를 띠며 대답한다.

"네."

그녀의 눈앞 VR 화면에서는 한 문구가 떠오른다.

[감사합니다. 시술이 끝나셨습니다]

이런 문구가 떠오르자 그녀는 스르륵 눈을 뜬다.

강 간호사는 그녀의 머리에 붙은 전선들을 떼어내고 장비를 벗긴다.

수진의 손에는 자신에게 쓴 편지가 쥐어져 있다.

*

일주일 뒤…

웨딩드레스를 입은 수진, 친구들과 사진을 찍고 있다. 결혼식 전 20분.

몰려오는 하객들 사이에서 익숙하면서도 알듯 말듯한 얼굴이 있다.

"야! 팬더, 왔어? 내가 그날 어떻게 됐는지 너랑 제대로 인사도 못했네. 내가 필름이 끊겼나 봐. 그때 잘 들어간 거지?"

"어 수진아."

연수는 최대한 아무렇지 않은 듯 미소를 짓고 있지만 뭔가 씁쓸해 보인다.

"축하해. 행복해라."

"응!"

밝게 웃는 수진, 결혼식에 온 친구가 마냥 반갑다. 그리고 연수는 그녀를 뒤로하고 결혼식장 자리를 잡는다. 그날 봤던 미소와는 미묘하게 다른 수진의 미소를 바라보며, 그녀 옆에 기쁨의 눈물을 흘리고 있는 준우를 바라본다. 연수는 쓴웃음을 짓고, 그 자리에서 일어나 밖으로 나간다. 그리고 아무도 들리지 않게 혼잣말한다.

"안녕, 행복해라."

*

"과연 행복하려나?"

결혼식장 뒤편에서 어떤 검은 실루엣의 한 남자가 이연수가 나가는 것을 바라보며 혼잣말했다.

02＿＿－－

어른 아이

강한나 간호사 오른손에는 폰을 들고 시간을 재차 확인하며 왼손에는 따뜻한 아메리카노를 든 채 빠르게 걷는다. 클리닉에 도착해 폰을 핸드백에 넣고, 클리닉 정문 잠금장치에 엄지손가락을 꾹 누르고 문을 연다. 어두운 클리닉의 불을 켜고, 프런트로 향했다. 그녀 앞에 놓인 태블릿 PC들을 다 켜놓고 자리에 앉았다. 그때 이신명이 들어온다.

"신명 씨, 좋은 아침입니다."

신명은 고개를 까딱 거리고 테이블을 지나 장비실로 조용히 들어갔다. 세 번째로 들어온 것은 박새봄, 그녀는 활짝 웃으며 강한나에게 인사했다.

"안녕하세요!"

"새봄 씨, 왔어요? 안녕!"

다들 자리를 잡고 앉아 하루를 준비하는 동안 캐주얼한 검정 슈트에 하얀 셔츠를 입은 조요나가 들어왔다. 카운터벽 한가운데 걸린 시계는 이제 9시를 향하고 있다.

"다들 좋은 아침!"

"원장님, 오셨어요?"

조요나는 도도하게 자신의 방으로 들어가는 길에 강한나에게 물었다.

"배달호 씨는 왔나요?"

"아직 안 오신 거 같아요."

호랑이도 제 말 하면 온다더니, 갑자기 헉헉대며 투박하게 생긴 배달호가 들어왔다.

"죄송합니다! 아직 지각 아닙니다!"

그를 한심하게 쳐다보는 강한나와 박새봄, 그리고 조요나는 한숨 쉬며 뭐라고 말을 하려다가 포기한 듯 고개를 절레절레하며 방으로 들어갔다.

배달호는 멋쩍은 듯 머리를 긁적거리며 장비실로 들어갔다. 그리고 잠시의 고요함을 깨고 누군가 클리닉에 들어왔다. 박새봄이 밝게 인사했다.

"안녕하세요, 혹시 예약하셨나요? 성함이 어떻게 되시나요?"

의문의 손님은 차가운 표정으로 박새봄을 바라보고 나지막하게 대답했다.

"아니요. 조요나 교수님 뵈러 왔습니다."

박새봄은 당황하며 갑자기 찾아온 불청객에게 친절하게 말했다.

"저희가 무조건 예약제로 되어있어서 당일에 찾아온 분들은 상담 날짜만 예약해 드릴 수 있어요. 아니면, 여기 웹사이트로 가시면…"

그때 방에서 듣고 있었는지 박새봄의 말을 끊고 조요나가 대신 답한다.

"새봄 씨, 괜찮아요. 오늘 오시기로 되어있는 분이세요."

조요나는 자신의 방에서 나와 불청객을 직접 맞이했다. 그녀는 악수를 청하며 말을 이어나간다. "반가워요. 안 교수님께는 얘기 많이 들었어요. 제 방으로 오세요."

강한나와 박새봄은 서로 바라보며 어깨를 들썩이며 이 불청객에 대해 궁금해하며 수다를 떨었다. 배달호도 궁금했는지 장비실에서 고개를 내밀며 그들의 대화에 끼어든다.

"누구예요? 아까 그 사람."

"잘 모르겠어요."

박새봄이 어깨를 으쓱 거리며 대답했다. 그리고 곧 미소가 번지며 아무도 묻지 않은 말을 이었다. "그런데 되게 잘 생겼네요."

그때 마침 나이가 꽤 많아 보이는 노인이 문을 열고 들어왔다.

"안녕하세요."

"내가 오늘 예약을 했는데."

한편 원장실에서 조요나는 불청객을 앞에 앉히고 조용히 그가 가져온 서류를 꺼낸다. 그리고, 마치 그를 취조하듯 그녀는 앞에 놓인 이력서를 소리 내어 읽었다.

"이서준, 34세. 존 홉킨스 의대 심리학 부전공, 존 홉킨스 병원 레지에서 신경의로 5년 경력. 이력서를 봤을 때 그냥 미국 대학병원에서 계속 있었어도 될 것 같은데, 머나먼 한국, 하필 우리 클리닉에 지원한 이유가 뭔가요?"

"흥미로운 실험을 한다고 들었습니다. 논문에서나 읽어왔던 것들이 실제로 실행된다고 하니, 직접 눈으로 확인해보고 싶었어요. 장기기억을 단기기억으로 전환하다니요." 이서준은 표정 하나 변하지 않고 그의 굵은 목소리로 짧게 대답했다. 조요나가 그에게 물었다.

"저희 실험에 대해서 얼마나 알고 계신가요?"

그녀의 질문에 그는 마치 외우기라도 한 듯 막힘없이 대답한다.

"강인수 교수가 개발한 MIR^(Memory Image Reconstruction: 기억 영상 재현)과 MAP^(Memory Alteration Procedure: 기억 수정술)이라는 시술이죠. MIR은 피험자의 기억을 우리가 이해할 수 있게 영상화하는 것이죠. 그리고 MAP은 딱 세 가지로 분류가 되는 것으로 알고 있는 데, 첫 번째가 기억을 완벽하게 잊게 하는 DEM^(Deletion of an Episodic Memory) 또는 **'기억의 망각'**이라는 시술이고, 두 번째는 254일을 넘는 기억을 단 시간에 망각시킬 수 없는 것을 개선하기 위해 개발 된 기술로 기억에 대한 감정을 완전하게 무뎌지게 하는 NEER^(Negative Effect Emotion Reduction), **'무관심'**이라는 시술이죠. 그리고 세 번째가 REM^(Replacement of an Episodic Memory) 또는 **'왜곡',** 장기 기억의 조작이죠."

그의 마지막 말에 그녀는 눈썹 한쪽을 추켜올리며 말했다.
"기억의 조작이라는 말보다는 기억을 대체한다고 하면 더 좋겠네요. 뭐, 그래도 이서준 씨 말 그대로예요. 이미 잘 알고 계시네요. 아직은 임상실험 단계라 앞으로 더 많은 피험자를 받아야 하는 과정이고, 지난 달 담당 의사가 그만두는 바람에, 아니 정확히는 실수를 해서 자른 거죠. 아무튼 대체할 의사가 당장 필요했어요. 지금 임상실험을 지원하는 사람들이 너무 많은데 비해 인원이 턱없이 부족해서요. 그런데 존 홉킨스에서 일하다가 여기서 할 수 있겠어요? 업무량은 전에 일하던 것보다 많을 거고, 월급은 상대적으로 적을 텐데."
"돈 때문에 하는 것이 아니니 괜찮습니다. 일 많은 것은 어느 정도 각오를 하고 왔고요. 저는 MAP이라는 시술과 MIR이라는 기술에 관심이 있어서 지원을 한 것이니까요."
"잘 알았어요. 결정되는 대로 제가 연락드릴게요."

조요나가 대답을 마치자마자 강한나가 진지한 얼굴로 급하게 들어왔다.

"원장님, 큰일 났어요! 어떤 분이 갑자기 난동을 피우기 시작했어요."

이 말을 듣고 조요나는 급하게 자리에서 일어나 프런트 쪽을 향해 걸어갔다. 이서준 역시 자리에서 일어나 그녀를 따라나섰다. 프런트 데스크 앞에서 한 노인이 화가 잔뜩 나서 배달호의 머리를 붙잡고 소리를 고래고래 지르고 있었다. 그 앞에서 어쩔 줄 몰라서 발만 동동 굴리는 새봄과 어떻게 해서든 노인을 달래려는 신명이 보였다.

"빨리 들여보내 달라고! 비행기 시간 늦었어."

"할아버지, 여기 공항 아니라고요. 여기 병원이라니까요. 우선 이거 놓으시고 얘기하세요."

배달호는 노인을 설득해 보려하지만, 노인은 오히려 씩씩 거리며 소리를 지른다. "내가 우습게 보여? 아까 사람들 들어가는 거 다 봤거든? 나 빨리 가야 한다니까!"

이 상황을 지켜보던 조요나는 박새봄을 보며 묻는다.

"도대체 무슨 일이죠? 저분 갑자기 왜 저러는 거예요?"

"모르겠어요. 전에 봤을 때 안 그러셨는데 오늘 들어오시더니 갑자기 저러세요." 당황한 박새봄은 고개를 저으며 답했다. 이에 조요나는 다급하게 박새봄에게 말한다.

"저 피험자 기록 한번 찾아봐요. 딱 보니 디멘시아^(치매) 환자처럼 보이는데. 우리는 디멘시아 환자는 받지 않는다고 분명히 공지를 해놨는데, 이게 무슨 일입니까."

박새봄은 기록을 검색하고 조요나에게 답한다.

"이광수, 87세. 오늘 '왜곡'을 위해 오신다고 하셨는데. 원장님, 이광수 씨는 디멘시아 환자가 아니라고 나와있는데요?"

그때 그들의 대화를 끊고 이서준이 끼어든다. 존 홉킨스에서 신경의로 일하면서 수많은 뇌질환 환자를 봐온 이서준은 예전에 비슷한 사례를 가졌던 다른 환자가 떠올랐다.

"잠시만요. 혹시 최근에 뇌경색이 있었는지 기록에 있나요?"

박새봄은 급하게 체크를 하고 대답했다.

"앗! 네, 뇌경색이 있어서 얼마 전에 퇴원했다고 하셨어요."

이 말을 듣고 이서준은 노인의 두 눈을 바라보며 두 손을 올리며 그를 진정시키며 차분하게 말했다. 그의 모습은 영화 속의 네고시에이터 모습과 닮아있었다.

"이광수 씨, 제가 지금 세 가지 단어를 말씀드릴 텐데, 이거 기억하고 계세요.

시계, 커피, 안경.

시계, 커피, 안경. 자, 외우셨나요?" 이서준은 노인에게 확인해 가며 물었다. 노인은 이서준의 갑작스럽고 뜬금없는 질문에 당황하며 끄덕였다.

그러자 이서준이 갑자기 또 처음과는 연관 없는 질문했다.

"이광수 씨, 오늘 무슨 요일인가요?"

"오늘? 오늘이 무슨 요일이더라?"

이광수가 고개를 갸우뚱거리며 짧은 시간 생각하자, 이서준은 그런 그에게 대답한다.

"오늘은 화요일입니다. 오늘이 화요일이면 어제는 무슨 요일인가요?"

이서준의 질문에 이광수는 살짝 얼굴을 붉히며, 말한다.

"내가 바보인 줄 아나? 오늘이 화요일이면 어제는…" 잠시 머뭇거리며 힘겨워하는 이광수에게 답했다.

"오늘이 화요일이면 어제는 월요일이죠."

이에 고개를 끄덕이는 노인에게 이서준이 다시 물었다.

"그럼 방금 전에 제가 말했던 세 가지 단어 기억나세요?"

노인은 기억을 못 하는 듯 고개를 찡그리며 대답을 못 했다. 그리고 그의 손은 천천히 배달호의 머리를 놓았다. 배달호는 풀려나자 조잡스럽게 몇 발짝 물러나 노인을 피했고, 모두들 조금 안심한 듯한 눈치였다. 이어 이서준이 말했다.

"우선 보호자에게 연락해서 데리고 가라고 하세요. 내일이나 모레쯤이면 괜찮아질 거예요. 뇌경색 환자에게 가끔 있는 일인데 '일과성 전체 건망'일 거예요. 갑자기 발생하는 건망증인데 하루 이틀 지나면 괜찮아질 거예요."

이서준의 말에 새봄은 어쩔 줄 모르며 말했다.

"그런데 기록상에는 연락이 되는 보호자분들이 없어요."

그러자 조요나가 노인의 손을 잡아주며, 고개를 배달호에게 돌리고 말했다.

"괜찮아요. 신명 씨, 부탁인데 이광수 씨 주소지까지 모셔다드려요."

머리를 매만지던 배달호는 그녀의 말에 놀라며 구시렁거렸다.

"우씨, 머리 엄청 빠졌겠네."

노인은 아직 혼란 속에 어쩔 줄 몰랐고, 이신명은 그를 데리고 밖으로 나갔다. 곧이어 조요나는 이서준에게 몸을 돌려 악수를 청했다. 그녀는 한결 마음속에 있던 근심이 사라진 듯한 미소를 짓고 있었다.

"이서준 씨 덕분에 문제가 해결됐네요. 다른 지원자도 면접을 볼까 했는데, 그럴 필요가 없을 것 같네요. 언제부터 나오실 수 있나요?"

이서준은 조요나의 말에 어떠한 표정의 변화도 없이 악수를 받으며 태연하게 답했다.

"당장 내일부터 나올 수 있습니다."

"꼭 그럴 필요는 없지만, 이서준 씨가 그러고 싶다면 그러세요."

서준은 모두에게 인사를 한 뒤 클리닉에서 나가고 조요나 역시 자신의 방으로 들어갔다. 새봄은 기지개를 피며 신난 듯 말했다.

"그런데 이서준 선생님 진짜 멋있지 않았어요?"

"오늘 문제 해결하는 거 보니까, 정말 기대가 되더라고요."

강한나가 답했다.

"내일부터 매일 보겠네요. 이 선생님."

*

한 달 정도가 지났을 무렵 정신이 돌아온 것처럼 보이는 이광수가 머리를 긁적이며 클리닉의 문을 열고 들어왔다. 새봄이 그의 얼굴을 기억했는지 미소를 지었다가 살짝 걱정스러운 표정을 지으며 물었다.

"안녕하세요, 이광수 씨. 좀 어떠신가요? 괜찮으세요?"

"네." 노인은 겸연쩍게 대답했다.

잠시 후 박새봄은 이광수에게 B번 방으로 가라고 말했고, 이광수는 천천히 일어나 다소 상기된 얼굴로 어깨가 축 늘어진 채 B번 방을 향해 걸어갔다. 그의 걸음걸이는 마치 혼나기 위해 선생님에게 호명되어 불려나가는 죄책감과 걱정이 가득해 무거운 발걸음이었다.

B번 방에 들어선 이광수는 정확한 목적을 가지고 배치된 것 같은 인위적인 가구, 카펫, 그리고 벽에 걸려있는 그림들을 둘러봤다. 그리고 반듯하게 놓인 상담 의자 위에 걸터앉았다. 그의 앞에는 꽤나 남자답게 잘생긴 청년이 앉아있었고, 그의 의자 뒤는 통유리로 되어있어 밖의 조경이 잘 보이도록 배치되어 있었다. 명패는 오늘 나온 듯 먼지 하나 앉아있지 않았다. '이서준.' 분명 노인은 이 청년을 본 적이 있었지만, 실감이 나지 않았다. 노인은 청년을 신기한 듯 쳐다보았다. 이서준이 첫 마디를 꺼내자 오랫동안 수많은 경험을 하며 살아온 노인은 알 수 있었다. 분명 따뜻한 말투로 말을 했지만, 그 속은 마냥 차갑다.

"이광수 씨, 좀 어떠세요? 기억이 돌아오셔서 다행이에요. 혹시 그날 기억은 나시나요?"

"네. 조금 기억나요. 그때 그 기억이 꿈이라고 착각하고 있었어요. 긴 꿈을 꾸고 있던 느낌이었거든요. 오늘 와보니까 꿈이 아니었다는 걸 알겠네요. 그날 도와주셔서 감사합니다." 노인은 그날과는 다르게 차분하고 천천히 대답했다.

"아닙니다. 당연히 그랬어야 했어요. 그때 저희 클리닉을 공항으로 착각하고 계신 것 같았는데, 그때 어떤 상황으로 착각했는지 좀 말해주실 수 있나요?"

"네. 사실 가족들을 보러 공항에 도착했다고 생각했어요. 그리고 비행기를 타려고 먼저 사람들이 들어가는 걸 분명 봤는데, 저만 안 들여보내 주는 것 같았어요. 표와 여권을 다 가지고 있는데도 나만 막고 안 보내주니까, 화가 났어요. 도무지 왜 그랬는지 모르겠어요. 정말 치매가 온 건지."

"일시적으로 뇌에 오류가 생긴 거예요. 히포캠퍼스^(해마, Hippocampus)라고 하는 뇌 부위가 일시적으로 마비가 되어서 잠깐의 기억상실증 비슷한 게 왔다고 생각하시면 돼요. 다행히 일시적인 것이라 하루 이틀 정도면 회복될 것이었고요. 그런데 한 달 만에 오셨네요."

"좀 처리할 일도 많고, 현실감이 좀 없었어요. 거기다 다시 예약하는 데 애를 좀 먹어서."

이서준은 고개를 끄덕이고 이해한다고 했다. 그리고 잠시 말을 멈추었다가 이광수에게 물었다.

"혹시 기억하실지 모르겠지만 그때 어디로 가야 한다고 하셨는데 그게 어디였나요?"

노인은 머뭇거리며 이서준에게 대답했다.

"캐나다예요. 거기에 가족이 있어요. 딸이랑 아들이랑, 그리고 전처도…"

이서준은 노인의 대답에서 그가 기억의 왜곡을 하고 싶은 이유를 알 수 있었다.

"그렇군요. 바로기억클리닉이 어떤 시술을 하는지 알고 계시죠? 그때 이광수 님은 어떤 기억을 왜곡 하기 위해 이 클리닉에 오신 것이었나요?"

노인은 한참 동안 말이 없었다. 한참을 카펫 위의 패턴을 집중하여 바라보는 듯 눈이 초점을 잃고 땅을 바라보다 다시 이서준을 바라보며 입을 열었다.

"나이가 어떻게 되세요?"

갑작스러운 질문에 이서준은 당황하며 대답했다.

"올해 서른 네살입니다."

노인은 이서준의 나이를 듣고 고개를 끄덕이며, 한숨을 내쉬었다. 노인은 기억을 떠올리는 듯 눈동자가 왼쪽 위를 향했고, 눈살을 찌푸리며 한탄하는 듯한 투로 말했다.

"제가 34살 때의 기억이 정확하지 않지만 뭘 했을지 예상이 돼요. 아마 회사에서 매일 야근을 했을 거예요. 27살에 결혼을 해서 32살 이후로는 쭉 혼자 지냈어요. 아내와 아이들을 캐나다로 보냈거든요. 둘째는 심지어 뱃속에 있을 때 가서, 거의 본 적이 없어요. 32살 때부터는 기러기 아빠로 살면서 오로지 가장이라는 책임감 때문에 돈을 버는 족족 가족들 생활비로 보내줬던 것 같아요. 1년에 한두 번 보던 가족은 시간이 갈수록 2년에 한 번, 3년에 한 번으로 줄어들었고, 언제부턴가 그저 한 번의 전화로 대체되었죠. 그마저도 가족에게는 귀찮게 느껴졌어요. 말은 안 했지만 느껴지더라고요. 어느 순간 나는 부담의 존재가 되어 있었던 거죠. '가족'이라는 단어는 제게 그저 책임감으로 변질되어 있었고, 그토록 힘겨웠던 '가장'이란 것은 아내와 아이들에게 있어 단순히 생활비와 학비를 제공하는 의미밖에 없었죠. 60살이 되던 해, 회사를 그만뒀어요. 아니, 잘린 거죠. 그 후 낮에는 편의점에서 일하고 밤에는 대리운전을 했어요. 그리고 더 이상 생활비를 보내줄 수 없었을 때 당연한 듯 아내에게 버려지더라고요. 그래도 조금이라도 나를 변론해 줄 것이라 생각했던 아이들도 나에게 어눌한 한국말로 '아빠가 해준 게 뭐가 있어?'라고 엄마 편을 들며 반론했고 나는 아무 말도 못 하겠더라고요. 결국 내 편은 아무도 없었어요. 이제는 남이 되어버린 가족들에게 나는 그저 부담스럽고 잊고 싶은 존재가 되었죠."

서준은 고개를 끄덕이며 이광수의 말을 조용히 듣기만 했다.

"일평생 이게 옳다고 생각하고 힘들어도 내가 희생하고 살면 나중에 노후가 편하겠지, 다들 이러고 산다. 이렇게 생각하면서 간간이 버티고 살았는데 그 누구도 나의 희생을 인정해 주지도 고마워하지도 않았죠. 내가 듣고 싶었던 한마디는 '수고하셨습니다, 고생하셨습니다'였는데. 내가 바랐던 것은 그냥 일 끝나고 응원해 줄, 이 모든 게 끝나고 곁에 있어줄 가족이었는데 말이죠. 내가 뇌경색으로 쓰러졌을 때조차 전화 한 통 없었고, '우리 보고 어쩌라고' 하는 눈치 더라고요. 그때 깨달았어요. 그들에게 있어 나는 가족도 아닌 남보다도 못한 민폐가 되어버린 거죠."

노인의 분노와 후회가 뒤섞인 목소리 속에는 더 큰 슬픔과 깊고 어두운 외로움이 숨어있었다. 그런 그에게 이서준은 물었다.

"그럼 어떻게 하고 싶으신가요?"

"그런 가족은 죽은 거나 다름 없어요. 그냥 다 죽었다고 생각하고 살고 싶어요."

이서준은 모니터 속 노인의 기록을 보며 그에게 말했다.

"'기억의 왜곡'을 신청하셨는데, 그렇다면 지금 캐나다에 있는 가족들을 죽은 것으로 기억하고 싶으신 것인가요?"

"그렇죠. 이렇게 내가 짐이라는 느낌을 받으면서 일평생 소처럼 일했는데 이제 와서 버려지면서 그들을 그리워하느니 그게 나을 것 같아요."

노인의 대답에 이서준은 턱을 쓰다듬으며 깊은 생각에 빠진 듯 미간을 찌푸렸다. 무의식적으로 '흠'이라는 소리를 내며, 노인을 위해 고민하는 듯하였다. 그리고 생각을 마쳤을 때쯤 그는 노인에게 말했다.

"이광수 씨의 심정은 이해합니다. 진짜 힘드셨겠네요. 가장으로서 가족을 위해 평생을 바쳤을 텐데 말입니다. 이제는 정말 자신을 위해서 살아 가셔야겠어요. 그런데 만약 가족들이 죽었다고 생각하신다면 또 그만큼의 후회와 죄책감이 부가되지 않을까요? 그렇다면 가족들을 잊고 살겠다고 한 시술이 도리어 더 생각나게 할 텐데요."

노인은 그의 말을 듣고 동의하며 대답한다.

"그럴 수도 있겠네요. 그러면 어떻게 해야 할까요?"

"이광수 님처럼 오랜 기간 형성된 장기기억을 망각시키기 어려운 경우를 위해서 개발된 시술이 두 가지인데 첫 번째가 광수 님께서 하려고 했던 '왜곡'이고, 두 번째가 바로 '무관심'이죠. NEER(Negative Effect Emotion Reduction)이라고 하는 시술인데 원래 우울증의 완화와 PTSD 환자들의 트라우마를 극복시키기 위해 이용되었던 TMS라는 기술을 이용해서 대체하기 힘든 기억들에 무뎌지게 하는 것이죠. 때로는 망각처럼 그냥 잊어버리거나 왜곡처럼 덮어 씌우는 것보다 더 이상 그 기억에 대해 신경쓰지 않게 하는 것이 더 건강한 것이죠. 더군다나 27살 때부터 약 60년간 가족에 대한 기억을 왜곡하는 것은 뇌에 상당한 부담이 있을 것이라 예상합니다. 최근에 뇌경색이 있었으니 왜곡보다는 이 시술이 더 안정적일 거예요."

"정말 가족을 기억에서 없애지 않고도 생각이 안 날 수가 있다고요?"

노인은 눈이 동그래지며 물었다. 이에 이서준은 설명했다.

"그저께 아침식사로 뭐 하셨나요?"

갑작스러운 질문에 잠깐 노인이 생각을 하려고 하자 이서준이 먼저 말했다.

"기억이 날 수도 있고, 나지 않을 수도 있죠? 왜냐면 그것은 중요하지 않은 것이니까요. 그리고 그것에 대한 맛이나 어떤 감정도 그리 남아있지 않죠. 반면에 광수 님이 다니던 직장에서 했던 일을 묻는다면 떠오르는 게 많겠죠? 그건 광수 님에게 의미있는 것이고, 그 기억에 대한 감정이 담겨있으니까요. 그 감정을 광수 님에게 중요하지 않은 것으로 바꾸는 것이라 생각하시면 돼요. 그래서 '무관심'인 것이죠. 기억을 떠올리면 기억은 나지만, 그것에 대한 감정이 더 이상 없는 것이죠. 그러면 가족에 대한 생각, 원망, 그리움 같은 것은 들지 않겠죠."

"그게 좋겠네요, 선생님."

그제야 노인은 이서준의 설명을 이해한 듯 고개를 끄덕이며 한숨을 내쉬듯 대답했다. 그는 씁쓸한 표정을 지으며 자신이 옳은 선택을 한 것인지 마음 깊은 곳에서 갈등하는 것 같았다. 서준은 곧바로 신명을 호출하여 장비를 준비시켰다. 노인의 머리 위로 장비 준비를 끝낸 신명이 서준을 바라보며 고개를 끄덕이자, 서준은 노인에게 동의서를 서명하게 했다. 그리고 노인을 안심시키며 말했다.

"크게 심호흡하시고요. 이제부터 가족들을 떠올려보세요."

*

젊은 시절의 아내가 그의 앞에 서있었다. 그의 손을 잡고 결혼과 행복을 맹세하는 모습이다. 누구에게나 그렇듯 그리움 앞에서는 안타깝게도 나쁜 기억보다 좋았던 기억들만 떠오른다. 이광수 역시 그의 결혼 생활의 좋은 기억들만 떠올리고 있었다. 첫 딸이 태어났을 때 그의 품 안에 있던 작은 체구의 자신을 꼭 닮은 생명체에게 평생 지켜주겠다던 자신의 약속과 그 아이가 알 수 없는 말을 할 때 자신을 '아빠'라고 불렀다고 착각하며 자랑하고 다녔던 기억을 떠올렸다. 가족을 떠나보낼 때 공항에서 임신한 아내와 울먹거리는 딸아이의 모습은 모네의 유채화같이 아름다워 노인에게 아직까지도 강렬한 인상으로 남아있었다. 하지만 가족이 떠난 이후의 기억은 해가 없는 가장 어두운 밤처럼 어둡고 시계 속 초침처럼 빠르게 펼쳐졌다. 노인에게 있어 가족이 떠난 순간은 결승 지점이 없이 달리는 마라톤이 되어버린 것이었다.

서준은 VR 장비를 착용하고 추억에 잠긴 노인의 얼굴을 바라보았다. 노인은 자신의 눈앞에 펼쳐진 본인의 기억 영화 앞에서, 때로는 웃고, 어쩔 땐 울고, 가끔 찡그리며 몇 시간에 걸쳐 '가족'이라는 무게를 다시 느꼈다. 노인이 결혼 시절부터 지금까지 60년의 시간 동안 자신의 가족이라고 생각한 사람들을 떠올리는 데는 세월이 무색할 정도로 짧은 시간이었다. 그리고 그런 서러움과 서운함을 지워내는 데 걸린 시간은 더욱더 짧았다. 서준은 마음속으로 생각했다.

'기억은 상대적인 것이다. 주관적이며 개인적이다. 어떤 이들에게 10년이란 시간이 지금의 10초보다 빠르게 느껴지며, 어떤 이들에게 단 10분이 10년처럼 느껴졌을 수도 있다. 그렇기에 MAP 시술은 제각각 피험자의 경험과 기억에 따라 시간이 다르게 흘러간다. 평준화된 시간의 개념이 아니라는 것이다.'

꽤 오랜 기간의 기억을 빠르게 회상하고 시술을 마친 이광수에게 이서준이 물었다.
"이광수 씨, 기분이 어떠신가요?"
"글쎄요. 달라진 게 없는 것 같은데요?"
"원래 특별하게 차이는 없을 거예요. 그런데 마지막으로 따님이나 아들과 통화하신 게 언젠가요?"

평소라면 어떤 말이라도 조심스럽게 했을 이서준이 다소 민감할 수 있는 질문을 스스럼없이 물었다. 이광수는 잠시 생각하다 무덤덤하게 말했다.

"글쎄요. 이번에 쓰러졌을 때 병원 측에서 문자를 보냈다고는 들었는데, 특별히 통화한 기억은 없네요. 아마 그래도 한 1~2년 되지 않았을까요?"

"아니, 아버지가 쓰러졌는데도 방문은커녕 전화도 안 했다고요?"

이광수는 어깨를 들썩이며 대답했다.

"그러게요. 바쁜가 보죠."

노인의 목소리에는 섭섭함이나 감정이 담긴 것이 아닌, 진심으로 무관심한 것처럼 보였다. 가족 생각만 하면 한숨과 애증이 담겨있던 그의 표정은 마치 10원짜리 동전이 바닥에 떨어졌을 때, 대수롭지 않게 여기는 것처럼 여유로웠다.

"이제 괜찮으신 것 같아요."

"그러게요. 정말 기억은 나는데 아무런 감정은 들지 않아요. 감사합니다, 선생님."

이광수는 어깨에 큰 짐을 내려놓은 듯한 편안한 얼굴로 이서준의 방을 나섰다.

성큼성큼 안내 데스크로 가는 이광수의 뒷모습을 바라보며, 묵묵하게 뒷정리를 하고 있던 이신명은 침묵을 지키다가 이서준에게 묻는다.

"정말 이게 저 할아버지에게 해피엔딩을 줄까요?"

"해피엔딩일지 모르겠지만 최선이겠죠. 저희가 하는 일은 기억 때문에 힘들어하는 사람들을 도와주는 것이니까요. 우리는 저 할아버지를 위한 최선의 선택을 택하게 하신 거고요."

"만약 무슨 일이 있어서 가족들이 연락을 못 한 것이고, 이 모든 게 오해였다면요?"

그의 질문에 이서준은 다소 차가운 말투로 대답한다.

"그런 만약은 아마도 없을 거예요. 우리는 항상 '만약'이라는 경우의 수를 생각하지만, 인생은 대부분 그렇게 복잡하지 않아요. 가족들이 쓰러진 아버지를 위해 병원조차 오지 않았어요. 게다가 1~2년이라는 세월 동안 한두 번의 전화가 전부라면, 단순히 오해로 치부하기엔 무리가 있겠죠. 우리가 저 할아버지를 향해 느끼는 연민도, 저희가 할아버지의 편중된 기억을 믿는 것도, 결국 그의 가족들을 돌려주지 않을 것이니까요. 우리는 이광수 할아버지의 얘기만 들었고, 그의 입장에서만 그의 기억을 봤어요. 실제로 그의 가족이 어떤 기억을 가지고 있고, 어떤 상처가 있는지는 알 길이 없죠. 정말 그의 말대로 좋은 가장이었지만 버려진 것일 수도 있고, 반면 가족들에게는 나쁜 가장이었고 피하고 싶은 사람이었을 수도 있죠. 제 경험에 현실은 영화처럼 영원한 해피엔딩이 없을뿐더러 그 어떠한 반전도 없어요. 그저 서로의 입장만 있을 뿐이죠."

"그래도 선생님이 틀리셨으면 좋겠네요."

그 말을 뒤로 신명은 고개를 숙여 인사를 한 뒤 장비를 챙겨서 서준의 방을 빠져나갔다.

03＿＿＿

행복을 위한 거짓

이광수가 난동을 부린 바로 다음 날, 이서준은 약속한 대로 바로 기억 클리닉으로 출근하였다. 그는 누구보다 먼저 도착해 누군가 문을 열어 주길 기다리고 있었다. 가득 찬 나이키 크로스백을 어깨에 메고, 사진과 졸업장으로 보이는 액자들이 담긴 박스를 들고 있는 이서준을 보며 강한나는 미소를 지으며 말했다.

"일찍 오셨네요. 오래 기다리셨나요?"

"아닙니다. 도착하시기 1분 전에 왔습니다."

"정말로 말씀하신 대로 바로 다음 날 오셨네요?"

"네, 업무를 빨리 익힐수록 좋을 것 같아서요."

강한나가 문을 열고 들어서면서 그에게 말했다.

"B번 방으로 들어가시면 돼요. 조 원장님께서 먼저 오시면 그렇게 전해달라고 하셨어요."

이서준은 잠시 생각을 하다 그녀에게 물었다.

"원래 B번 방에는 누가 계셨나요?"

"원래 강인수 교수님이 쓰시던 방이었어요. 그리고 나서 다른 분이 쓰셨는데, 그분은 그만두셨어요."

강한나는 분주하게 태블릿들의 전원을 키고, 업무 준비를 하며 그의 질문에 답했다. 그리고 그를 바라보며 둘 외에는 아무도 없는데도 누군가 엿들을까 속삭이며 말했다. "그런데 제가 생각했을 때는 너무 일을 못해서 잘린 것으로 알고 있어요."

이서준은 이에 소리 없이 '아'라고 탄식하며 고개를 끄덕였다. 그리고 그녀에게 다시 물었다.

"C번 방도 있던데, 그곳은 비어있나요?"

"아, 그분은 예전에 사고로…"

때마침 박새봄과 이신명이 들어오며 그들의 짧은 대화를 마무리 지어주었다. 그들과 간단하게 인사를 나눈 이서준은 B번 방을 향해 들어갔고, 곧이어 조요나 원장과 배달호도 클리닉에 도착했다.

자신의 방을 한 번 둘러보고, 이미 못이 박혀있던 자리에 벽에 졸업장들을 걸고 액자 속에 담긴 사진을 몇 장 책상에 올려놓은 이서준은 그의 자리에 앉아 깊은 생각에 빠진다.

'이곳이 재규가 그렇게 얘기했던 곳인가? 분명 모두들 무엇인가를 숨기고 있는 것이 분명해.'

그런 생각도 잠시, 조요나 원장의 호출로 이서준은 A번 방으로 가게 된다. 그리고 그녀와 함께 오전과 오후에 찾아온 다양한 피험자들을 마주하며 그녀의 상담을 견학했다. 단 몇 분, 몇 시간 만에 한 사람의 기억이 단 몇 번의 손가락의 움직임으로 잊히고, 덮어 씌워짐에 설명 못 할 경외심과 신비함, 그리고 불안함을 동시에 느꼈다. 달라진 피험자들의 얼굴을 보며, 이 기술에 궁금함이 더해갔다. 기억을 잊게 되거나, 다른 기억을 갖게된 사람들의 성격이나 행동들이 어떻게 바뀔지 알 수 없는 일이다. 방에 돌아온 이서준은 여러 사념에 빠져버렸다. 꼬리를 물고 생각이 더 깊은 곳으로 흘러가고 있을 때 어떤 전화가 그를 방해했다.

"원장님께서 다른 상담 때문에 한번 이 선생님이 상담을 받으셨으면 어떠실까 하셔서요."

"네. 들어오라고 하세요."

잠시 후, 20대 중반으로 보이는 마른 남자가 들어왔다. 꽤나 큰 키의 청년이었는데 유독 자신의 사이즈보다 한참 큰 옷을 입은 듯했다. 그의 벨트는 제일 안쪽 구멍에 맞춰져 있었고, 청바지의 허리 부분은 마치 복주머니 입구를 졸라 맨 것을 연상케 했다. 그리고 그가 푹 눌러 쓴 검정 비니 속의 바싹 깎인 머리를 보고, 이서준은 금세 그 피험자가 어떤 상황인지 유추해 냈다. 그는 항암치료 중이었다. 그가 정중하게 인사를 하고 자리에 앉았다.

서준은 그런 피험자를 보며 그 어떤 연민이나 동정심보다는 그가 뇌 암이 아니길 빌고 있었다. 그리고 이서준은 곧장 삐쩍 마른 피험자의 기록을 확인한다. 김재영, 28세. 서준의 걱정이라도 읽은 듯 김재영이 먼저 말을 꺼냈다.

"췌장암 말기예요. 6개월 전에 알게 돼서 항암 치료를 받고 있는데, 이미 암세포가 뼛속까지 퍼졌다고 하더라고요. 의사 선생님도 1~2개월 정도를 말씀하시면서 마음의 준비를 해야 할 것 같다고 하셨어요."

이서준은 마음속으로 불행 중 그나마 다행이라는 생각을 한다.

"죄송합니다. 정말 안 좋은 소식이네요. 그러면 이곳에 찾아온 이유는 무엇 때문인가요?"

"기억을 지울 수 있다고 들었어요. 뭔가 신기하기도 하고, 꼭 지우고 싶은 기억이 있어서 상담을 신청했어요."

김재영의 대답에 이서준은 과연 시한부가 죽기 전에 어떤 기억을 지우고 싶은 것인지 궁금했다.

"네. 어떤 유형의 기억인지 그리고 그 기억의 기간이 어느 정도인지에 따라서 추천해 드릴 수 있는 게 상이한데, 어떤 기억을 지우고 싶은 건지 알려주실 수 있을까요?"

이서준의 질문에 김재영은 잠시 고개를 들고 왼쪽 천장을 바라보며 한참을 생각했다.

"암에 걸린 사실을 지우고 싶어요. 6개월 동안 암에 관련된 기억 모두를 말이죠."

이서준은 그의 말에 황당한 표정으로 자신이 방금 무슨 말을 들었는지 재차 확인했다.

"네? 암에 걸린 사실을 지우다니요? 어째서 그러고 싶은 거죠? 치료는 어떡하시려고요?"

"치료는 사실 이제 의미 없죠. 하루하루 연명하는 정도겠죠. 의사 선생님도 마음의 준비를 하라고 하는데, 그게 뭘 어떻게 해야 하는지도 모르겠고, 언제 떠날 줄도 모르면서 계속 이렇게 살기 너무 지쳐요."

이서준은 그제야 그의 말이 이해가 됐다. 병원 레지던트 시절 몇 명의 암 말기 환자를 대면했을 때, 언제 눈 감아도 이상하지 않을 날들을 병원에서 보내며 더 이상의 의미 없고 고통스러운 치료로 삶을 허비하기 싫어하는 사람들도 있었다. 삶의 끝이 다가오는 것을 기다리는 사람들에게는 헛된 희망이 고통스러우며, 이미 희망을 잃은 사람들에게는 삶의 끝을 기다림이 고통스러웠던 것이었다. 이런 김재영을 이해했기에 이서준은 그에게 말했다.

"이해합니다. 정말 많이 힘들었겠네요. 이 사실을 가족들은 알고 있나요? 가족들이 많이 반대를 했을 것 같은데."

"처음에는 반대를 하다가 나중에는 알겠다고 하더라고요. 제가 고통받는 모습을 많이 봤으니까요."

그의 말에 이서준은 고개를 끄덕였다.

"암에 걸린 사실을 잊게 되더라도 가족들이 재영 씨에게 이 사실을 계속 숨겨야 할 텐데, 괜찮을까요? 그리고 매일 함께 생활하다 보면 그 사실을 재영 씨가 눈치챌 수도 있을 텐데요."

"괜찮아요. 뭐 길어봐야 2개월인데요."

"실례가 안된다면 왜 암에 걸린 사실을 잊어버리고 싶은지 여쭤봐도 될까요?

그는 잠시 머뭇거리다 말을 이었다.

"개인적인 이야기인데 해도 될까요, 선생님?"

"물론이죠. MAP, 아니 기억의 망각을 실행하기에 앞서 상담을 하면서 재영 씨가 이 시술을 받아도 되는지 체크해야 하니까요."

김재영은 고개를 끄덕이며 그의 이야기를 시작했다.

"저희 부모님은 제가 12살 때 이혼하셨어요. 제가 기억하는 부모님은 싸우는 모습밖에 없던 것 같아요. 아빠가 술을 거의 매일 마셨었는데, 술을 마시면 난폭해져서 그때마다 집안에 성한 물건이 없을 정도였어요.

술이 과한 날이면 저희들은 다 방구석에서 쭈그려 앉아 있었어요. 혹시나 맞을까봐. 여느 때와 같이 아빠가 술을 마시고 집에 들어왔는데, 그날따라 아빠가 화를 참지 못하고 엄마를 미는 바람에 넘어졌어요. 더이상 참을 수 없었는지, 그날 엄마가 집을 나가서 안 들어오더라고요. 집에는 저랑 큰 누나랑 작은 누나가 있었는데, 그때부터 고등학생 중학생인 누나들이 엄마 노릇까지 했어요. 아빠도 그때부터 미안했는지 술도 줄이고 나름 노력했어요. 그래도 어릴 때의 기억은 오래 유지가 되는 것 같아요. 어릴 때 아빠의 기억은, 어른이 되어서도 아빠에 대한 편견을 만들어 놨더라고요. 누나들이 사회생활을 하면서 자연스럽게 아빠랑은 따로 살게 됐어요."

"많이 힘드셨겠어요."

서준이 답했다. 하지만 그의 대답 뒤에는 따뜻함이나 공감에 의한 것이 아닌 형식적인 것과 상담의 교본을 읽는 듯한 태도였다. 이를 알아채지 못한 김재영은 말을 이어나갔다.

"힘이 들진 않았어요. 누나들이랑 부족할 것 없이 자랐어요. 제가 질풍노도 같아야 하는 중고등학교 시기에도 아무런 문제 없이 무사히 잘 졸업했고, 부모님과 같이 안 사는 것도 그렇게 힘들진 않더라고요. 아주 가끔, 부러울 때가 있긴 했지만요. 친구랑 같이 입대했을 때 누나들이 다 직장 때문에 마중 나오지 못했거든요. 그때 조금 서운하더라고요. 그래도 잘 이겨내고 있었어요. 제대 후에 대학도 졸업하고, 취직도 했죠. 그런데 제 운은 딱 거기까지였나 봐요. 제가 다니던 직장은 군대보다 더 군기 있는 직장이랄까. 매일 직장에서 욕을 먹으니까 위축되고,

위축되니까 또 실수하고, 어느새 저도 술기운을 빌리게 되더라고요. 누나들이 자꾸 잔소리하니까 매번 다투고 저 역시 언성을 높이게 되고 거칠어지더라고요. 어느 날 작은 누나와 싸우다가 잠깐 거울을 봤는데, 그 속에 비친 모습이 아빠와 너무 닮아 순간 소름이 끼치더라고요. 그리고 한편으로는 갑자기 아빠가 조금 이해되더라고요. 아빠가 잘했다는 것도 아니고, 정당화하는 것도 아니고, 그냥 조금 이해됐어요. 그날로 회사를 그만둬야겠다 생각하고 휴가를 냈죠. 아무튼 회사 다닐 때 매일 술을 마셔서 속이 좀 자주 아팠는데, 이참에 건강검진이나 받자하고 받았는데 암이라고 하더라고요. 그때 어찌나 세상이 파랗게 보이던지."

김재영은 자신의 삶을 한탄하는 듯 피식 미소를 지었다.

"암에 걸리니까…."

그는 잠시 말을 멈췄다. 눈물을 머금고 마음을 가다듬었다.

"사람들이 다들 숙연해지고, 다르게 행동하더라고요. 매번 사람들이랑 얘기하면 오히려 제가 그들을 위로하는 기분이 들어요. 좋은 점은 있죠."

"어떤 점이 좋은 거죠?"

이서준은 그에게 물었다.

"아무도 나쁜 소리 못하고 제 기분을 맞춰주려고 하더라고요. 직장에서도 집에서도 어쩔 줄 몰라 하더라고요. 사람이 참 간사한 게 그런 상황이 되면 이기적으로 변해요. 그런 상황을 이용하게도 되고요."

"어떤 부분에서 이기적으로 변했다는 거죠?"

"회사에는 계속 병가를 내고 놀러 다녔어요. 평소에는 하루 월차 내는 것도 힘들었을 텐데 말이죠. 그리고 누나들한테 무리한 부탁을 했어요.

소원이 있다면서 말이죠. 누나들이 상처를 많이 받은 걸 잘 알면서도, 단 한번이라도 온 가족들과 모여서 한번 가족 분위기를 내고 싶다고요. 아빠랑 10년 동안 못 본 엄마도 같이 말이죠. 평소였으면 절대 반대했을 누나들도 그러자고 하더라고요." 그는 쓸쓸하고 외로운 미소를 지었다.

재영의 이런 말에 서준은 대답했다.

"그걸 이기적이라고 할 수 있을까요?"

재영은 무엇인가를 떠올리며 서준의 말에 동조하는 듯했다. 그리고 어릴 적 시절이 떠올리며 말했다.

"어릴 때 유일하게 따뜻했던 기억이 있는데, 11살 크리스마스 때였어요. 아빠가 그날은 술을 안 마셨었고, 엄마가 그때 갈비찜을 했는데 어찌나 질기던지. 평소라면 싸늘하고 시끄러웠을 분위기였을 텐데 다들 배 아플 정도로 웃었던 기억이에요. 그렇게 웃긴 상황도 아니었는데 말이죠. 그때 그런 생각을 했어요. '아, 이게 행복한 가족이 매일 느끼는 감정이겠구나.' 그냥 한번만 다시 느끼고 싶었어요. 그런데 불가능하겠죠."

"왜 그렇게 생각하시죠?"

이서준이 그에게 물었다.

"저 때문에 억지로 모인 것도 알고, 모두가 저를 불쌍한 듯 바라볼 테니까. 제가 암에 안 걸렸다면 나를 그렇게 동정심을 가지고 보는 게 덜 괴로웠을 텐데. 이 모든 게 어차피 내가 죽을 거 아니까, 이번 한 번만 참고하는 가족 모임 아니겠어요? 결국 또 내가 그들에게 괜찮다고 하면서 위로해 줄 것 같아요."

그제야 서준은 재영의 의도를 이해한 듯 고개를 끄덕였다.

"적어도 내가 암 걸린 사실을 모른다면 적어도 그들의 눈빛이 이렇게 괴롭진 않을 것 같아요. 알아요. 이게 이기적이고 말도 안 되는 걸. 그런데 죽기 전에 내가 어릴 적 느꼈던 가족의 따뜻함을, 그때 내가 느꼈던걸 다시 느껴보고 싶어요. 그게 거짓이더라도…" 재영은 고개를 푹 숙이며 괴로워했다.

이 말을 들은 서준은 착잡한 감정이 들었다. 재영은 어차피 임상실험 동의서에 서명을 할 것이고 법적인 책임은 피할 수 있다. 이 시술을 감행하는 것에 대한 것은 온전히 그의 선택이다. 하지만 의료인으로서 환자가 병에 걸린 기억을 잊게 하는 것이 도덕적으로 옳은 것인지는 판단하기 어려웠다. 시한부라면 편히 세상을 떠날 수 있도록 그가 원하는 것은 무엇이든 할 수 있게 해주는 것이 과연 맞는 일일까? 서준은 복잡한 심정에 아무 말도 하지 못했다. 마음속에서 수많은 생각이 소용돌이쳤다. '설령 동의했더라도 암에 걸린 환자에게 이런 실험을 하는 게 괜찮은 걸까? 의사로서 아픈 것을 사실대로 알리는 것이 중요한 것이지, 괜찮을 것이라 거짓 희망을 주는 것이 맞는 것일까? 아니, 강행해야 한다. 맞고 틀리고를 따지기 위해 내가 이곳에 온 것이 아니니깐. 나는 이 실험이 어떤 것인지 알아야 해. 이것만큼 좋은 기회가 없을 거야. 만약 내가 재규에게 무슨 일이 일어났는지, 진실을 알아내려면 적어도 이 정도의 각오는 해야 돼.' 그리고 서준이 입을 뗐을 때 어느 정도 마음을 잡은 듯했다.

"재영 씨의 마음 이해합니다. 따뜻한 가족에 대한 기억을 마지막으로 경험하고 싶은 것에 대해 누가 뭐라고 할 수 있을까요?"

"감사합니다." 재영은 떨리는 목소리로 대답했다.

서준은 먼저 계약서와 MAP 시술 전 절차를 거친 뒤 '망각'에 대해 간단히 설명했다. 그리고 암에 걸린 사실을 6개월 동안 알고 있었던 만큼, 조심해야 할 부분이 생길 것이라고 설명했다. 특히 주변 사람들이나 지인들에게 상황 설명을 하고, 현재 먹고 있는 진통제나 이런 것들을 충분히 설명할 방식이 필요할 것이라고 말해줬다. 또한 스스로도 이를 위해 '자신에게 보내는 편지'에 설득이 될 만한 내용을 쓰는 게 좋을 것이라 말했다. 재영이 미소 지으며 말했다.

"걱정 마세요, 선생님. 이미 지인들에게는 얘기해 놨어요. 가족들도 다 이해하고 있고, 누나들한테 진통제는 소화제 같은 걸로 둘러 대라고 얘기했어요. 시술이 끝나면 곧바로 저한테 편지 내용을 조금만 알려주세요. 제가 워낙 복잡한 연애를 한 경험이 있어서 조금만 상기 시켜주면 금방 납득하거든요."

서준은 잘 알겠다고 말한 뒤 테크니션을 호출했다. 얼마 후 배달호가 들어와 MIR 기기를 세팅하기 시작했다. 서준 역시 시범만 봤었기에 그의 앞에서 처음으로 그의 지시하에 시술이 진행되는 것은 긴장되는 순간이었다. 하지만 그의 얼굴은 조금도 그런 기색을 드러내지 않았다. 배달호가 어느 정도 기기 세팅을 마무리했을 때쯤 강한나 간호사가 들어와서 알약 하나를 피험자에게 삼키게 한 뒤 주사를 놓았다. 재영이 VR 장비를 썼고, 모든 장비들이 가동되기 시작했을 때 화면을 통해 재영의 기억 파편들이 영상화되어 컴퓨터에 빠르게 저장되는 것을 볼 수 있었다. 서준은 감탄하며 자기도 모르게 혼잣말로 속삭였다.

"이건 혁신이야."

"네?"

재영이 자신에게 한 말인 줄 알고 바라보자, 서준이 겸연스럽게 답한다.

"아, 아닙니다. 혼잣말이었습니다. 우선 눈을 감고, 6개월 전 췌장암을 선고 받던 시기를 떠올려 보세요."

재영이 눈을 감고 기억을 떠올리자 마치 영화 속 한 장면처럼 재영의 기억들이 서준의 모니터 안에서 펼쳐졌다. 뚜렷한 영상이라고 하기엔 힘들지만, 마치 인상파 작품들이 살아 움직이는 듯한 그림이다. 그리고 영상은 일인칭 시점에서 시한부의 선고를 받은 그의 6개월 기간을 단 몇 분 만에 기록하는 듯했다. 그리고 MIR 기기에서 그에게 암을 선고하는 의사가 보였다. 의사의 얼굴이 뚜렷하게 보이진 않았지만, 그가 심각한 표정을 지으면서 인상을 쓰고 있다는 사실은 느껴진다. 그리고 서준은 의사의 입모양으로 지금 재영이 어떤 말을 들었는지도 알 수 있었다.

*

"췌장암 말기입니다. 이미 많이 진행된 상태라… "

"네?"

재영이 시한부로 선고받은 날은 최근의 그 어떤 기억보다 더 큰 각인이 되어 강한 인상을 남겼다. 자신이 시한부라는 얘기를 듣고 수만 가지의 생각이 들었다. 의사가 사뭇 진지한 표정으로 던지는 의학 용어들은 철저히 무시되었고, 오로지 자신의 처지에 대해서만 곱씹고 있었다.

'아직 결혼도 못 했는데… 여행 한 번도 제대로 못 했는데… 누나들은 어떡하지? 하고 싶은 게 많았는데…'

그는 병원에서 무슨 말을 들었는지 기억하지 못하고, 밖으로 나왔다. 한참을 땅을 보며 걷다가, 하늘을 보는 그의 모습은 그의 심정을 대변하는 듯했다.

그가 누나들의 집으로 갔을 때, 누나들은 그의 이야기를 심각한 표정으로 받아들였다. 큰 누나는 뒤를 돌아 눈물을 훔쳤고, 작은 누나는 고개를 푹 숙이고 어깨를 들썩이며 하염없이 눈물을 흘렸다. 후에 김재영은 아버지를 방문하고, 직장 동료들을 만났는데 늘 그의 손은 그들의 어깨를 토닥이며 '괜찮다'라고 하는 모습이었다. 그가 모두에게 이 사실을 알리고 난 뒤 깜깜한 자신의 방에서 혼자 침대에 앉아 멍하니 벽만 바라보고 있었다. 그제야 그는 오롯이 자신이 걸린 병을 현실적으로 마주하게 된 것이었다. 그날 밤, 그는 아침 6시까지 울다 웃다 소리 지르다를 반복했다.

*

재영의 '암에 대한 기억'은 덕지덕지 편집해서 붙인 영상마냥 빠르게 흘러가고 있다. 그의 기억이 전부 송출이 되고, 서준은 피험자의 머릿속을 모니터하고 기억이 저장되어 있는 곳을 분석했다. 그리고 재영에게 다시 한번 그때의 기억을 떠올리라고 말하며, '기억의 망각'을 실행한다. 그러자 6개월의 기억은 단 몇 분, 몇 초가 지나자 그의 머릿속에서 사라졌다. 앞으로 김재영이 암을 선고받고 살아왔던 6개월간의 기억은 바로기억클리닉의 저장소와 그의 지인들, 그리고 바로기억클리닉의 의사만 알고 있을 것이다. 김재영은 본인이 어째서 이곳에 오게 된 것인지, 그리고 무엇 때문에 이 의자에 앉아 있는 것인지 혼란스러워하는 것 같았다.

"시술 끝났습니다. 김재영 씨, 앞으로 연애할 때 조심하셔야 할 것 같아요."

재영은 어리둥절한 표정으로 서준을 바라보았다. 마치 필름이 끊겨서 다음 날 낯선 곳에서 깨어난 듯한 표정이었다.

"제가 기억을 지운건가요?"

"네, 자세한 내용은 여기 편지 확인하시면 돼요. 제가 상담하면서 다양한 연애 사연을 들었는데 이런 건 처음 들어봐요. 여자친구가 독을 먹이다뇨. 당분간 배가 계속 아플… 아, 내가 괜한 말을 했네."

서준은 능청스럽게 연기했고, 재영은 고개를 끄덕이며 이해했다는 듯 인사를 한 뒤 조용히 자리를 떠났다.

배달호가 장비를 정리하며 한탄하며 말했다.

"젊은 나이에 안됐네."

"그러게요. 그래도 잘 이겨내겠죠?"

한나가 그의 말에 답했다.

"이겨낼 게 뭐 있을까요? 어차피 암 걸린 사실도 잊게 되었으니, 죽는 날까지 행복하게 살려고 하겠죠."

"그게 행복일까요? 거짓인데. 뭔가 옳지 않은 것 같아요."

한나의 말에 서준이 조용히 끼어들었다.

"모르는 것도 행복일 수 있어요. 그게 설령 거짓인들 본인이 선택한 거짓이잖아요. 무조건적인 진실과 객관적인 옳고 그름을 따지는 것이 개인의 행복이나 가치에 부합하진 않죠."

그를 한참 바라보던 한나는 미소를 지으며 말없이 인사를 한 뒤 방을 나섰다. 그리고 그녀를 따라 배달호 역시 장비를 챙겨 나갔다.

*

며칠 후, 재영의 임상실험 결과를 보기 위해 한나는 그의 누나들에게 연락했고, 이후 재영은 그의 작은 누나의 부축을 받으며 서준의 방으로 들어왔다. 재영의 건강은 많이 악화된 듯 보였으나, 표정이 어둡진 않았다. 서준이 그에게 물었다.

"좀 어떤가요?"

"글쎄요. 계속 약을 먹는데 나아질 기미가 전혀 안 보이네요. 그 독이 굉장히 독했나봐요. 아니면 혹시 제가 큰 병이라도 걸린 게 아닌지 걱정 되네요."

이 상황에서 양심의 가책을 느꼈던 걸까? 서준은 아주 잠시 머뭇거리는 듯 했다. 냉정한 성격의 그였지만 막상 피험자에게 거짓말을 하는 것은 쉬운 일이 아니다. 이것을 눈치 챈 것일까, 곧 재영의 옆에 앉아 있던 작은 누나가 다그치며 거짓말을 해줬다.

"벌써 검사도 다 끝났다고 했는데, 별 이상 없다잖아."

그녀의 목소리에서는 미세한 떨림이 느껴졌다. 비로소 재영이 자신이 왜 이기적으로 변했다고 했는지 이해할 수 있게 됐다. 그가 만나는 모든 사람들은 그를 위해 아픈 마음을 숨기고 거짓말을 해야했던 것이다. 서준은 그녀의 말을 이어 받아 재영에게 말했다.

"혹시 배 아픈 것 외에 불편한 곳은 없으세요?"

"그냥 계속 밥 맛이 없어서 몸무게가 줄고, 뭐만 먹으면 게워내게 돼요."

이서준은 잠시 고민 하는 듯 하더니 다음 질문을 꺼냈다.

"그… 소화불량이 스트레스성 질환일 경우도 많은데, 특별히 스트레스 받는 일이 있으실까요? 예를 들어 직장이나 가족과 스트레스가 없는지 궁금해서요."

서준의 질문에 재영은 고개를 갸우뚱거리며 의아해했다. 하지만 깊게 생각하지 않고 답했다.

"아니요. 예전에는 직장에서 스트레스가 많았는데 요즘에는 거짓말처럼 다 사라졌어요. 기적 같은 일도 일어났어요. 마치 신이 제 기도를 들어준 느낌이 드는 거 있죠. 개인적인 얘기지만 저희 부모님은 제가 12살 때 이혼해서 정말 몇 년 동안 같은 테이블에 앉아서 식사를 한 적이 없는데, 며칠 전에 다같이 모여서 밥을 먹었어요."

재영은 신이 난 듯 말을 이어 나갔다.

"정말 신기했어요. 그랬던 적은 제가 11살 시절 크리스마스 때 이후로는 한 번도 없었어요. 아무도 싸우지 않고 말이에요. 그런데 다들 왜 그렇게 서럽게 울던지. 그렇게 보고 싶었으면 진작에 이랬으면 좋았을 것을…"

그는 한참 동안 그날 얘기를 즐겁게 얘기했고, 그의 작은 누나는 눈물을 참는 듯 입술을 꽉 물고 놓지 않았다.

"그런데 요즘 불안해요."

재영은 아랫입술을 깨물며 말했다.

"뭐가 불안하신 거죠?" 서준은 그의 말에 궁금해하며 물었다.

"이렇게 좋은 일만 있으면, 곧 뭔가 안 좋은 일이 생길 것 같은 기분이에요."

그 말에 그의 누나가 화를 내며 답했다. "야! 왜 불안하게 그런 말을 하냐."

"그냥 말이 그렇다는 거지." 재영이 어색한 미소를 지으며 얼버무렸다.

서준은 주제를 바꾸기 위해 재영에게 물었다.

"아까 예전에는 직장에서 스트레스가 많았다고 하셨는데, 혹시 직장에서 뭔가 일이 있었나요?"

"원래 그만둘까 고민하고 있던 회사였어요. 군기도 너무 셌는데, 휴가를 다녀오니까 다들 부드러워진 느낌이더라고요. 심지어 제 직속 선배는 저한테 사과를 하더라고요. 그렇게 무서운 선배였는데, 그런 모습은 처음 봤어요. 생각보다 좋은 사람이더라고요."

서준은 흥미롭게 재영의 말을 듣고 있었지만, 마음속은 그리 편치 않았다. 그리고 한 편으로는 6개월간의 기억이 통 편집된 것에 대한 이상함 조차 감지를 못하는 것을 보며, 놀라움을 금치 못하며 생각했다.

'기억이 왜곡된 환자를 보고 싶다. 빨리 그런 환자를 만나 봤으면 좋겠군.'

04_ _ _

탕자의 선택

"뭔가 독특하신 것 같아요. 이서준 선생님 말이에요."

한나의 말에 새봄은 갸우뚱거리며 물었다.

"어떤 점에서 말인가요?"

"그냥 가끔 무의식적으로 하는 말들이나 그런 걸 들어보면 느낌이 그래요. 생각은 많으신 것 같은데 뭔가를 숨기고 있는 것 같은 기분."

"제가 봤을 때는 '인프제'라서 그럴 거예요."

뜬금없는 박새봄의 대답에 강한나는 당황하며 답했다. "네?"

"MBTI 말이에요. MBTI 아시죠?"

"아, 네. 알죠."

"원래 인프제(INFJ)가 상상력이랑 창의력도 뛰어나고, 뭔가 생각이 있으면 마음속에 묻어두는 스타일이에요. 거기다가 겉으로는 냉정해 보이지만 속은 따뜻한 사람이에요." 박새봄은 수줍어하며 조금 작은 목소리로 말했다. "저 같은 엔프피(ENFP)와 정말 궁합이 잘 맞는 스타일이죠."

그들의 수다를 엿듣고 있던 배달호가 끼어들었다.

"에이, 요즘 MBTI를 믿는 사람이 어딨어요? 그거 옛날에 어른들이 사주나 혈액형으로 성격 말하는 거랑 비슷한 거잖아요. 결국엔 그냥 궁합 보려고 하는 거구만."

"아녜요. 꽤 정확해요." 새봄은 한나를 보며 물었다. "선배 MBTI는 뭔지 아세요? 앗, 잠깐만요. 제가 맞춰 볼게요. 내성적이지만 사람들과 관계가 좋고, 타인을 향해 따뜻한 마음을 가지고 있고, 기억력도 정말 좋으니까… 이스프제(ISFJ)! 맞죠?"

한나는 새봄의 말에 깜짝 놀라며 답했다.

"오! ISFJ 맞아요. 어릴 때 했었는데 ISFJ가 나왔었어요."

"그것 보세요."

배달호는 이신명을 불렀다. 신명이 장비실에서 고개를 내밀고 나오자 달호는 새봄에게 물었다.

"그럼 신명 씨의 MBTI 맞춰보세요. 그럼 인정!"

"오, 도전을 받아들이겠습니다."

그들의 대화에 신명은 조용히 말한다.

"MBTI는 심리학에 대한 공부도 하지 않은 미국의 모녀가 칼 융(Carl Jung)의 책을 본인들 맘대로 해석해서 재미로 꾸며낸 엉터리 성격 분석 테스트를 말하는 거죠?"

그의 말에 다들 말을 잃고 조용해진다. 그리고 잠시 후, 새봄이 얼굴을 찡그리며 말을 꺼낸다.

"논리적이고 객관적이지만, 무신경하고 공감 능력이 부족하고 동떨어져 있어. 역시, 이신명 씨는 인트제(INTJ)였어."

그녀의 말에 한나는 소리내 웃었고, 달호 역시 웃으며 말했다.

"하하! 인정해야겠네요."

그들이 왁자지껄 떠드는 동안 서준이 마침 자신의 방에서 서류를 읽으며 나오는 길이었다. 이에 달호가 그에게 물었다.

"이 선생님은 MBTI가 뭔가요?"

그는 자신이 읽고 있던 서류에서 눈을 떼지도 않고 그들에게 눈길도 주지 않으며 대답했다.

"INTP입니다. 그런데 다들 심리학이나 신경학 쪽을 분야를 공부하셨다면 MBTI가 신빙성 없는 테스트인 것은 아시죠? 그냥 재미로만 하세요."

그의 말에 모두들 잠시 어색한 미소로 새봄과 신명을 번갈아 보았고, 서준은 그 분위기를 감지하지 못하고 곧장 다음 말을 꺼낸다.

"강 간호사님, 제 다음 스케줄이 어떻게 되죠?"

이에 한나가 대답했다. "2시에 있습니다."

"어떤 분이죠?"

"이경연 씨입니다. 기억의 망각, DEM 때문에 오시는 거세요."

한나가 이름을 언급한 순간 새봄의 얼굴이 얼어붙는 느낌이 들었다. 이를 눈치챘지만, 서준은 모르는 척을 하며 자신의 방으로 들어간다. 이에 달호가 새봄에게 묻는다.

"이경연이 누군데요?"

"좀 주책맞은 분 있어요. 예약도 꼭 전화로 하시고, 지난번에 찾아오셔서 원장님 붙들고 한 시간 동안 언성 높이며 상담하셨던 분이세요."

"아. 지난 금요일에 오셨던 그분..."

"거기다가 교회를 엄청나게 극성으로 다니셔서, 원장님이랑은 정말 안 맞는 거죠. 진짜 상극이죠. "

"크으… 우리 원장님 종교인들 상대하기 엄청 꺼려 하는데…. 예전에 그런 일도 있었어요. 어떤 목사님이 자기 성도들 엄청 건드려 놓고 찾아와서 정작 본인 기억은 안 건드리고 자신이 집적댔던 사람들 기억만 잊게 했죠. 일주일 동안 그 교회 여자 집사님들 기억 망각시키느라 엄청 고생했어요. 웃긴 건 매번 오실 때마다 사모님이랑 찾아와서 원장님한테 안수 기도해

준다고 머리에 손을 얹고 기도해 주는데, 진짜 가관이었어요."

이를 듣고 있던 새봄이 맞장구치며 답한다.

"맞아! 그때 기억나요. 그런데 거기서 제일 기억에 남았던 게, 여자 집사님 중에서 진짜 그 목사님을 사랑했던 여자가 있었어요. 그 목사님이 그 집사님 설득하느라 어찌나 오랜 시간이 걸렸는지."

"그렇네. 기억나요. 억지로 기억을 시술하게 했죠."

달호의 말이 끝나기도 무섭게 문을 열고 이경연이 들어왔다. 그녀는 고등학생 남자 한 명의 손을 잡아끌고 카운터로 식식하게 걸어와 태연하게 말을 던졌다.

"오늘 예약했어요. 이름은 이! 경! 연!"

"아… 안녕하세요, 이경연 씨. 그런데 저희랑 2시에 예약하셨는데, 지금 점심시간이라서…"

"좀 일찍 왔네요. 어차피 점심 다 드시고 오셨잖아요. 여기서 기다릴게요."

"그럼 우선 등록해 드릴 거니까 저쪽으로 가서 앉아 계세요."

새봄과 한나는 서로 고개를 돌려 바라보며 어쩔 줄 몰라 했다. 달호와 신명은 멋쩍은 듯 장비실로 다시 들어갔고, 한나는 전화를 들어 서준에게 전화했다. 그리고 작은 목소리로 말한다.

"네 선생님, 여기 이경연 씨 오셨습니다."

"응? 2시 예약 아니었어요? 지금 1시 30분 밖에 안됐는데? 우선 들어오라고 하세요."

이경연이 아들과 같이 들어가려는 순간, 조요나 원장이 점심 식사를 마치고 들어왔고, 그녀는 이경연을 가로막고 말을 걸었다.

"이경연 씨? 지난번에 전화 주셨던 분 맞죠? 저번에 유선상 상담받았을 때 아드님에 대한 상담이라고 기억하는데, 아닌가요?"

"맞아요." 이경연은 태연하게 대답했고, 그녀의 아들은 아무 말 없이 그녀 옆에 서있었다.

"그럼, 어머님은 여기 계시고 아드님만 들어가야 합니다. 저희 상담은 프라이버시가 굉장히 중요하고, 개인 상담이 아닐 경우 누락되는 부분이 생길 수도 있고, 아드님이 어머님 있을 때 기억을 공유하는 것을 꺼려 할 수도 있어요."

"우리 아이는 저한테 숨기는 거 없습니다."

경연은 딱 잘라 말하며 계속 고집을 부렸다. 하지만 조요나는 그녀가 상담에 동반하는 것을 거절했다. 이를 장비실에서 보고 있던 새봄은 한나에게 조용히 속삭이며 물었다.

"피험자들 중에 아이들과 동반 상담은 꽤 많이 있는 것으로 아는데, 원장님은 왜 그걸 굳이 막으시죠?"

"어머니가 아들에게 강요적으로 기억의 망각을 실행하려는 것 같아요. 거기다 저렇게 강압적인 부모가 동행하는 경우 피험자가 솔직하게 다 얘기를 못해서 기억이 깔끔하게 망각되지 않는 경우도 있거든요. 게다가 종교적인 사람이기도 하니까, 저런 극성을 근무 초반의 새로운 선생님께 붙여주기 애매해서 그런 거겠죠."

새봄은 이해 했는지 고개를 끄덕였다. 한참 언쟁을 벌이더니 결국 포기한 경연이 말했다.

"됐어요. 알았으니까 빨리 우리 아들 고쳐주세요."

평소였다면 '고쳐라' 라는 말을 지적하고 시정하도록 했을 요나지만, 우선 그녀의 아들이 더 불편할 상황을 만들기 싫었다. 요나는 경연의 아들을 서준에게 보내도록 한다.

서준의 방에 들어선 소년은, 방금 전까지 경연 때문에 존재감을 드러내지 못했으나 굉장히 외모가 탁월한 소년이었다. 그가 서준에게 인사를 하며 고개를 들었다. 동화 속에서 나올 법한 비현실적이고 아름답게 생긴 얼굴은 마치 화장을 한 것처럼 새하얗다. 훤칠하고 날씬한 탓에 학생이라는 것을 몰랐으면 연예인으로 착각했을 법한 용모다. 밖에서 다시 큰 목소리가 들리기 시작하자 소년은 고개를 숙이며 창피한 듯 했다. 서준은 생각했다. '누가 아까부터 밖에서 큰 목소리로 떠들고 있나 했는데 이 소년의 엄마겠지. 조요나 원장이 고맙게도 소년만 내게 보냈군.'

곧이어 화면 속에 소년의 정보가 나타났다.

최민준, 17세. 부친 최광진, 모친 이경연. 종교 기독교. 이 정보 외에는 도움이 될 만한 정보가 없는 듯 했다. 억지로 끌려온 듯한 그의 얼굴을 보며 서준은 어떤 사유로 오게 되었는지 물었다. 민준은 고개를 들고, 낮은 목소리로 마치 혼잣말 하듯 속삭였다.

"어떤 기억을 지워버리려고요."

최민준이 어렵게 꺼낸 말에 어느 정도 익숙해진 듯 이서준은 물었다.

"어느 정도 기간의 기억인지 그리고 어떤 기억인지 얘기해 줄 수 있나요?"

소년은 우물쭈물 하는 듯 했지만, 곧 마음을 가다듬고 덤덤하게 말했다.

"5~6개월 정도 될 거에요. 사실 특정 기억이라기보다는 특정 인물을 지우고 싶은 거에요. 그것도 가능한가요?"

미묘하게 바뀐 민준의 목소리에는 어딘지 모를 슬픔과 상처가 깃들어 있는 듯했다. 서준은 당연히 학교 폭력과 연관되어 있을 것이라 판단했다. 학교폭력은 외모나 성향과 관계없이 가해졌으며, 특히 이 소년이 '특정 인물'을 지우고 싶다고 했음은 이를 증명해 주는 것이라 생각했다.

이서준은 이제껏 어떤 특정 기간이나 특정 사건을 망각시킨 적은 있으나 특정 인물만 콕 집어서 망각시킨 적은 없기에, 조요나가 한 비슷한 상담 중 했던 이야기를 떠올려 그대로 전달했다.

"특정 인물을 지우는 것이라기보다는 그때의 기억에서 그 사람이 차지하고 있는 부분을 망각시키고, 그 인물에 대한 감정을 억제시키는 것이라 볼 수 있어요. 기억을 망각시킬 때 5~6개월을 통째로 망각시킬 수는 있으나 어찌됐든 그건 학생신분으로서 어려울 것으로 보이기도 하네요. 엄밀히 말하자면 이건 특정 인물에 대한 기억을 망각시키는 것이 아닌, 그 특정 인물과 연관된 기억이 망각되는 것입니다. 그 인물과 밀접한 관계를 가진 기억이 망각되는 것이기에 당시 있던 일들이나, 같이 들었던 학교 수업 내용 같은 것들이 함께 망각이 될 가능성이 있다는 점 알아주셔야 해요."

그 이야기를 들은 민준은 웃으며 말했다.

"어차피 학교 수업에서 배우는 것도 없고, 다 학원에서 배우는데요. 그리고 걔는 수업 시간 때 맨날 자서 그럴 일도 없어요."

소년의 말에 서준은 몇 가지를 알 수 있었다. 우선 같은 학교에 다니는 학생이란 것, 그리고 소년의 미소에서 학교 폭력은 아닐 수도 있겠다고 생각했다.

이서준의 호출에 배달호가 곧 들어와 MIR과 MAP 장비를 준비했고, 소년의 무릎 위로 VR 장비를 놓았다. 그리고 강한나가 알약과 주사를 놔주려고 하자 이를 이서준이 잠시 막았다.

"강 간호사님, 알약과 주사는 이따가 제가 직접 놓겠습니다. 이따가 필요할 때 다시 부를게요."

서준이 소년과 단둘이 있기로 한 것은 단 몇 분간 대화로 그를 파악했기 때문이다. 사람이 많으면 소년이 솔직한 정보를 공유하지 않을 것 같았다. 배달호와 강한나가 문밖을 나서자, 서준은 궁금했는지 소년에게 물었다.

"그럼 아까 언급한 그 특정 인물에 대해 얘기해 주세요. 어떤 사람이고 왜 그 사람을 잊고 싶은지."

민준은 쓸쓸한 표정이 담긴 미소를 지으며 이야기를 시작했다.

"전학 온 애였어요. 전에 성남 쪽인가 살던 애인데, 가족들이 다 이사 왔다고 하더라고요. 거기다 집도 우리 집이랑 가까운 데로 이사오고, 그쪽 집도 다 교회를 다니는 집이라서 같은 교회를 다니게 되면서 거기서도 매주 보게 됐어요. 부모님들도 서로 사이가 좋았고요. 학교에서도 같은 반에다 같은 교회니까 사실 매일 보게 되니 급속도로 친해지게 됐어요.

심지어 그때 제가 만나고 있는 여자 친구가 있었는데 걔가 질투까지 할 정도였죠."

소년은 당시 자신의 새로운 친구와 있었던 일들과 소소하게 일어났던 일들에 대해서 이야기해주었고, 이를 통해 이서준은 소년이 학교 폭력과 연관된 것이 아닌 '다른 것'임을 직감했다. 그리고 소년이 이곳에 온 이유는 다름아닌 밖에서 큰 목소리로 얘기하고 있는 모친과도 연관이 있을 것이라 판단했다. 하지만 서준은 그 어떤 편견이나 추측을 배제하고 묻기로 했다.

"그 친구와 지금은 사이가 어떤가요?"

그의 얼굴은 복합적인 감정으로 미묘하게 변했고, 서준의 눈을 피하며 말했다.

"당연히 안 좋죠. 그렇게 된 건 어쩔 수 없었어요. 잘못했으니까 사이가 나빠진 거겠죠."

이서준은 민준의 제스처와 말 표현 하나하나에 신경을 쓰며 그의 사연을 유추해 보려고 노력하였다.

"누가, 어떤 잘못을 한 거죠?"

"저희가요. 저희가 잘못했죠."

이서준은 민준이 말한 '저희'라는 표현에 대해 생각했다. 그리고 다시 한번 물었다.

"뭘 잘못한 건가요?"

"그냥 부모님 속을 썩이고, 안 좋은 행동인 거 알면서 그랬으니까."

민준은 어째서인지 문제의 본질을 피해서 대답하는 것 같았다. 소년은 서준의 모든 질문에 직접적인 대답은 피하는 것 같았기에 더 인내심을 가지고 다루어야 했다. 어린 소년의 감성은 살짝 건드려도 바스러지는 쿠키 같았다. 이를 알기에 서준은 소년을 달래며 차분하고 따뜻한 말투로 말했다.

"최민준 군, 저는 민준 학생을 도와주고 싶어요. 그게 지금 밖에서 큰 목소리를 내고 있는 민준 군의 어머니 때문도 아니고, 민준 군에게 어떤 감정이나 동정심을 가져서도 아니에요. 이건 내 일이고, 내가 하는 상담은 민준 군에게 기억의 망각이 필요할지, 아니면 해도 되는지를 결정하는 것뿐이에요. 우리의 얘기는 여기서만 머물 것이고요. 얘기를 듣고 나서 망각을 '할 수 있을지'는 제가 결정하게 되는 것이고, '할 것인지'는 민준 군이 직접 결정하는 부분이에요."
서준의 말에 설득이 되었는지 소년은 닫혀 있던 마음을 조금 열었다.
"준원이라는 친구였어요··· 교회에서 만난 친구였는데 준원이가 같은 반으로 전학을 오고 나서 매일 같이 다녔고, 둘 다 키가 큰 편이라서 농구도 맨날 같이 했거든요. 단기간에 제일 친한 친구가 됐어요."
그 순간 소년의 기억 조각이 하나씩 재생되기 시작했다.

*

교회에서 고등부 예배가 끝나고, 서준원이 최민준에게 다가가 인사를 했다.

"반가워. 난 서준원이야. 지난주 이사왔어."

"난 민준. 최민준."

둘 다 키가 컸지만, 준원이 5cm 정도 더 커 보였다.

준원이 큼지막한 손으로 민준의 손을 움켜잡고 악수를 했다. 준원이 마치 교회를 더 오래 다닌 듯한 태도로 묻는다.

"예배 끝나고 뭐 하냐?"

"어차피 부모님이 늦게까지 있을 거 같아서. 그냥 카페 가서 기다리려고."

"야 그러면 같이 농구나 하자. 여기 옥상에 예배실 치우면 농구 코트 생겨서 늦게까지 안 가는 애들끼리 모여서 농구 한 대."

"그래."

평소였다면 그냥 집에 갔을 민준이지만, 오늘 처음 본 준원이 민망하게 될까 거절하지 않았다.

그들은 옥상으로 가서 친구들과 함께 2대2 농구를 했다. 그들의 경기를 보며 얼굴을 붉히는 여자애들도 드문드문 보였다. 준원은 밝고 거침없는 성격만큼 농구도 공격적으로 했다. 민준 역시 처음 얘기했을 때 수줍고 조용한 모습은 전혀 없고, 공을 잡는 순간 준원만큼이나 거침없었다. 둘은 호흡이 잘 맞았는지, 준원이 어시스트를 하면 마치 그걸 눈빛 만으로 읽고 공을 받아 곧장 슛을 했다. 15대8 스코어로 압승한 두 소년은 하이파이브를 하고 껴안았다. 처음으로 본 친구지만 호흡도 잘 맞고, 뭔가 말을 하지 않아도 통하는 느낌이 있었다.

거의 9시가 다 돼서 이경연과 준원의 부모가 소년들을 찾아왔다.

"민준아! 가자"

민준은 준원에게 인사를 하고, 자신의 엄마를 따라나섰다.

"쟤가 이번에 새 가족이구나? 착하네. 우리 아들. 처음 온 친구 어색하지 않게 해주고."

아무 말 없이 그냥 뒤를 돌아보고 준원을 바라본다. 그는 한 번도 느낄 수 없었던 묘한 감정이 들었다. 민준이 경연과 자리를 떠나려고 하자 갑자기 준원이 그를 부르며 뛰어왔다.

"야!"

그에게 핸드폰이 들린 손을 내밀었다.

"번호 찍어봐."

이경연, 흐뭇하게 이 모습을 바라보며 마냥 좋아한다. 그리고 준원이의 부모님을 향해 인사를 한다. 최민준은 번호를 찍어주고, 그의 팔을 툭 치며 말한다.

"다음 주에 보자."

준원은 그 얘기를 듣고 갸우뚱거리며,

"뭘 다음 주에 보냐. 어차피 학교에서 보지 않겠어? 내일 보자."

최민준은 그 말을 듣고, 미소를 짓고 이경연과 함께 집으로 향했다.

*

잠시 말을 멈춘 민준은 잠시 숨을 가다듬는다. 그리고 다시 이야기를 이어나갔다.

"다음 날, 준원이 말대로 보게 됐어요, 같은 반이 됐거든요."

*

같은 반에서 만난 그들은 놀랐으면서도 반가운 모양이었다. 쉬는 시간에 준원은 민준의 팔에 주먹을 한방 날리며 얘기한다.

"야. 여기서 볼 줄 몰랐네."

"반갑다."

"암튼 오늘 학교 한 바퀴 돌면서 구경이나 시켜줘."

그들이 이야기를 나누며 걷는 중, 어떤 여자아이가 민준을 툭 치며 불러 세운다. 키는 작고 아담, 단발머리를 한 귀여운 여자아이다.

"민준아. 오늘 수업 끝나고 카페에서 보는 거지?"

"응. 이따가 봐."

준원은 훤칠한 키로 마치 가로등처럼 그녀를 내려다본다. 준원의 시선에서는 머리통만 보였다. 여자아이는 눈을 휘둥그레 뜨더니 민준에게 물었다.

"얘는 누구야? 전학생?"

"응. 우리 반에 전학 왔어. 서준원이야."

"난 김민아야. 반가워."

준원은 얼떨결에 악수를 하고, 그녀에게 어색한 듯 아무 말도 못 한다. 민아는 인사를 하고 서둘러 자신의 반으로 뛰어간다.

"저 조그마한 애는 뭐야?"

민준은 '뭐야'라는 말에 살짝 이상한 기분이 들었지만, 대수롭지 않게 답한다.

"내 여친."

준원은 살짝 놀란 눈빛으로 민준을 바라보며 뒤를 돌아본다. 그리고 그는 작지만, 살짝 들릴 수 있도록 속삭였다.

"의외네."

'잘못 들었나?'

민준은 물어보려다가 모르는 척하고 매점을 향해 내려간다.

방과 후, 민준은 민아와 커피숍에서 커피를 시켜놓고 앉아서 수다를 떨고 있었다. 뭐가 그리 즐거운지 민아는 깔깔 웃으며, 주변 사람들의 인상을 살짝 찌푸리게 만들었다. 그때 갑자기 커피숍 문을 열고 준원이 급하게 들어온다. 살짝 땀을 흘리고 있다. 그걸 본 민아가 어리둥절하게 그를 쳐다본다.

"쟤 걔 아냐? 전학 온 애?"

"어 맞네? 야! 준원아!"

"왜 불러? 그냥 카페 왔나 보지."

서준원은 최민준과 눈이 마주치자 성큼성큼 다가와 커플 사이를 비집고 들어와 앉는다.

"야… 나 좀 도와줘라."

"응? 뭐를."

"나 공부 좀."

*

기억을 떠올리는 민준은 서준에게 준원이와의 사연을 이야기해 나갔다.

"준원이가 공부는 잘하는 편이 아니기도 했고, 첫날이지만 수업도 하나도 못 알아듣겠다 해서, 팁도 줄 겸 우리 집에서 공부하기로 했어요. 그래서 그 주 주말에 저희 집에 왔어요. 엄마는 교회도 다니는 학교 친구가 생겼다며 좋아하셨어요. 그러면서도 준원이 때문에 성적 떨어지는 거 아니냐고 걱정도 하셨고요."

"그랬군요. 그래서 어떻게 되었나요?"

*

[띵동]

벨이 울리고, 문을 여니 준원이가 서있다. 그를 맞이한 것은 이경연이었는데, 반바지를 입은 서준원의 복장을 위아래로 훑어본다. 그녀는 마음속에 있는 생각을 꼭 말해야 하는 성격이기에 곧장 입을 열었다.

"어머, 너는 이 겨울에 춥지도 않니?"

"안녕하세요, 집사님. 제가 워낙 더위를 많이 타서요."

"아무튼 우리 민준이 방에서 기다리니까 얼른 방에 들어가, 집사님이 마실 거랑 먹을 거 챙겨 갖고 들어갈게."

이경연은 준원을 민준의 방으로 데려간 뒤 부엌으로 향한다. 준원은 방이 더웠는지 들어서자마자 후드티를 홀렁 벗는다. 후드티를 벗으며 티셔츠가 살짝 올라가고, 그의 군더더기 없고 살짝 갈라진 복근이 보인다. 민준은 아무 말 없이 고개를 돌리고, 준원이 자리에 앉자 공부를 시작한다. 30분 정도 어색한 기류가 흐르고, 민준은 준원을 힐끗힐끗 쳐다보면서 그가 뭘 하는지 관찰한다. 턱을 괴고 문제지를 보며 펜을 돌리고 있는 그의 모습을 보고, 오른팔에 살짝 오른 핏줄을 보니 뭔가 묘한 기분이 든다. 그러다가 준원은 펜을 내려놓고 머리를 긁으며 민준에게 말을 건다.

"야. 하나도 모르겠다."

"아 잠깐만"

민준은 그의 옆에 조금 더 가까이 앉아 문제를 같이 풀어준다. 그들의 어깨와 어깨가 살짝 맞닿아 있고, 한 번씩 공식을 푸는 민준의 오른팔이 준원의 왼팔에 닿는다. 준원은 민준의 집중한 얼굴을 지그시 바라보고 있다가 살짝 입꼬리가 올라간다. 최민준이가 다 푼 듯 얼굴을 돌리는 순간, 갑자기 서준원이 그를 향해 얼굴을 들이대고 입을 맞췄다. 멍한 얼굴로 민준은 몇 초간 멈춰 있다가 준원을 밀치며 말한다.

"야. 뭐 하는 거야! 미쳤어?"

그 말이 끝나자 이번에는 두 손으로 민준의 얼굴을 잡고 키스를 했고, 그런 준원에게 아무 말도 못 하고 저항도 없이 키스를 당했다. 다시 갑작스러운 준원의 행동에 펜이 떨어져 침대 밑으로 굴러 들어가고 만다.

[똑 똑 똑!]

이경연이 노크를 하고 들어온다.

"먹을 거 좀 가져왔어. 공부 잘하고 있어?"

경연은 얼굴이 빨갛게 달아오른 민준을 보며 고개를 갸웃거린다.

"더운가 보네. 보일러 좀 낮춰야겠다."

그녀가 방에서 나가자, 준원을 쳐다보며 민준은 화가 난 듯 속삭이듯 소리친다.

"야! 미쳤어!?"

"처음이냐? 어땠어?"

"뭔가 오해가 있나 본데, 나 게이 아니야. 나 여자 친구도 있거든?"

"오해? 오해 안 했는데. 아까도 가만히 있더니."

아무 말도 못 하고 얼굴만 붉게 변하면서 난리를 부리는 민준을 보며 준원은 미소를 지으며 다시 말을 꺼낸다.

"귀엽네."

*

민준은 계속 말을 이어가며, 자신의 심정을 말했다.

"사실 여자친구는 있었지만 딱히 좋아한 건 아니에요. 친구들에게 '예쁜 여친 있어서 좋겠다'는 말을 자주 들었고, 그게 딱히 싫진 않았거든요. 뭔가 가까운 친구 같은 느낌은 있지만, 크게 끌리는 것은 없었거든요. 부모님이 교회 집회에 가있는 동안 여친을 집에 초대해서 스킨십도 했는데 그렇게 좋은지는 모르겠더라고요. 그땐 다른 선택지가 있는지 몰랐어요. 준원이를 처음 봤을 때 설레었던 감정이 그 끌림이라고 생각해 본 적이 없었던 것 같아요. 그런데 준원이와 키스를 했을 때 이게 설렘이라는 것을 부정하지 못하겠더라고요."

이서준이 경청하며 대답했다.

"이해해요. 사실 많은 성소수자들이 아직 정체성을 깨닫지 못했을 때 자신들이 감정적으로 끌리는 것을 '좋아한다' 라고 생각 못 할 때가 많죠. 그리고 물론 근래에는 동성애가 많이 받아들여지고 있지만, 아직 많은 사람들이 가족의 반응이나 사회적 인식을 두려워해서 무의식적으로 그것을 부정하기도 하죠."

"그런데 그렇게 키스를 하고 나서는 잊을 수가 없더라고요. 그래서 계속 피해 다니려고 했는데 어느 날 집 앞에서 준원이를 보게 됐어요. 모르는 척하고 지나가려고 하는데 붙잡더라고요. 이웃들이 볼 수도 있을 것 같아서 우선 자리를 옮겨서 말했어요. 나는 게이가 아니라고. 그랬더니 자기도 아니래요. 그러더니 다시 제게 다가오더라고요. 처음에는 그렇게 몇 번 밀쳐냈는데."

"그 후로 어떻게 됐나요?"

"서로 진심으로 좋아하게 됐어요. 아니, 사귀게 된 거죠. 이후로는 공부를 핑계로 준원이를 매주 우리집으로 초대했어요. 사실상 준원이와 사귀는 사이가 된 거였죠. 교회 부흥회가 있던 몇 주 전 토요일이 문제였어요. 그날 부흥회가 11시나 12시에 끝날 예정이라서, 엄마 아빠가 없는 집으로 준원이를 초대했어요."

*

부흥회에 참석하기 위해 한껏 꾸민 이경연은 민준이의 머리를 쓰다듬고 그녀의 남편과 함께 나간다.

"둘 다 공부 열심히 하고, 준원이도 너무 집에 늦게 들어가지 마."

경연이 차에 타려고 하는 순간 깜빡하고 지갑을 안 가지고 나온 것을 깨닫는다. 그녀는 시계를 바라보며, 허겁지겁 다시 엘리베이터를 타고 자신의 집으로 올라가, 문을 열고 들어서자 이상한 느낌이 든다. 그녀의 코를 찌르는 향과 귀에 들어오는 거친 숨소리에서 본능적으로 알 수 있었다. 그리고 고양이같이 사뿐사뿐한 걸음으로 자신의 아들의 방으로 조심스레 향한다. 문이 완전히 닫히지 않은 그 방에서 옷을 다 벗은 남자 둘이 엉겨 붙어있는 것을 보게 된다. 경연은 너무 큰 충격을 받고 소리를 지른다.

"어…엄마!"

*

민준은 잠시 고민을 하며 그때의 일을 떠올렸다. 말을 멈춘 민준은 고개를 숙인 채 무릎에 두 손을 꼭 쥐고 있다.

"그 후 엄마가 다 알게 되었어요. 엄마는 이 사실을 인정 못하시는 것 같더라고요. 이건 정신병이고 죄라고, 그리고 준원이만 없으면 충분히 해결될 일이라고요."

"그리고 어떻게 됐나요?"

"언제부턴가 교회랑 학교에서 소문이 돌더라고요. 아마 어머니가 목사님한테 기도해달라고 얘기한 게 소문이 퍼졌겠죠."

"어떤 소문이죠?"

"저랑 준원이에 대한 소문이요. 학교에서도 그 소문이 퍼지는 바람에 친구들도 저를 멀리하더라고요. 민아랑은 당연히 헤어졌고요. 계속 부정을 해도 이미 소문은 걷잡을 수 없을 정도로 퍼졌더라고요."

"그랬군요. 그거 때문에 민준 군도 멀리하기 시작했나요?"

"네."

"그 후에 준원 군과는 연락을 했었나요?"

"몇 번 연락이 왔는데 답장 안 했어요. 그 후 엄마, 아빠가 준원이 부모님 만나서 엄청 난리 났어요. 서로 우리 아들을 왜 이렇게 만들었냐면서."

"민준 군은 준원이에 대해 어떻게 생각해요?"

"목사님께서 동성애를 죄라고 했어요. 늘 소돔과 고모라의 예를 들며 동성애는 멸망의 길이라고 배웠어요. 그런데 솔직히 잘 모르겠어요. 나는 그냥 어떤 사람을 좋았던 거고, 그게 왜 죄인지. 뭐 모르죠. 만약 내가 기억을 지우면 여자를 좋아하게 될지도 모르겠어요."

민준은 준원에 대한 질문을 직접적으로 답하지 않았다. 자신의 사랑을 이루지 못하는 슬픔과 이를 알게 된 어머니, 그리고 친구들 때문에 느낀 수치심 등 다양한 감정이 복합되어 있었다.

"힘들었겠군요. 그 친구를 만나는 것도 꽤 어려운 결정이었을 텐데, 부모님께서 그런 사실까지 알게 되었다니… 그런데 민준 군, 힘든 것도 이해하고 어떤 얘긴 줄 알겠어요. 하지만 민준 군도 이미 예상하겠지만 기억을 망각시킨다고 해서, 성적 취향이 바뀌지 않을 수도 있어요. 그리고 친구의 기억을 지우는 것인데 그게 정말 민준 군이 원하는 거예요? 기억을 지우는 것은 본인 생각인가요?"

최민준은 머뭇거리다 교회 목사와 그의 엄마가 그를 설득했다고 답했다.
"민준 군이 생각하기에는 준원이 기억을 지우면 다 해결될 것 같아요?"
"해결이요? 그건 모르겠어요. 그래도 엄마가 괜찮아지지 않을까요?"
"민준 군, 물론 아직 미성년자지만, 기억을 지우는 것에 대해서는 순전히 민준 군의 선택이었으면 좋겠어요. 다른 사람의 강요가 아닌 오롯이 민준 군의 선택이요."
그는 아무 말 없이 이해를 했다는 듯 고개를 끄덕였다. 그리고 자신의 양쪽 무릎을 두 손으로 꼭 쥐며 말했다.
"그래야 해요. 그게 맞아요."
이서준은 그런 그에게 물었다.
"준원이라는 친구도 이 사실에 대해 이미 알고 있나요?"
그는 고개를 끄덕이며 말했다. "이미 다 알고 있고, 걔도 동의하면서 그렇게 하자고 했어요. 하지만 자기는 기억을 지우지 않는다고 했어요. 나중에 우리가 다 커서 어른이 되었을 때 꼭 다시 만나자고 하면서. 그땐 어른들이 뭐라고 해도, 우리의 선택에 대해서 뭐라고 할 수 없을 거니까."
"그런데 기억을 안 지우고 왜곡 시키거나 감정만 없애는 다른 선택지도 있는데 왜 망각을 선택하셨나요?"
"조금이라도 기억이 남아있으면 못 참고 금방 다시 만날 거 같아요. 그리고 그냥 다른 기억을 넣느니 지우는 게 낫겠다 생각했어요."

이서준은 이경연을 자신의 방으로 들어오게 한 뒤, 그녀에게 조금은 무게가 실린 어조로 말을 꺼낸다.

"어머님, 우선 아드님한테 뭘 하길 원하는지 알겠어요. 우선 말씀드리고 싶은 것은 기억은 망각될 수 있어도, 그 사람의 성향을 바꾸게 하는 것은 할 수 없어요. 그런데 이렇게 맞는 것인지 다시 한번 생각해 보세요."

그의 말을 가로막으며 이경연이 큰 소리로 말했다.

"선생님, 얘 지금 죄를 짓는 거라고요! 소돔과 고모라와 같이 천벌을 받을 죄를 짓는 거라고요!"

"어머님, 저는 종교를 가지고 있지 않지만 성경의 이야기들은 잘 알고 있습니다. 어떤 것이 죄이고 어떤 게 죄가 아닌지는 정확히 모르지만, 이 친구가 가진 감정을 정죄하는 것도 결국 죄가 아닐까요? 그런 말도 있지 않습니까? '너희가 심판을 받지 않으려거든, 남을 심판하지 말아라' 하는."

"선생님! 동성애는 죄입니다. 그건 받아들일 수 없어요!"

말이 안 통할 것을 이미 알고 있었지만, 이서준도 나름 설득을 시도해 본 것이었다. 결코 끝나지 않을 것 같은 대화에 그는 다시 말을 꺼낸다.

"아드님께서는 서준원이라는 친구를 잊고 싶다고 했는데, 그렇게 하면 될까요?"

"네, 그게 제가 원하는 거예요."

"민준 군, 괜찮겠어요?"

이서준의 질문에 긴장과 걱정 서린 눈으로 이경연이 아쉬움에 찬 소년의 얼굴을 바라보았다. 그리고 소년이 대답했을 때, 그녀는 안도의 한 숨을 쉬었다.

"네. 그렇게 해주세요."

"5~6개월이란 시간이고, 한 인물의 기억이니, 혼란스러울 수도 있어요. 뭐, 본인의 선택이니까 알겠습니다. 우선 몇 시간이 걸릴 거 같으니, 어머님은 밖에서 기다리고 계시면 될 것 같아요."

이경연이 나가고, 이신명과 박새봄이 들어왔다. 그리고 서준은 다시 한번 MAP 시술에 대한 설명을 하고, 계약서와 절차들을 진행한 뒤 그에게 뒤를 돌아보며 말했다.

"마지막으로 물어볼게요. 괜찮겠어요? 다시 한번 말하지만 이건 민준 군의 선택이에요. 꼭 엄마 말을 따를 필요는 없어요."

민준은 아무 말도 하지 않고, 그냥 고개를 끄덕이고 눈을 감고 기억을 회상했다. 그는 달콤 씁쓸한 표정을 지으며 아무 말 없이 몇 시간 동안 의자에 앉아 있었다. 그의 눈가에는 살짝 눈물이 고여있다. 그렇게 소년의 어린 뇌는 망각되었다.

영혼이 빠져나간 듯 몽롱하게 창 밖을 보는 최민준, 이경연이 운전하는 차 조수석에 앉아 집으로 향한다.

"엄마?"

이경연이 울먹거리며 대답한다.

"응? 괜찮아?"

"나 슬픈 꿈을 꾼 거 같아. 그런데 기억이 안 난다."

"별일 아니야. 우선 집에 가면, 맛있는 거 먹자."

서준의 방에서 이신명이 묵묵히 장비를 정리하고 있다. 이를 아무 말 없이 바라보던 새봄이 침묵을 깬다.

"최민준 군 불쌍해요."

여태 볼 수 없었던 다소 퉁명스러운 말투로 이신명이 그 말에 답한다.

"뭐가요?"

"그냥요. 사랑하는 사람을 망각시켰잖아요. 본인의 선택이었지만 강요로 말이에요."

"어떤 사람들에게 이룰 수 없는 사랑보다 버티기 힘든 게 없기 때문에 지우는 게 더 편한 거예요."

의외의 말을 하는 이신명을 잠시 바라보며 박새봄은 잠시 말을 멈춘다. 그리고 혼잣말로 조그맣게 말한다.

"인트제가 아니고 잇티제^(ISTJ) 였나 보네."

05____

나만의 추억

"네? 기억을 몇 개 지우신다고요?"

강한나가 통화를 하다 놀란 표정 짓는다.

"그게 불가능 한 것은 아닌데 우선 오셔서 상담을 받으셔야 할 것 같아요."

그녀가 통화를 끝내자 옆에서 그것을 보고 있던 박새봄이 물었다.

"뭐 때문에 그렇게 놀랐어요?"

"아, 그게 지워야 할 기억이 대략 30~40개 정도 된다고 하는데, 지울 수 있냐고 물으셔서."

"그게 가능한가요?"

"잘은 모르겠어요. 이 부분은 원장님에게 물어봐야겠죠?"

때마침 조요나가 다소 미묘한 미소를 지으며 상담을 받던 40대 남성을 내보낸다. 그가 밖으로 나가자 박새봄은 강한나에게 조용히 물었다.

"저 사람 어떤 사유로 신청 했었죠?"

"트라우마 때문에 선생님과 직접 얘기하겠다고 하셔서 저는 어떤 사연인지는 몰랐어요."

방에서 나온 조요나가 한숨을 쉬며 고개를 저었다. 강한나가 무슨 일 때문에 그러는지 묻자 그녀가 대답했다.

"자기가 요즘 재미있는 영화가 없어서, 예전에 재미있게 봤던 '스타워즈' 시리즈와 '마블' 영화들을 기억에서 다 잊게 해 달라는 상담이었어요."

"네? 그런데 상담은 왜 그렇게 오래 걸리셨나요?"

"글쎄 제가 이런 부분들은 도와줄 수 없다고 말하니까 그때부터 영화들에 대한 설명을 하면서 저를 설득하려고 하더라고요."

새봄이 피식 웃고, 한나도 고개를 숙이며 미소를 지었다. 뭔가 떠오른 듯 한나가 방금 왔던 상담 전화를 조요나 원장에게 물었다.

"원장님, 혹시 다수의 기억을 지울 수도 있나요?"

"어떤 기억이냐에 따라서 다르겠죠. 그 다수의 기억의 기간, 기억의 대상에 따라서 말이 달라질 것 같은데. 왜 그런 걸 물어보세요?"

"방금 상담 관련 문의가 있었는데요. 망각시키고 싶은 기억이 30~40개 정도 된다고 했어요."

"하루 만에 그 정도 기억을 망각 시킨 경우는 없었는데, 어떤 사연인지 궁금하네요."

그런 그들의 대화를 언제부터 듣고 있었는지 서준이 말했다.

"그 상담, 제가 맡아도 될까요?"

그의 말에 조요나가 깜짝 놀라 뒤를 돌아보며 대답했다.

"이서준 선생, 언제부터 거기 있었어요? 그런데 괜찮겠어요? 왜 이런 특이한 상담을 직접 진행하고 싶은 거죠?"

이런 특이한 사례를 자신이 직접 진행하는 위험 부담도 줄여주기 때문에 그녀가 이를 거절할 이유는 없다. 하지만 서준의 갑작스러운 제안의 의도를 알고 싶었다.

"그냥 어떤 사연인지 궁금하기도 하고 이런 특이한 사례들을 다뤄보고 싶어서요."

이서준이 뭔가를 숨기는 것 같다고 느꼈지만, 그녀는 결국 그의 제안을 받아들이기로 한다.

며칠 후 그 특이한 의뢰를 위해 어떤 50대 남성이 찾아왔다.

"안녕하세요. 오늘 5시 상담 예약했었는데 김기수라고 합니다."

"아 네! 지난번에 전화 주셨던 분이시죠? 기억 30~40개 망각해야 한다고 의뢰 주셨던."

새봄이 밝은 얼굴로 미소를 지으며 대답한다.

"네. 뭐 그렇죠."

"아, 그럼 여기 이것 좀 작성해 주세요."

그의 깔끔한 얼굴과 젠틀한 이미지와는 달리 다소 거친 손을 가지고 있다. 그는 서류를 금방 작성한 뒤 의자에 가볍게 앉는다. 김기수, 51세.

"김기수 씨, B번 방으로 가시면 되겠습니다."

김기수는 조용히 이서준의 반대편 의자에 앉았고, 그의 시선은 이서준의 눈과 마주치지 않은 채로 책상 명패에 고정되어 있는 듯하다. 잠깐의 어색한 침묵을 깨고 서준이 물었다.

"꽤 많은 기억을 잊고자 한다 들었는데 어떤 기억들 때문에 오셨나요?"

이서준의 질문에 중년 사내는 자신의 주머니에서 몇 번을 겹쳐서 접은 A4용지를 하나 꺼냈다.

"제가 기억에서 지우고 싶은 특정 날짜들이 있어요. 여기 순서대로 적어왔는데, 이 날짜대로 지울 수가 있는 것인가요?"

이서준이 종이를 펼치자 독특한 글씨로 빼곡히 나열된 리스트가 나왔다.

종이 뒷면까지 느껴질 정도로 꾹꾹 눌러쓴 글자들이 행을 맞춰 나란히 정열되어 있지만, 띄어쓰기는 다소 간격이 중구난방하다.

"날짜가 있다고 크게 도움이 될 것 같진 않지만, 그 지정해 주신 특정 날짜들에 일어난 일들을 정확히 기억하시면 충분히 가능할 것 같습니다. 자주는 아니지만 특정 날짜에 있었던 일을 잊으려고 오시는 분들이 있어서요."

중년 남자는 얼굴이 밝아지며 종이에 적힌 자신의 기억들을 망각하고 싶다는 의사를 밝혔다. 조금 '특이한' 요구사항이었지만 이서준은 '특별하게' 생각하지 않았다. 아니 도리어 실망을 했을 수도 있다. 30~40개나 되는 목록에는 날짜와 지극히 평범한 장소 등이 적혀 있었기에 기대와는 달리 생각보다 일반적인 기억일 수 있을 것 같았기 때문이다. 이서준이 어떤 사연인지 묻자 김기수는 수줍게 답했다.

"사실 제가 기억력이 좀 많이 좋아서요. 예전의 기억들이 너무 생생하다 보니 좀 힘들어요. 이제 곧 재혼을 하는데, 제가 연애를 좀 많이 했거든요. 기억력이 좋아서, 그게 좀 그렇더라고요. 종이에 적힌 날짜들이 다 그때 당시 만났던 사람들과 연관된 날짜에요."

"결혼 축하드립니다. 결혼하실 분을 정말 사랑하시나 보네요. 그런데 정확히 여기 나열된 날짜만 지우고 싶은 것인가요?"

"네. 그 날짜들만 지우면 돼요."

이서준은 김기수가 준 종이를 관찰하면서 이해하지 못한 부분이 있어 그에게 물었다.

"날짜만 지우는 것이 그 사람 자체를 망각시키진 못할 텐데요. 특정 날짜를 지우고자 하는 이유가 있을 까요?"

"사실 제가 철이 없던 시절, 관심 있던 여자들과 하룻밤을 같이 보내고 관계가 끝나면 곧장 헤어졌거든요."

"네?"

뜻밖의 대답에 이서준이 놀라자, 김기수는 다시 말했다.

"섹스요. 여자랑 섹스를 하고 버렸다고요."

갑작스러운 태도와 직설적인 말투에 당황했지만, 이서준은 고개를 끄덕이며 그의 말에 경청했다.

"제대로 된 평범한 관계를 갖지는 못했던 것 같아요. 그냥 그런 기억들을 지우고 싶어요."

김기수의 주장과 달리 그의 표정은 후회보다는 자랑스러워하는 얼굴이다. 이서준은 이 사내가 독특한 것이 아니라, 그저 여자와 원나이트를 하고 곧바로 헤어지는 고약한 취향을 가진 중년 양아치일 수 있겠다 생각했다. 하지만 한편으로는 그의 말투와 품행에 왠지 모를 괴리감이 피어나는 것을 지울 수가 없다.

어쨌든 김기수는 확실히 기억을 망각시키고 싶어하는 의지를 내비쳤다. 그러니 이서준은 DEM 절차와 계약서, 그리고 편지를 작성하게 한 뒤 배달호와 강한나를 호출했다.

"우선 장비를 좀 준비할 게요."

기억의 망각을 위한 준비가 끝나자 이서준이 묻는다.

"김기수 씨? 제가 날짜별로 차례대로 불러 드릴테니, 그 기억을 떠올리시면 돼요. 그럼 말씀주신 기억들이 영상화 되면서 지워질 거예요."

"정말이요? 신기하네요. 그런데 그러면 제 기억 영상이 다 보여지는 거 아닌가요? 개인적인 기억이라 그게 노출되면 조금 그렇지 않나요? 아무래도 관계하는 영상이라고 한다면 말이죠."

그는 살짝 꺼려하며 말했다.

"걱정마세요. 그런 부분은 MIR 사용자 인터페이스에서 알아서 검열을 해줄 것입니다. 완벽한 것은 아니지만 노출이 있거나 성행위가 있거나, 지나치게 폭력적인 것 등은 A.I.가 자체적으로 검열을 해주는 방식이죠. 아무래도 저희도 그런 것에 노출되면 안 되는 부분이 있기 때문에 모두를 보호해 주기 위한 기능이죠."

"그런 기능이 있군요."

김기수가 감탄하며 말했다. 그런데 그의 대답을 들은 이서준은 갑자기 표정이 진지해졌다. 이서준은 자신의 화면을 보고 있었는데, 뭔가 수상한 것을 감지했기 때문이다. 바로 화면 속에 나온 김기수의 뇌 스캔이 일반 피험자들의 뇌와 다르게 뇌의 앞 부분과 뒷 부분 하단이 유독 파랗고 까맣게 표시됐다. 일반 사람이었다면 초록, 노랑, 주황 등 다양한 색이 눈에 띄었을 것이다. 이서준은 이런 패턴의 뇌를 전에 본적이 있다.

반사회적 인격장애를 가진 사람들의 특징이다. 정확히 말하자면 사이코패스 성향에 해당되는 패턴. 그제서야 이서준은 이질적이면서도 눈여겨 봤던 김기수의 손글씨를 떠올렸다. 그도 처음에는 왜 그렇게 피험자의 손글씨가 신경 쓰였는지 몰랐지만 뭔가 알 것 같기도 했다. 그가 대학 시절 잠시 사이코패스 성향의 연쇄살인범에 대한 호기심 때문에 손글씨를 분석한 기록들을 본 경험이 있었기 때문이다. 그러나 사이코패스 성향을 가지고 있고 글씨체가 이렇다고 해서 모든 사람들이 범죄를 저지른 사람이라고 성급하게 단정지을 수 없다. 하지만 분명 김기수의 행동 패턴을 그냥 지나칠 수도 없었다. 그렇기에 옳은 판단을 하기 위해서 김기수의 동의 없이 그의 기억을 검토하는 불법을 저지르는 모순적 선택을 해야했다. 이서준은 마음의 결정을 한 뒤, 배달호와 강한나에게 문자를 하나 보냈다.

[검열 제한을 풀어서 김기수의 기억이 저한테만 보이도록 송출하세요. 제 화면 말고 모니터 안경(의사들이 민감한 피험자의 정보를 볼 때나 편의를 위해 가끔 구글 글래스 같은 장비를 이용한다. -작가주)에 나오게 해주세요. 그리고 저 외에는 절대로 그의 기억에서 출력되는 MIR 이미지를 보아선 안됩니다. 이 부분은 제가 책임지겠습니다.]

강한나는 불편한 표정을 지었고, 배달호는 이서준을 바라보며 고개를 끄덕였다. 서준은 김기수가 메모해 놓은 리스트의 첫 번째 줄을 읽는다.

"2005년 10월 21일, 임○○ 대림동 횟귀집, 원피스?"

"아… 제 첫사랑의 생일이네요. 그때 제가 원피스를 선물로 준 날이에요."

김기수는 뭔가 희열을 느끼는 듯 한 표정을 짓는다. 황홀한 듯 주먹을 꽉 쥐며, 어떻게 보면 음흉하고, 어떻게 보면 순수한 표정으로 과거를 느끼는 듯 한 표정이었다. 이서준은 김기수가 기억을 떠올리는 동안 송출되는 영상을 보았다. 기대한 것과 다르게 일상적인 영상같다. 처음에는 그의 친구로 보이는 남자와 앉아 있는데, 그의 시선이 점점 옆 테이블에 앉은 어떤 여자에게 향하기 시작했다. 그녀는 초록색 꽃무늬의 원피스를 입고 있었으며, 긴 생머리를 한 20대 정도로 보이는 여성이었다. 얼마 후 그는 취기가 있었는지 그의 시야가 살짝 왜곡이 되어 보였고, 그 여성을 뒤 쫓아 가기 시작했다. 인적이 드문 곳에서 그는 그녀를 붙잡았다. 그녀가 반항하자 그는 그녀를 주먹으로 연속으로 가격하고 쓰러뜨렸다. 그녀는 더이상 움직이지 않았고 그는 그런 그녀를 계속 주먹질하고, 때로는 맨땅을 때리기도 했다. 처음 본 어떤 여자를 죽인 것이었다. 그리고 그는 자신의 겉옷을 벗어 그녀의 얼굴을 덮은 뒤 등에 업고 집으로 데리고 가 시체를 훼손하기까지 했다. 이 영상이 적나라하게 송출이 되었고, 이서준은 이를 바라보고 있다. 서준의 얼굴은 새파랗게 질려 금방이라도 토할 것 같은 표정이다.

"오랜만이네요. 이 느낌, 잊기 정말 아쉽네요."

김기수가 꺼낸 말에 이서준은 어렵사리 대답을 한다.

"그렇죠. 첫사랑이라는 게 아쉬움이 많은 것이죠."

첫 기억이 살인을 한 기억이었기에 이서준은 각별한 각오를 해야했다. 팀의 안전과 현재 클리닉 사람들의 안전이 우선이었고, 어떻게 신고를 해야할지 고민해야 했다. 하지만 먼저 김기수의 기억이 허상인지 아니면 진실인지의 진위여부 파악을 해야했다. 만약 김기수의 기억이 망상에 의한 것이고, 다 머리 속에서 일어난 일이라면 정말 치료가 필요한 것이기 때문이다. 뭔가 떠오른 듯 이서준은 김기수에게 제안을 하나 했다.

"그럼 이건 어떨까요? 어차피 여기 목록이 많으니 기억을 송출하고 하나씩 망각을 시키기보다 다 출력 시킨 뒤 마지막에 한꺼번에 망각시키는 게 나을 것 같은데 어떠신가요? 그게 더 빠를 것 같기도 하고, 결정도 그때 하면 편하잖아요."

이서준의 제안이 마음에 들었는지 김기수는 좋을 것 같다고 했다. 그러자 이서준은 두번째 줄을 읽는다.

"2006년 6월 2일 김○○ 구로거리공원, 안경."

"생각이 나네요. 이 친구는 제가 정말 좋아했던 친구인데, 눈이 지독하게 나빴어요."

그는 기억을 떠올리며 다시 한번 짜릿함을 느끼는 듯 했으나, 처음의 강렬한 느낌보다는 오히려 익숙해진 느낌이다. 이서준은 계속 김기수의 뇌활동을 검토하며, 두번째 송출되는 영상을 보기로 한다. 이번에도 역시 어떠 골목에서 안경을 쓴 30대로 추정되는 여자를 스토킹하고 있다. 뒤에서 그녀의 머리를 가격해 쓰러뜨리고, 자신의 집으로 데리고 가서 살해하는 내용이다. 첫 번째 영상 보다는 미숙함이 덜 한 느낌이었다. 그의 기억은 유독 특정한 사물에 집착했으며, 살해하는 과정과 토막을 내는 과정이 지나치게 적나라하며 세심했다. 검붉은 피의 물감을 곳곳에 뿌려 물들이는 행위는 사뭇 김기수를 광기 어린 예술가처럼 보이게 했다. 이서준의 얼굴이 점점 굳어가는 것을 보며 배달호와 강한나 역시 얼굴이 긴장된 얼굴이 역력했다. 강한나는 이서준에게 괜찮냐는 메시지를 보냈고, 이서준은 그녀와 눈을 마주치고 고개를 끄덕인 뒤 그들에게 답장을 보냈다.

[김기수 코드블루]

이서준의 메시지를 받은 배달호와 강한나는 서로를 쳐다보며 표정이 급격히 어두워졌고, 강한나는 방에서 소리가 들리지 않도록 빠져나갔다. 두번째 기억 송출이 끝나자 김기수는 무의식적으로 한숨 쉬며 말한다.

"너무 금방 끝났네."

그의 말에 잠시 아무런 답을 하지 않던 이서준은 마음을 단단히 먹은 듯 김기수에게 말했다.

"김기수 씨는 정말 대단한 것 같아요. 여자들한테 진짜 인기가 많으신 것 같아요."

"에이, 뭘요. 그런데 여자들이 진짜 저한테 빠지면 못 헤어나오긴 해요." 그는 기분이 좋아진 듯 살짝 웃으며 답했다.

"개인적으로 궁금한 게 있는데요. 비결이 뭔가요?"

"비결이라…" 김기수가 뜸을 들이다 대답했다. "원래 모든 것은 노력한 만큼 보상이 주어지죠. 여자도 마찬가지예요. 공을 들이고 시간을 들여야 더 큰 보람을 느끼죠. 낚시 같다고 해야 할까? 기본적으로 많이 따라 다녀야 해요. 뭐, 그렇다고 내가 스토커는 아니고, 연애는 사전조사를 많이 해야하니까. 맞아! 일종의 탐색전 같은 거지. 운동 선수들도 경기 전에 상대방의 전략과 전술을 잘 알아야 대처를 할 수 있으니까 일종의 예습이라고 보면 되죠."

프런트 데스크에서 심각한 표정의 강한나에게 박새봄이 묻는다.

"무슨 일이에요?"

"우리 방에 들어간 김기수 있잖아요. [코드블루]에요."

"그럼, 112에 전화할까요?"

"잠시 기다려봐요. 우선 어떤 상황인지 지켜봐야할 것 같아요."

"궁금해서 그러는데 [코드블루]가 뭔가요?"

"MAP 기기에서 뇌 활동을 검토하기 위해서 PET^(양전자 단층촬영) 스캔도 활용하는데 거기서 특정 패턴을 가진 사람들이 있어요. 예를 들어 알츠하이머가 있거나, ADHD가 있거나, 정신질환이 있거나, 마약을 한 사람들이거나 말이죠. 지금 [코드블루]는 피험자가 사이코패스 뇌의 특징을 가졌다는 뜻이에요."

강한나의 말에 박새봄은 화들짝 놀라며 답한다.

"아, 그래서 [코드블루]가 비상 상황이구나. [코드블루]인 경우가 많나요?"

"아뇨. 저도 듣기만 했지 처음 봐요. 조요나 원장님께서 간혹 반사회적 인격장애를 가진 분들이 왔다고는 하더라고요."

"빨리 경찰을 불러야 하지 않을까요?"

"반사회적 인격장애가 있다고 해서 무조건 경찰을 부르면 안돼요. 범죄를 저지르지 않았을 수도 있으니까. 그리고 가끔 어떤 특종 직업을 가진 사람들 중 그런 성향이 있는 경우도 있어요. 거기다 스키조^(조현병) 환자들의 경우 자신의 환각이나 망상을 진짜 기억으로 착각할 수도 있어요."

"자. 다음 날짜로 가볼까요?"

김기수의 말에 이서준은 바로 다음 줄을 소리내어 읽는다.

"세 번째 리스트로 가보겠습니다. 이○○ 당산역 빨간 스커트."

주기가 첫번째와 두번째에 비해 짧았다. 이서준은 연쇄살인범들이 한 번 살인의 희열을 느끼면 다음 살인 주기는 점점 더 짧아진다는 것을 어디선가 읽은 것을 떠올렸다. 그런데 이제 보니 리스트가 꽤 길다라는 것을 새삼 느꼈다. 빼곡히 채운 종이에는, 2005년부터 꾸준히 이어져 나갔다. 이서준은 김기수의 심기를 건드리지 않고 최대한 많은 정보를 얻고자 질문했다.

"목록을 보면서 느낀 건데 김기수 선생님께서는 정말 여자들이 좋아할 수 밖에 없겠네요. 그렇잖아요. 이렇게 여자를 만나기 전에 충분히 공부를 해두고, 준비해 두는 거죠. 여자들이 그런 거 좋아하잖아요. 역시 성공과 기회는 노력하는 자에게 온다잖아요."

이서준의 말에 김기수는 맞장구 치며 대답했다.

"캬~ 선생, 뭘 좀 아네."

김기수가 한 번씩 반말을 섞기 시작한 것은 그때부터다.

"세 번째 목록에 있는 분은 처음부터 운명같은 끌림이 있었던 건가요? 어떤 식으로 꼬셨나요? 공유 좀 해주세요. 제가 요즘 어떤 여자한테 관심이 있는데 자꾸 튕겨서 좀 힘들거든요. 열 번 찍어서 안 넘어가는 나무가 없잖아요. 그런데 이 사람은 안 넘어오더라고요."

"세 번째가… 빨간 스커트? 기억나! 이 친구는 내가 정말 너무 아끼는 친구였어요."

기회라고 생각한 이서준은 묻는다.

"어떤 점에서 각별했나요?"

"이 친구는 뭔가 달랐어요. 다른 여자들이랑은."

"그래서 곧장 말을 걸었나요?"

"아니, 아니. 그러면 안돼. 원래 공을 들이고, 시간을 들여야 더 보람을 있는 거야. 아까 얘기한 것처럼 낚시와 같다고 생각해야 돼." 김기수는 살짝 흥분한 듯 이서준에게 물었다.

"선생, 낚시 해봤죠? 낚시를 할 때 민물 낚시냐 바다 낚시냐, 또 어떤 물고기를 잡고자 하는가에 따라서 낚시대나 루어나 바늘도 다 달라지는 법이죠. 내가 아는 친구가 충청도에서 맷돼지 사냥을 하는데, 그 친구가 총만 갖고 사냥을 하나? 아니야. 사냥개 5~6마리를 끌고 가서 맷돼지를 포위하고 강아지들이 맷돼지를 지치게 하면 그때 '빵!' 하고 총을 쏘는 거라. 여자를 꼬실 때 한 몇 주일 동안은 준비를 하는 게 필요해. 이 세 번째 여자도 그랬지. 당산역에서 우연히 마주쳤는데 너무 마음에 들잖아? 그래서 걔를 쫓아갔지. 그리고 사는 곳이랑 이런 거 대충 파악하고, 걔 퇴근 시간이랑 여기에 몇 시에 도착하는지, 이런 거를 거기서 주구장창 기다리면서 알아낸거야."

"그러면 오히려 거부반응이 오지 않나요?" 이서준이 물었다.

"에이, 하나를 알고 열을 모르네. 여자들은 원래 싫은 척 하는 거에요. 처음에는 무조건 빼, 자존심 때문에. 그거 몰라? No는 Yes라는 거? 그런데 한 번 포기하고 떠나면 병신되는 거고, 계속 들이대면 결국 여자는 자존심을 내려놓게 되어 있어."

이서준은 그가 계속 말을 하도록 유도했으며 평소보다 더 과장해서 김기수의 말에 크게 반응했다. 분명 심증은 있지만, 김기수가 그렇게 쉽게 모든 것을 얘기 하진 않을 것이라는 것을 알고 있었다. 이미 김기수가 이서준에게 해주는 이야기들은 실제 사건과 연관은 있겠지만 대부분이 허구의 이야기였을 것이라 파악했다. 하지만 모든 사실을 말한다 한들 그게 도리어 클리닉의 사람들을 모두 위험에 노출시킬 수 있기 때문에 고민을 해야 했다. 모든 상황이 녹음과 녹화 되고 있지만, 이것이 증거가 될 수 있을지는 의문 투성이었으며 도리어 독이 될 수 있다고 생각했다. 거기에 더하여 이서준은 범죄심리학을 전공한 것이 아니고, 상담 하나로 살인의 여부를 유도해 낼 수 있는 것도 아니었기에 한마디의 실수가 생각보다 큰 대가를 치룰 수 있게 될 수도 있었다. 하지만 이곳은 임상실험을 하는 곳이고 아직 MAP 시술에 대한 법 또한 존재 하지 않기에 감행해도 충분히 정당화할 수 있는 구실은 있다고 판단했다. 이서준은 김기수가 범죄를 고백하기만 한다면, 곧바로 신고를 해도 상관은 없다고 결론내렸다.

서준은 생각했다. '애초에 상담할 때 피험자들이 의사와 기억을 공유하는 것은 그들의 선택인 것이다. 그들이 클리닉에 찾아와 계약서와 동의서에 서명을 하고 기억을 의사와 공유하는 순간 자신만의 기억이 아니게 되는 것이다.' 바로기억클리닉을 찾아오는 많은 사람들은 당연히 비밀유지 보장이 될 것이라 생각했지만, 사실 이곳은 심리상담센터도 병원도 아니었다. 기억을 다루는 이 클리닉에서 범죄자를 신고하는 게 가능했던 이유는 바로 이 때문이다. 비밀유지 조항은 클리닉과 고객의 암묵적인 동의이자 묵인이었을 뿐, 범죄에 관련된 것이면 조요나 원장은 동료를 지키기 위해서는 가차없이 신고하라고 지시했다. 특히 과거 어떤 사건으로 직원 한명이 크게 다친 적이 있었기에, 조금의 위험이라도 느껴졌을 때는 그런 조항들을 일일이 따지지 말라는 조요나의 지시사항이 있었다.

서준은 결국 김기수가 스스로 말을 하게끔 만들어야 했다. 이서준은 나르시스트들이 자신의 업적을 드러내고 싶어 한다는 것을 알고 있다. 그렇기에 계속 이야기에 흥미를 느낀 것처럼 행동하며 그의 경계를 낮춰야 했다. 서준은 리스트를 읽으며 재촉했다. 얘기를 계속 하다 보면 무의식적으로 무언가 나올 것이라고 기대했다.

"그럼 고○○ 당산동 편의점 원피스, 이분에 대해서 알려주세요. 이분은 처음 어떻게 만났어요?"
"처음에 편의점에 담배를 사러 갔다가 봤어요. 그때 입고 있었던 옷이 핑크색 티 원피스에 포니 테일을 하고 있었어요."
"그래서 곧장 말을 거셨나요?"
"아니, 아니. 그러면 안되지. 원래 공을 들이고, 시간을 들여야 더 보람을 있는 거야. 아까 말했듯이 낚시처럼." 김기수는 입맛을 다시며 말을 이어나갔다.
"그렇죠. 여자들은 원래 준비된 걸 좋아해요. 그리고 너무 들이대면 싫어하죠. 원래 조금 거리를 두었다가 조금씩 다가가면 마음을 열죠."

"에이, 선생님. 여자들이 들이댄다고 싫어하진 않아. 열 번 찍어 안 넘어가는 나무가 없어."

"그러면 그냥 들이대면 되지, 왜 그렇게 공을 들이세요?"

"정말 아무것도 모르네. 계속 들이대서 만나는 것과 그쪽이 끌려오게 끔 하는 것은 차이가 있지. 마치 그들이 선택을 해서 온 것처럼 만드는 거예요. 낚싯줄을 당겼다가 놓았다가, 힘을 췄다가 놨다가. 그랬을 때 희열이 오는 거고. 결국 낚시도 사냥도, 먹이가 자신의 발로 내 구역으로 들어오게 해야지. 너무 과격하게 억지로 잡으려고만 하면 도망쳐."

서준은 섬뜩한 감정을 숨기며 손뼉을 치며 답했다.

"제가 배울 게 많네요."

"그녀와 자주 마주치다 보니 서로 얼굴을 좀 알아보게 됐어. 엄청난 노력이었지. 일부러 그녀의 퇴근시간이랑 몇 시에 여기에 오는지 대충 파악하기도 했고, 그걸 위해서 가까운 곳에서 며칠 동안 계속 기다렸으니까. 아무튼 서로 눈인사 정도는 할 수 있게 됐지. 그래서 결국 말을 걸었지. 한 달 동안 공을 들였던 거라니까."

"반응이 어땠나요?"

"한 달 동안 거의 매일같이 마주쳤으니, 거부감이 없었죠."

"처음에 뭐라고 말씀하셨나요?"

이서준의 질문에 김기수가 잠시 생각한다. 그리고 슬슬 기억에 빠져든다.

"오늘도 말보로 라이트인가요?"

그녀는 뒤돌아보며 미소 짓는다. 이미 그와 안면을 튼 사이이기도 하며, 몇 번 마주치다 보니 눈인사도 한두 번쯤 했기 때문이다.

"네! 여기 새로 이사 오셨나 봐요? 몇 주전부터 계속 같은 시간에 뵌 거 같아요."

"그렇네요. 근처에 사시나 봐요? 저는 이사 온 지 꽤 됐어요. 한 1년?"

"하긴 제가 이사 온 지 얼마 안 됐지."

해맑게 웃던 그녀의 얼굴이 어두워지며 김기수에게 속삭이며 얘기한다.

"근데 여기 진짜 무서워요. 작년에 있잖아요. 누가 토막 살인돼서 나왔 대요."

*

그의 회상을 방해하며 이서준이 묻는다.

"토막 살인이요?"

"거기 제가 이사 가고 얼마 안 돼서 토막 살인이 있었다고 하더라고요."

"이사 갔는데 진짜 무서우셨겠어요."

"에이, 살인이 두 번이나 났는데 치안이 도리어 좋아지죠. 원래 살인 사건 일어난 곳이 더 안전해요. 경찰도 많이 돌아다니기 시작하고."

이서준은 그가 하는 말들에 집중했다. 얼마나 신빙성이 있는 말들인지 모르겠지만 최대한 사소한 말들을 놓치지 않으려 했다. 그리고 이번에는 살인이 두 번이라는 말에 집중했다. 김기수가 다시 회상을 하기 시작했다.

*

핑크 원피스를 입은 여자가 편의점 밖으로 나와 담배를 꺼내자, 김기수는 곧장 라이터를 들이댄다. 그녀가 담배 연기를 크게 들이 마시고 내신 뒤, 그에게 묻는다.

"담배 안 피우세요?"

"저는 끊었습니다."

사실 김기수는 담배를 피우지 않지만, 몇 주간 그녀를 지켜보고 라이터를 소지하기로 결정한 것이다. 그런 김기수를 바라보며 그녀는 고개를 끄덕이며 답했다.

"대단하네요. 나는 시도도 못 하겠던데."

그녀는 그가 들고 있는 봉투 속에서 소주 2병과 새우깡을 발견한다. 그는 그녀의 시선을 발견하고 곧장 묻는다.

"요즘 적적해서 밤에 소주를 안 마시면 잠이 안 오더라고요."

"저도 그래요. 새로 이사 오니까 적응도 안되고, 기분이 묘해요."

"그럼 저랑 여기서 한 병씩 마실까요?"

김기수는 그녀가 편의점 테이블에 앉자 소주병 뚜껑을 열고 그녀 앞에 하나, 그리고 자신 앞에 한 병을 놓는다. 그리고 말했다.

"자, 이렇게 각자 한 병씩 마시죠."

그들은 잠시 동안 수다를 떨었고, 그녀가 반 병쯤 마셨을 때부터 피곤한 기세를 보이더니, 결국 테이블 위에 엎어져 잠에 든다.

*

김기수는 음흉한 웃음을 지으며 말했다.

"밥을 먹다가 술 한잔하고, 그러다 보니 잠들더라고. 요즘이 어떤 세상인데, 겁도 없이. 담배를 피우는 애들은 이래서…"

김기수는 말을 잠시 멈췄다. 잠시의 침묵이 어색했는지 이서준이 말을 꺼낸다.

"그래서 어떻게 하셨나요?"

"뭘 하긴, 집에 보냈지."

하고 싶은 질문이 너무 많았지만, 이서준은 그가 계속 말을 하게 유도해야 했다.

"그냥 집에 보내셨어요? 여자 마음을 모르시네. 그거 자는 척하는 거예요."

분명 보통 상담이라면 기억 외의 모든 감정들을 배제시키려고 한다. 하지만 김기수의 경우는 조금 달랐다. 그가 계속 말을 하게 도발해야 했다. 어찌 됐든 이서준의 그 말이 김기수의 심기를 살짝 건드린 모양이다.

"에이, 그건 나도 알지. 여자들한테는 너무 원하는 걸 보여주면 안 돼."

"그런데, 그 여자는 아무 데서나 자고, 술 취해도 그렇지 이상하다."

"자지 않는 게 더 이상하지."

김기수는 소름 돋는 미소를 지으며 말했다. 이서준은 화면 속에서 김기수가 여자가 담배를 피운다고 자리를 잠시 비웠을 때 그녀의 잔에 가루를 넣는 기억이 재생된다.

"그래서 어떻게 하셨나요?"

"우선 집으로 데리고 갔지. 걔가 혼자 살아서 거리도 위험하고 하니까, 집에는 데려다줘야지. 그래서 내가 업고 갔어요."

"그리고 어떻게 되었나요?"

"집 앞에 도착했는데."

*

깨어난 여자는 자신을 집 앞까지 업어서 데려온 김기수의 등에서 내린 뒤 정색하며 묻는다. 아까와 전혀 다른 태도와 말투였다.

"저희 집 어떻게 아셨어요?"

"아까 취해서 주소 얘기했는데 기억 못 하나?"

"저 이사 온 지 얼마 되지 않아서 주소도 몰라요. 길만 알지."

*

이서준에게 말한다.

"원래 여자들이 그래요. 막상 집에 오면 괜히 빼고 그래요. 무안한 척, 지조 있는 척하려고."

"그래서 어떻게 하셨나요?"

김기수는 다시 입맛을 다시면서 얘기를 한다.

*

그녀는 기수를 계속 취조한다. 한 손에는 핸드폰을 꼭 쥐고, 언제든 신고를 할 준비가 되어 있었다.

"취해서 기억을 못 하시는구나. 오면서 계속 길 알려주셨어요."

"제가 아까 업혀 있을 때 깼는데, 알아서 잘 가시더라고요."

"…"

"저희 집 어떻게 알아요? 저 따라다녔어요?"

"하아. 시발, 약을 다른 걸 써야겠네."

갑자기 그녀에게 달려드는 기수, 늦은 밤거리에는 인기척도 없다.

*

"어떻게 하긴요. 그냥 말로 아주 잘 풀었죠. 조금 시간은 걸렸지만, 결국엔 풀리더라고요."

"정말 여자 마음을 잘 아시나 보네요. 원래 그런 게 정말 힘든 건데."

"하하하, 원래 여자들은 조금만 틈을 보이면 우습게 봐요. 여자들은 남자가 리드하고, 강하게 나오는 걸 좋아하거든."

"맞아요. 여자는 강한 남자를 좋아하죠. 그런데 어떤 식으로 강하게 행동했나요?"

"그건 저만의 노하우가 있어요."

"알려주실 수 있나요?"

"..."

뭔가 말실수 한 것일까? 김기수는 한참 조용히 아무 말 없이 앉아 있다. 그리고 이서준이 물어본 것과는 다른 대답을 한다.

"사람이라는 게 참 웃겨요. 한없이 강한 척을 하고 트집을 잡다가, 정말 강한 사람에게는 꼬리를 내려요. 그게 사냥하는 자와 당하는 자의 차이지. 내가 경험이 좀 많다 보니까 딱 보면 알거든. 그 사람이 강한 척하는 것인지, 아니면 정말 강한 건지."

기억의 화면 속 그녀는 아무런 옷도 걸쳐 입지 않고 묶여 있고, 자신의 목숨을 비는 듯했다. 그리고 김기수는 조용하지만 단단하게 한 마디 했다.

"그날 이후로 그 여자는 영원히 내 꺼가 됐지. 뭐. 오늘 이후로는 기억 속에서 사라지겠지만."

이서준은 그를 계속 호응해 준다면 뭔가 나올 것 같은 느낌이 들었다.

"제가 요즘 맘에 드는 사람이 있는데, 어떻게 하면 그 사람을 내 거로 만들 수 있을지 고민이 좀 많거든요. 팁 좀 주세요. 저도 좀 배워갈 수 있게."

김기수는 미소를 짓고 건들거리며 말했다.

"진짜 궁금해? 그럼 내가 내 친구 얘기를 하나 해줄게. 내 친구가 예전에 유부녀를 만난 적이 있어. 심지어 애까지 딸린 사람이었어. 그런데 옷을 입은 꼬락서니 하며, 어찌나 남자들에게 꼬리를 치던지, 그건 100% 남자를 원한다는 말이거든. 원래 여자들이 아닌 척하면서 남자들의 시선과 관심을 바라고 있는 거라니까! 그걸 잘 캐치해야 돼."

이서준은 맞장구치며 말했다.

"우와, 친구분이 유부녀까지 만나셨다니 대단하네요. 그래서 어떻게 했나요?"

"그 친구가 그 여자랑 같은 아파트에 살았었는데, 그 여자가 102동 2202호, 친구가 102동 1304호에 살았어. 그런데 그 여자가 마주치면 항상 웃으면서 인사도 먼저 했다는 거야. 자기 애도 인사를 시키면서 말이지."

이서준은 계속해서 김기수와 가까워지기 위해서 그의 말에 동조하고, 때로는 과장스럽게 그가 기분 좋아할 만한 대답을 했다. 이것은 이서준이 목록을 곁눈질하다 [2006년 12월 8일 박○○ 레○○아파트 반지]라고 적힌 것과 일치하지 않을까 추측했기 때문이었다.

"그 여자 괘씸하네요. 아니, 어떻게 결혼한 여자가 모르는 남자한테 그렇게 꼬리칠 수 있는 거지? 혼이 나야겠네."

이에 김기수는 손뼉을 치며 답했다. "그래. 진짜 그랬단 말이야. 분명 시그널을 주고 있었던 거지."

"그래서 그 여자는 어떻게 꼬셨어요?"

이서준의 질문에 그는 잠시 머뭇거렸다.

"말씀하시기 불편하시면 말 안 하셔도 돼요. 창피하실 수 있죠. 원래 여기 불륜으로 오시는 분들도 꽤 많아서, 이해해요."

김기수는 불륜이라는 단어에 살짝 불쾌한 말투로 말을 이어갔다.

"그런 거 아니고, 걔가 먼저 꼬리쳤다니까요? 심지어 애까지 딸린 사람이 말이야."

이서준은 김기수가 자신의 얘기를 친구 이야기처럼 꾸민 것을 사실상 인정한 것으로 보고, 그에게 더 물어보기 시작했다.

"처음 보자마자 어떻게 하고 싶었나요? 좀 얘기해 줘요. 나도 결혼 한 사람들 궁금해요. 뭔가 스릴 있고. 만약 여기서 기록되는 게 신경 쓰이는 거면 걱정 마세요. 저희 클리닉은 임상실험을 하는 곳이기 때문에 여기서 기록되는 것이 밖으로 유출되거나 그런 일은 절대로 없을 거니까."

이서준은 곧이어 배달호에게 자신이 직접 기억을 망각시킬 것이니 잠시 나가 있으라고 말했다. 그러자 마음이 한결 편해졌는지 김기수가 입을 열었다.

"계획을 좀 세웠어."

"어떤 계획이죠?"

"먼저 아이랑 친해지면 돼. 아이를 꼬시는 거지. 이미 그 여자 딸은 나한테 수십 번 인사했으니 나를 알 거 아냐? 그래서 걔한테 말했지, '너네 엄마가 어디 갔다 오신다고 우리 집에서 기다리면 데리러 온다고 하셨어.'"

*

"안녕. 아저씨 알지?"

김기수가 여자의 딸이 혼자 있는 것을 발견하고 딸에게 다가갔다.

"안녕하세요?"

"아까 너네 엄마가 어디 갔다 온다고 우리 집에서 기다리면 데리러 온다고 하셨어."

아이가 고개를 갸우뚱거리며 아무 말 하지 않고 바라보자 김기수가 다시 입을 연다.

"엄마가 너 좋아하는 거 많이 사 놓으라고 해서 아저씨 집에 과자도 많이 사 놨어."

김기수는 아이에게 손을 내민다. 그러자 아이는 밝은 얼굴로 손을 잡고 김기수를 따라 올라간다.

*

"한 몇 시간쯤 지나니까, 그 여자가 아이를 찾아다니더라고. 그때 그 표정을 봤어야 하는데…" 김기수는 그때의 기억을 곱씹었다. "아무튼 애 엄마한테 다가가서 얘기했지. '아이가 울고 있어서 집에 데리고 왔어요.' 그 엄마가 눈이 돌아가면서 '감사합니다, 감사합니다' 하는데, 이런 생각이 들더라고, '진짜 정신이 없구나? 맛이 갔네.' 그래서 우리 집에 데려 갔지."

*

김기수의 집에 도착하자 여자는 아이의 이름을 불렀다. 하지만 아무런 대답도 없었다.

"자고 있나 보네. 아마 내 방에 있을 거예요. 저쪽으로 가보세요."

김기수는 자신의 방으로 손을 가리켰고 여자는 김기수의 방 쪽을 향해 황급히 뛰어갔다. 그리고 문을 열자 아이는 침대에서 죽은 듯 잠들어있다. 여자가 침대로 다가가 아이를 깨워보지만 일어날 기미를 보이지 않았다.

"깊이 잠들었나 보네."

이 말을 끝으로 김기수는 뒤에서 그녀에게 달려든다.

*

"그러게 아무한테나 꼬리치지 말라니까…."

김기수는 자신만 들을 수 있는 목소리로 혼자 속삭인 뒤 말을 이었다.

"그 여자, 처음에는 반항을 했는데 결국 내 거가 됐어. 끝에는 다 그렇게 되게 돼있어."

김기수의 말에 이서준은 마음을 가다듬고 대답했다. 앞으로 그의 인생에 트라우마 될 순간이었지만, 이를 모르는 척하며 능청스럽게 넘겨야 했다. 그리고 이 사람이 무슨 생각을 할지 추측하고, 그가 더 편하게 말을 할 수 있게 해야 했다.

"대단하시네요, 선생님. 그런데 한 편으로는 부럽기도 하고 씁쓸하기도 하네요. 여자가 지조가 있어야 하는데, 결국 꼬리를 쳐서 또 새로운 사람 만나고 여자는 원래 남자를 두려워해야 하는데 말이에요."

"그렇지! 여자가 남자를 두려워하지 않기 때문에 꼬리도 치는 거야. 그러니까 자신의 자리를 알게 하기 위해서 정신 차리게 해줘야 돼. 사실 여자들은 아닌 척하지만, 그렇게 정복 당하는 것을 좋아하는 거야."

"어떻게 정신을 차리게 해야 할까요?"

이서준의 질문에 김기수는 섬뜩한 미소를 지었다. 처음에 봤을 때 느껴진 표면적인 웃음과는 다른 희열과 분노, 그리고 광기가 담겨있으면서도 절제된 미소다. 조금씩 마음을 열어가는 김기수에게 다시 물었다.

"여자를 정복하려면 어떻게 하면 될까요?"

"정말 알고 싶어?"

"물론이죠. 비밀 보장되니까 말해주세요." 다시 한번 김기수를 안심시키며 거짓으로 답했다.

"여자가 본인 스스로의 힘으로는 아무것도 할 수 없다는 것을 느끼게 해줘야 돼. 처음에는 대부분 반항을 하고, 대항하려고 하지만 아무런 희망이 보이지 않는다는 걸 느꼈을 때는 모든 것을 내주게 돼. 희망이 없을 때는 여유나 자존심을 부릴 힘조차 없거든. 그때 인간으로서 자신의 진짜 모습을 보게 되는 거야. 나는 그걸 여자들에게 깨닫게 해주는 거고."

*

거실 정가운데 속옷만 입은 상태로 의자에 묶여있는 여자, 그녀의 관심사는 오로지 자신의 딸뿐이다.

"시키는 거 다 할게요. 딸만 보내주세요."

김기수는 아무 말 없이 그녀를 바라본다. 그리고 그녀의 얼굴을 바라보며, 그가 이제껏 봤던 반응과 살짝 다른 그녀를 보며 갸우뚱한다. 그때 눈을 비비며 엄마를 부르며 방에서 나오는 딸을 본다. 여자는 딸이 나오자

발버둥치며 간절히 부탁을 하기 시작한다.

"엄마?"

"딸만 보내주세요. 제발."

여자의 눈에서는 눈물이 나기 시작하고 김기수와 딸을 번갈아 바라본다.

*

"아이가 깨어났어요? 그래서 어떻게 했어요?"

김기수가 조용한 목소리로 속삭이듯 말하며 미소를 실룩거렸다.

"죽였어."

"네? 방금 뭐라고 하셨나요?"

"아니, 재웠다고요."

"방금 분명 죽였다고 하신 것 같은데."

이서준이 갑작스러운 고백에 놀라서 되묻자 그는 조용하게 웃으며 고개를 끄덕였다.

"어떻게 죽였나요?"

"아이는 먼저 목을 졸라서 죽였고, 엄마는 즐기고 난 뒤에 죽였어."

이서준은 고백을 한 김기수를 공감하는 듯한 말투로 얘기했다.

"하긴, 보내면 증인이 생기는 것이기도 하고, 그래서 죽인 것인가요?"

"에이, 그냥 죽이고 싶어서 죽였죠."

"왜 죽였나요?"

"지킬거나 잃을 게 많은 사람들은 눈빛이 달라요. 그녀에게는 딸이 있었기 때문에 그게 더 컸어. 이런 사람은 나도 처음이라서 더 음미를 해야 했어. 처음에는 여자 목을 졸랐는데, 저항이 없더라고."

"저항이요?"

"마치 숭고한 희생을 하듯 자신의 딸을 지키기 위해서는 어쩔 수 없이 포기한 것처럼. 그런데..."

"그런데?"

"그런 건 싫어서."

김기수는 순간 웃음을 참고 있는 섬뜩한 미소를 머금고 있었다.

"재미없어서 옆에 아이 목을 조르기 시작했어. 그러더니 엄마가 난리가 나더라고…"

그는 큭큭 대며 웃었다. 이서준은 이때 출력된 이미지를 본 것을 나중에 두고두고 후회했다. 사실 비밀유지 조항이 피험자를 보호하는 장치이기도 했지만, 꽤 많은 경우 클리닉 사람들을 보호해 주는 역할도 했다. 아무리 의사로서 일을 오래 한들, 사람이 눈앞에서 살해되는 과정을 보는 것은 결코 쉽지 않기 때문이다. 그게 어린아이라면 특히 더 트라우마가 심하다.

"그 여자의 분노와 슬픔과 모든 감정이 섞여있는 얼굴을 봤어야 하는데."

"그리고 어떻게 하셨나요?"

"그 감정을 느끼고 싶었어. 재밌더라고. 끝까지 저항하는 모습, 나를 끝까지 눈을 뜨고 보는 모습."

화면 속 피해자는 몸이 부르르 떨리더니, 툭 하며 움직임이 사라진다.

"사람이란 거 참 쉽게 사라지더라고…"

드디어 김기수가 살인에 대한 시인을 했고, 그때부터 이야기를 자연스럽게 이어나갔다. 이서준은 기회다 싶어 최대한 많은 정보를 알아내려고 했다.

"김기수님은 보통 여자를 볼 때 어떤 부분을 보면 제일 끌리나요?"

"그게 사람마다 다 다른데, 여자마다 매력 포인트가 다르니까. 그래도 굳이 말하자면 선? 몸의 선을 보면 '정말 저 사람 갖고 싶다'라는 마음을 갖게 하지."

"선이 예쁜 여자를 보면 성적으로 끌렸던 건가요?"

VR 기기 너머로 김기수의 표정이 일그러지며 뭔가 고귀한 얘기를 하는데 더러운 대화로 주제를 바꾼 듯한 불쾌함이 드러났다.

"그런 거 아녜요. 그냥 아름다움, 마치 예술 작품을 보는 것이지. 나만의 미술 작품. 나와 만나는 순간, 더 이상 그 누구도 볼 수 없는 작품이 되어버리는 거지."

김기수의 기분을 거스르면 위험하겠다는 생각에 곧장 주제를 바꾼다.

"그렇지 않으세요? 이제 기수 씨도 그분들을 볼 수 없잖아요."

"그래서 각각 만났던 사람들의 물품을 하나씩 보관한 거지. 거기 목록에 쓰여있잖아요."

"아! 그렇군요. 그럼 이 물품들은 집에 잘 보관하고 계시겠네요."

"집은 아니고, 모아둔 장소가 있죠. 예전에는 진짜 손이 예쁜 여자가 있어서 그 여자 손을 잘라서 보관했는데, 그런 건 썩어서 냄새가 심하게 나더라고. 결국 처리를 해버렸는데 돌아보니 그 여자한테서 남은 게 하나도 없더라고."

"그게 이거군요. 2017년 1월 13일, 손."

이서준은 목록에서 김기수가 말한 내용을 집어냈다.

"오! 맞아요."

"그런데 궁금하게 있어요."

"뭐가 궁금하죠?"

"보니까 바로 전에 죽였던 분이 2009년인데 8년 동안 안 죽였던 이유가
뭐예요?"

"그때 이미 같은 지역에서 많이 죽여서 수사가 좀 심해지는 것 같더라고.
그리고 거리마다 CCTV가 깔려 있어서 점점 어려워지더라고요. 그래서 그
기간 동안은 동물을 많이 죽였지. 개나 고양이? 느낌이 좀 많이 다르지만."

"그럼 요즘 CCTV도 많이 있고, 살인하기도 어려워져서 기억을 지워버리고
싶으신 건가요?"

"그런 것도 있지만, 딱히 그것 때문은 아녜요. 2017년에 8년 만에 여자를
죽였을 때, 이 손에 감각이 그대로 느껴지는데 스릴과 즐거움이 컸거든.
오랜만이었어요. 근래에 2명을 더 죽였는데 흥분되거나 즐겁지도 않고
재미없고, 열정도 사라지고, 예전 같지가 않더라고요. 나이가 들어서
그런가? 내가 살인을 한 기억을 모두 지우면 어떻게 될까 궁금했어요.
만약 살인을 하게 되면 처음 느꼈던 스릴을 다시 느끼게 될 것이고,
살인을 다시 안 하면 그냥 평범하게 살아가겠지."

이미 살인을 고백한 김기수는 말이 더 많아지고 이 상황을 즐기는 듯했다.
마치 전방의 전투에서 승리로 이끈 영웅처럼 자신의 살인담을 영웅담처럼
이야기를 이어나갔다. 그 이야기는 김기수에게는 희열, 즐거움, 쾌락,
그리고 철학이 담긴 이야기였다. 그는 오랫동안 대화를 못 해본 사람처럼

사람을 죽인 이야기, 어디에 어떻게 처리를 했는지 디테일하게 말했다. 모든 목록을 다 읽었을 때, 이서준은 이미 정신적인 한계를 느끼고 있었다. 이서준은 김기수에게 물었다.

"기억을 망각하겠습니까?"

"네. 싹 다 지워주세요."

"그럼 VR 장비를 벗어보세요."

"네? 눈에 쓰고 있는 거요?"

김기수가 눈을 찡그리며 VR 장비를 이마 위로 올리자 그 앞에 서있던 것은 수갑을 들고 있는 형사였다. 김기수가 살인을 처음 시인했을 때, 이서준은 경찰에 신고하라고 지시를 했고, 어느새 도착한 경찰은 방으로 몰래 들어와 김기수의 자백을 들은 셈이었다. 이미 MIR로 출력된 기억 영상에서 살인 장소와 피해자들의 물건들이 어디에 숨겨졌는지 파악할 수 있었기에 사실상 체포할 근거는 충분했다.

"김기수 씨, 당신은 묵비권을 행사할 수 있고, 변호인을 선임할 권리가 있습니다. 당신의 모든 발언은 법정에서 불리하게 작용할 수 있습니다."

형사는 김기수의 손목에 수갑을 채우고 끌고 나가려고 한다. 곧이어 배달호가 그의 방으로 들어왔다.

"선생님, 너무 위험했어요. 어떻게 김기수가 살인을 인정할 줄 알았어요?"

배달호가 이서준에게 속삭인다.

"인정할 줄 몰랐어요."

"그냥 경찰한테 다 맡기면 됐을 텐데, 아까부터 증언을 듣고 있었잖아요."

"그랬다가 증거 모자라서 풀려나면 어떡해요. 완전히 인정하는 걸 봐야죠.

그리고 우리한테 경계심이 없었으니까 거기까지 유도가 가능하지 않을까 생각했어요."

경찰에게 반항하고 있는 김기수를 뒤로하고, 프런트 데스크로 향했다.

순식간에 긴장이 풀린 서준은 그제야 심호흡을 크게 하며 근처 소파에 주저앉았다. 얼마나 정신이 없었는지 그의 옆에 누가 앉아 있는지도 눈치채지 못했다. 모자와 마스크를 쓴 남자다. 남자는 이서준에게 물었다.

"무슨 일이 일어났어요?"

"아, 별일 아네요. 걱정 마세요. 경찰이 와서 해결했으니까."

그는 미소를 지으며 질문했다.

"새로 취임하셨나 봐요?"

"네."

"정말 신기한 기술이에요. 사람의 기억을 망각하고 조작한다니. 정말 새로운 세계에 온 것 같아요."

이서준은 이 낯선 남자가 말을 거는 것이 달갑지 않았다. 그는 마음속으로 생각했다. '내가 방금 무슨 일을 겪었는지 알지도 못하면서.' 이서준에게는 남자의 감탄이 그저 아무것도 모르는 순진한 피험자가 낭만에 빠져 하는 말에 불과했다. 그때 경찰이 김기수를 끌고 B번 방에서 나오고 있었다. 이를 보며 남자는 계속해서 떠들었고, 이서준은 김기수의 행동을 지켜보느라 모든 말을 흘려 들었다.

"그래도 선생님같이 선한 분이 계셔서 저렇게 악한 사람도 잡았네요."

"당연한 일을 한 거죠. 제가 선한 사람이라서 그런 것은 아닙니다."

"원래 선한 사람들은 자신이 선하다고 자랑하지 않죠. 악한 사람이 자신이 악한 것을 모르듯 말이죠."

이서준은 그의 말에 아무런 대답을 하지 않았다. 그리고 남자는 말을 이어나갔다.

"기억의 망각으로 구원을 얻을 거라 생각했을까요? 죄를 저지르고도 도망칠 수 있을 줄 알았나? 아니면, 그동안 자신이 저지른 죄를 떠벌릴 곳이 필요했던 걸까요."

"죄를 지었는지 안 지었는지 모르잖아요. 저 사람이 나쁜 사람인 줄 어떻게 알아요?"

"저런 사람이야 뻔하죠, 뭐. 죄지은 사람 얼굴을 하고 있잖아요."

이서준은 이에 대해 100가지의 논리와 근거를 대며 반박할 수 있었지만 말을 아꼈다. 그러자 그의 침묵에 남자는 오히려 말을 이어갔다.

"참 재미있는 기술이죠. 선한 사람들의 상처를 치유하기 위해 만들어진 기술, 그러나 악한 사람들도 이용하는 기술이죠. 모든 것이 그렇듯 선함과 악함을 공존하고 곳이죠. 마치 [아브락사스]처럼요.

당신의 이마에도 표식이 있나요?"

무슨 말을 하는지 도무지 이해하지 못하고 이서준은 그에게 인사를 하고 자리에서 일어선다. "저는 이만 가보겠습니다."

남자는 혼자서 작은 목소리로 중얼거렸다.

"새는 알에서 나오려고 투쟁한다. 알은 세계다. 태어나려는 자는 한 세계를 깨뜨려야 한다. 새는 신에게 날아간다. 신의 이름은 아브락사스다."

이서준은 정신 나간 종교인이라고 생각한 뒤 자신의 방으로 들어갔다. 그가 방에 들어가 업무일지를 작성하고 있는데 5분도 안되어 강한나 간호사가 급하게 뛰어들어왔다. 그녀가 노크를 하지 않고 갑자기 문을 연 것은 이번이 처음이다. 그녀는 겁에 잔뜩 질린 채로 이서준에게 다급히 말했다.

"선생님, 큰일 났어요! 화장실에 가보셔야 할 것 같아요."

"무슨 일이죠?" 이서준이 자리에서 일어나 그녀에게 물었다.

강한나는 이서준을 이끌고 급하게 프런트 데스크를 지나 화장실 쪽으로 향했다. 배달호와 이신명이 얼굴이 어쩔 줄 몰라 화장실 앞에 서성이고 있었고, 박새봄은 구급 요원에게 전화를 하는 듯했다. 이서준이 그들을 비집고 들어가자 그의 앞에는 기절한 경찰의 곁을 지키는 조요나가 있었다. 이서준은 강한나에게 경찰에게 이 상황을 전달하라고 한 뒤 클리닉 밖으로 뛰쳐나갔다. 그리고 클리닉 문밖 복도에서 얼마 되지 않는 거리에서 한 사람이 목을 붙잡으며 쓰러지는 것을 보았고, 다른 한 사람이 건물 밖으로 유유히 나가는 것을 발견했다. 이서준은 황급하게 쓰러져있는 사람에게 달려갔다. 바닥에는 검붉은 피가 흘러나오고 있었고, 피해자는 자신의 목을 붙잡고 입에 가득 찬 자신의 피에 숨이 막혀 익사할 것 같았다. 이서준은 발버둥을 치는 그에게 응급처치를 하려고 했으나, 이미 목의 혈관까지 깊숙하게 잘려 과도하게 출혈하고 있는 상태라 어찌 손을 쓸 수도 없는 상태였다. 새하얗게 변해버린 김기수는 고통스럽고 겁에 질린 얼굴로 이서준의 눈을 바라보았고,

이서준은 그에게 움직이지 말라고 하며 그의 목을 지혈하기 위해 압박하고 있었다. 이 난리 속에 김기수를 살해한 자는 사라진 지 오래다. 실루엣을 보았을 때 이서준은 알 수 있었다. 아까 이서준에게 말을 걸었던 그 남자다. 이서준이 다시 김기수의 맥박을 확인했을 때, 김기수의 마지막 심장 박동이 멈췄다.

구급 대원과 경찰이 도착했지만, 김기수는 시체로 수습됐다. 이서준은 클리닉 사람들과 진술을 하게 되며 모든 상황을 알게 됐다. 김기수가 형사에게 저항하며 화장실을 가야한다 떼를 썼고, 누군가가 그들의 뒤를 따라 들어갔다고 했다. 이서준은 그 남자의 인상착의를 기억해 내고 싶었지만, 애초에 집중해서 보지 않은 탓에 기억해 낼 수 없었다.

06＿＿＿

나의 이름은

진술을 마치고 일어난 이서준을 기다리는 것은 강한나와 배달호였다. 이미 클리닉의 다른 사람들은 진술을 마치고 집으로 간 상황이었고, 조요나 역시 현재 상황을 수습하며 매체들과 인터뷰를 하는 상황이었다. 강한나와 배달호는 눈앞에서 살인 현장을 목격한 이서준에게 어떤 말의 위로를 해야 할지 눈치 보는 듯했다. 그들은 땅거미가 지고 네온으로 환해진 밤거리를 말없이 걸었다. 결국 침묵을 깬 것은 강한나였다.

"좋은 생각이 있어요."

이서준과 배달호는 걸음을 멈춘 뒤 한나가 어떤 말을 할지 기다렸다. 그녀는 오른손으로 자신의 턱을 쥐며 살짝 인상을 썼다.

"그 사람이 클리닉 안에 CCTV를 모두 교묘하게 피해서 아예 찍히지도 않은 게 이상해요. 그래서 생각해 본 건데, 이게 가능 할지 모르겠지만 아까 그 범인의 얼굴을 가까이에서 본 사람은 이 선생님 밖에 없잖아요. 그러니까 아까 그 기억을 MIR로 복구 시켜보는 건 어때요?"

배달호는 그녀의 아이디어에 마치 어려운 수수께끼의 해답을 찾아낸 것 같은 표정을 지으며 고개를 끄덕였다. 하지만 이에 이서준은 한 숨을 쉬며 대답했다.

"그 사람의 얼굴이 생각 나지 않아요. 만약 제가 그 사람 얼굴을 떠올리면 MIR에 나오는 이미지에서 누구의 얼굴이 생성될 것 같나요?"

"무의식으로 기억하는 그 사람의 얼굴이 생성되지 않을까요?"

강한나의 답에 이서준은 고개를 저으며 말했다.

"MIR에서 생성된 얼굴이 자세히 나오지 않을 뿐더러 아예 다른 사람이나 닮은 사람이 생성되어 나올 수도 있어요. 아시겠지만 기억은 그렇게 정확하지도 객관적이지도 않습니다. 특히 내가 중요하지 않은 기억이라고 한다면 말이죠. 떠올리는 순간 재공고화로 변해버릴 수도 있고…"

이에 강한나가 고개를 저으며 말했다.

"하지만 제가 생각했을 땐 의미가 없진 않을 것 같아요. MIR로 그 사람의 몽타주를 그리진 못하더라도 힌트를 얻을 수 있지 않을까요. 오늘 김기수 씨 이후로는 예약 손님이 없었어요. 우리 클리닉을 찾는 사람들은 한정적이고, 예약 없이 일반 방문을 하기 어렵기 때문에 이미 방문했거나 저희 클리닉에 대해 아는 사람일 수 밖에 없어요."

강한나의 답에 배달호가 동조했고 그 얘기를 들은 이서준도 설득이 되어 보였다. 그들은 곧장 클리닉으로 향했다.

클리닉은 살인사건이 발생한 영화의 한 장면처럼 스산했다. 클리닉 문 앞까지 거닐며 지나온 김기수의 핏자국은 마치 하얀 옷에 와인을 흘린 것마냥 검붉게 얼룩져 있다. 그들은 되도록 복도를 보지 않은 채 스쳐나 곧장 이서준의 방으로 향했다. 셋은 약속이라도 한 듯 각자의 자리를 잡고 기기를 세팅했다. 배달호가 기기를 세팅하는 동안 강한나는 평소에 환자들이 앉는 자리에 앉아 있는 이서준에게 알약과 주사를 놓는다. VR을 착용한 이서준은 자신의 기억을 떠올렸고, 그의 기억이 영상화되어 화면에 송출된다.

강한나는 이서준의 의자에 앉아 모니터를 바라보며 뭔가 힌트를 얻어내려 노력한다. 하지만 예상대로 이서준의 기억 속 범인의 얼굴은 일정하지도 않았으며 어디서 볼 법한 얼굴로 변했다가 또 일그러지는 것을 반복했다. 확실히 알 수 있던 것은 바로 그가 어떤 말을 건넸다는 사실이다.

강한나는 미간을 찌푸리며 이서준에게 물었다.

"선생님, 그 사람이 선생님한테 뭐라고 하는 것 같은데 무슨 얘기였는지 기억나세요?"

"별로 중요한 얘기는 아니었어요. 기억이 잘 나지 않는데."

"그래도 도움이 될지도 모르니까 한 번 얘기해보세요."

"계속 종교적인 얘기를 했어요. 죄와 구원, 선과 악… 그리고 새가 알에서 나온다고 했던 거 같은데, 뭐였는지 기억이 나지 않네요."

"새는 알을 깨고 나온다."

강한나가 끼어들어 이서준이 떠올린 단어를 맞춘다. 이서준이 그 단어가 생각이 났는지 크게 답한다.

"맞아요."

"새는 알에서 나오려고 투쟁한다. 알은 세계다. 이거 헤르만 헤세의 소설 『데미안』에서 나오는 얘기잖아요."

처음 듣는 말인 듯, 이서준은 VR 장비를 벗으며 강한나의 말에 경청한다. 이서준이 강한나에게 물었다.

"그 사람이 왜 소설에 대한 얘기를 꺼냈을까요?"

이 질문에는 강한나도 침묵한다.

"잘 모르겠어요. 그 소설 읽은 지도 너무 오래 전이기도 하고."

"원래 미친 놈들이 그렇죠. 왜, 존 레논 죽인 사람도 『호밀 밭의 파수꾼』에 집착했다고 하잖아요." 배달호가 거칠게 답했다.

이서준이 뭔가 또 떠오른 듯 강한나에게 물었다. "그리고 나서 아브라 뭐라고 했는데, 그건 뭔가요?"

"아마 '아브락사스'를 말하는 것일 거예요. 선과 악이 공존해 있는 신이 에요."

"지금으로써는 그 사람이 어떤 의미로 그런 얘기를 했는지 모르겠네요. 우선 오늘은 많이 늦었으니 푹 쉬고 내일 보도록 하죠."

그들은 곧 자리를 정리한 뒤 각자의 집으로 향했다. 강한나는 집에서 오랫동안 펼치지 않아 먼지가 쌓인 책 『데미안』에서 빠르게 읽어내며 아브락사스에 대한 이야기를 찾았다. 그리고 딱 한 구절이 눈에 들어왔다.

[신성과 악마성을 결합한다.]

*

주말 내내 뉴스에서는 온통 김기수에 관련된 보도로 가득했다. TV속 뉴스의 앵커가 말했다

"화성연쇄살인사건에 이어 대표 장기미제사건으로 꼽히던 2005년부터 2019년까지 서울 일대에서 28차례에 걸쳐 일어났던 부녀자 연쇄살인사건 범인이 경찰에 검거된 사실이 확인됐습니다. 먼저 취재기자 연결해 자세한 소식 알아보겠습니다. 신혜리 기자, 소식 전해주시죠."

화면은 시체 유기 현장을 비추며, 신혜리 기자의 음성으로 이어진다.

"네, 대표적인 장기 미제사건으로 꼽히는 이번 연쇄살인사건 용의자가 경찰에 붙잡힌 것으로 확인됐습니다. 경찰과 국립과학수사연구원은 용의자의 진술을 토대로 당시 사건 현장에서 DNA를 채취하였으며 분석 결과를 기다리고 있습니다. 현재까지 연쇄살인사건 중 16건의 시신은 발견됐으며, 아직 신원이 밝혀지지 않은 12명의 피해자들의 시신을 찾고 있다고 합니다. 용의자 김 모씨의 범죄는 2005년 10월 21일 귀가하던 20대 여성이 살해된 사건부터 시작됐는데요. 2006년 12월 8일에는 30대 여성과 8세 밖에 안 된 딸을 살해한 사건이 밝혀지며 큰 파장을 일으켰습니다. 해당 사건을 다룬 영화가 5년 전에 제작돼 큰 관심을 끌기도 했습니다. 지금 총 28건의 살인이라고 알려져 있으나 실제로 더 많은 피해자가 있을 가능성이 있다고 밝혀졌습니다. 경찰은 조속히 수사를 마무리 한 뒤 6월 초 검찰에 사건을 송치할 계획입니다.

JTBC 신혜리입니다."

여자 아나운서가 화면에 잡히고 보도를 이어나간다.
"오늘 11시 뉴스 첫 소식으로 부녀자 연쇄살인사건의 범인이 검거되었다는 소식 전해드렸습니다. 지금부터 관련 내용 집중적으로 다뤄보겠습니다."

채널을 돌리자 다른 채널에서도 이 사건을 다루고 있다.

"…한편, 이번 검거의 핵심에는 세계 최초로 기억을 지우는 시술을 하는 P클리닉이 있습니다. 김 모씨는 살인사건에 대한 기억을 지우러 간

것으로 알려져 있는데요. 이번 범인을 검거하는 데 큰 도움을 준 것으로 전해졌습니다. 하지만 이런 사건사고가 해당 클리닉에서 처음 일어난 것이 아니라고 합니다. 2년 전에도 논란이 됐던 것도 제기됐습니다…"

어떤 채널에서는 바로기억클리닉의 문 앞에서 촬영을 하며 문제점을 제기하는 채널도 있었다.

"P클리닉에 대한 또 하나의 의혹이 제기됐습니다. 이는 환자 비밀보호 의무를 지키지 않았다는 점인데요. 특히 김 모씨의 치료 전 기록들을 다 녹취한 것으로 밝혀졌습니다. 이국동 기자입니다."

화면에서는 배달호의 얼굴이 모자이크 처리된 채 나오고 있다.

"[인터뷰] P클리닉 배모씨 (음성변조): 아니, 그 김'삐~~'씨가 모녀 얘기할 때는 정말 소름 돋았어요."
"몇몇 기관에서 환자 비밀보호 의무를 지키지 않았다고 비판을 하신다고 하는데 어떻게 생각하세요?"
"뭔 그지같은, 이런 '삐~~' '삐~~~' '삐~~~.' 이 '삐~~' 선생님이 아니었으면 '삐~' 잡히지도 않았을 걸…"

*

한 숨을 푹 쉬며 TV를 끄는 조요나 앞에는 배달호가 고개를 숙이고 있다.

"죄송합니다, 원장님. 갑자기 찾아와서 인터뷰를 해서…"

"됐어요. 아직도 밖에 기자들 많아요?"

"네. 아까 다들 들어오는데 고생했어요."

"알았어요. 나가봐요."

이번 일로 꽤나 조용할 줄 알았던 클리닉 안은 그들의 기대와 반대로 꽉 찬 인파와 끊임없는 전화로 쉴 틈이 없었다. 살인사건이 있었다는 사실보다는 기억을 지울 수 있는 기술이 있다는 것을 처음 알게 된 사람들이 많았기 때문이다. 살인에 대한 뉴스로 가득찬 보도와 달리 정작 바로기억클리닉에서는 사람이 죽었다는 사실이 무색하게 기억을 지우고자 하는 사람들로 넘쳐났다. 평소보다 많아진 통화량과 사람들로 강한나와 박새봄은 앵무새처럼 같은 말을 반복하기 시작했다.

"네, 바로기억클리닉입니다. 예약은 웹사이트에서 부탁드리고, 아직 임상실험 중인 시술입니다."

통화로 바쁜 박새봄 옆에서 강한나가 찾아온 손님들을 맞이하고 있다.

"네, 안녕하세요. 저희가 현재 예약이 7월까지 꽉 차 있는데 혹시 7월 말이나 8월 정도에 가능한데 괜찮으신가요?"

이에 구시렁거리며 나가는 사람들과 자신의 사정을 얘기하며 설득하려는 사람도 있다. 그런 인파들을 뚫고 들어온 풋풋하고 당당한 걸음으로 한 여자가 들어왔다. 그녀는 강한나에게 다가와 말했다.

"오늘 10시 예약했어요, 강유빈."

강한나는 잠시 예약 목록을 확인한 뒤 그녀에게 B번 방으로 들어가도록
했다. 수많은 인파들은 부러운 눈빛으로 강유빈이 B번방으로 들어가는
것을 지켜봐야 했다.

B번 방에 들어선 강유빈은 성큼성큼 이서준에게 걸어가 악수를 건넸다.
그녀의 인사말 한마디로 그녀가 해외에서 온 것을 알 수 있었다. 이서준은
그녀에게 물었다.

"어느 나라에서 오셨나요?"

그녀는 이미 익숙한 질문을 받는 듯 밝고 큼직한 목소리로 그에게 답했다.

"미국 미네소다에서 왔어요."

그녀는 어눌한 한국말과 영어를 섞어가며 얘기를 했고, 대화가 조금 더
순조롭기 위해 이서준은 그녀에게 영어를 쓰기 시작했다. 그녀의 눈이
휘둥그레지며 영어로 빠르게 말하기 시작했다.

"영어를 잘하시네요?"

"제가 보스턴에서 유학생활을 좀 했거든요. 유빈 씨는 한국에 오신
지는 얼마나 되셨나요?" 영어가 편했는지 그녀는 이서준의 질문에
빠르고 정확한 발음으로 자신있게 답했다.

"한국에 들어온 지 이제 1년 정도 됐어요. 그리고 저 매디슨이라고
불러주세요."

"아, 매디슨 씨. 1년이면 꽤 됐는데 국에 살려고 들어오신 건가요?"

"원래는 아니었는데 어느새 그렇게 됐네요. 그런데 있다 보니까 여기서 살고 싶어졌어요."

"한국 생활은 어떤가요?"

"처음에는 낯설었는데, 왠지 모를 편안함이 있었어요. 이제는 미국으로 돌아가기 힘들 것 같아요." 그녀는 빙그레 웃으며 이서준의 눈을 바라보며 말했다.

"한국에는 혼자 와 계신 건가요? 아니면 여기 가족들이 계신 건가요?"

"…혼자 왔어요."

이서준은 그녀의 답에서 자신이 실수했단 사실을 느꼈다. 원래 상담을 할 때 충분히 얘기하면서, 대답을 유도해야 했다. 더군다나 가족에 대한 질문은 실례라는 것을 알면서도, 주변 교포 친구들과 대화할 때처럼 가족에 대한 질문이 자연스럽게 튀어나왔다. 이서준은 곧장 사과를 했다.

"죄송합니다. 주제 넘는 질문이었네요."

"괜찮아요. 익숙한 질문이기도 해요." 대화 내내 긍정적이던 그녀의 모습은 사라지고, 사뭇 진지한 얼굴로 변하며 이야기를 이어나갔다. "저는 미국으로 입양된 아이였어요."

이서준은 고개를 끄덕이며 그녀의 말에 귀를 기울였다.

"미국에 살 때 항상 붕 떠있다는 느낌이 들었거든요. 분명 행복한 환경이고 따뜻한 느낌은 드는데 공허함은 숨길 수가 없더라고요. 항상 뭔가 어울리지 않는 곳에서 가면을 쓴 느낌이 들었어요. 저와 피부색, 얼굴, 머리색깔까지 다른 사람들과 있으면서 설명 못할 마음 깊은 곳의 이질감이 있었어요. 거울을 보면 왜 내가 가족들과 다를까 라는 생각을 늘 달고 살았으니까요. 내가 다르기 때문에 '언젠가는 버려질 수도 있겠다' 라는 불안감은 항상 존재했죠. 아마 입양된 사람들 말고는 아무도 이해 못 할 거예요. 그렇다고 가족들이 못했다는 건 절대 아니에요. 제 부모님은 누구보다 따뜻하고 제 뿌리를 찾는 것에 대해서도 적극 지원했던 분들이니까요. 언니와 오빠들 역시 좋은 사람들이고요. 학창시절 누구나 겪었을 만한 놀림은 있었지만 나름 이겨냈어요. 고등학교에 거의 백인들 밖에 없었고 저도 겉만 아시아인이었지 속은 백인이나 다름없었기에 친한 친구들은 다 백인들이었죠. 사귄 남자들도 백인 아니면 흑인이었어요. 물론 고등학교 시절 남자친구들은 동양에 대한 페티쉬나 판타지가 있는 애들이 대부분이었지만요. 친한 친구들이 자연스럽게 아시아인들에게 인종차별적 얘기를 하면 거기에 가담을 하며 자학 개그도 많이 했어요. 학교 내에서 소수의 아시아인들이 있었지만 친해질 수가 없었죠. 아니, 친해지고 싶지 않았어요. 그때 저는 다르다고 생각했으니까요. 아시아 문화에 대해 관심도 전혀 없었죠. 대학을 가고 나서 워낙 동양인들이 많으니 자연스럽게 한국 친구들도 생겼는데 그때부터 조금씩 '나' 라는 존재에 대해 생각하게 되더라고요. 항상 백인 친구들과 어울리기 위해 나의 동양적인 부분을 부정하고 어떻게 해서든 친해지려고 했는데, 한국 친구들에게는 그런 부분은 없었어요. 물론 한국 친구들과의 모든 경험이 좋았던 것은 아니지만, 내 자아를 찾기 위해서는 좋은 경험이었던 것 같아요."

"정말 힘들었겠네요. 솔직하게 얘기해줘서 고마워요, 매디슨. 그렇다면 오늘 여기에 오신 이유를 얘기해 주세요. 여기가 어떤 클리닉이고 어떤 시술을 하는 곳인지 알고 계시죠?"

"네. 물론 알고 있죠. 기억을 잊을 수 있게 한다고 들었어요."

이서준은 강유빈에게 시술에 대한 설명을 한 뒤, 계약서와 편지를 작성하게 한 뒤, 망각을 위해 강한나와 배달호를 호출했다. 그리고 강유빈에게 망각을 하고 싶은 기억이 무엇인지 물었다.

"어떤 기억이며 어느 정도 기간의 기억인지 알려주실 수 있나요?"

그녀는 잠시 머뭇거리며 답했다.

"이렇게 하는 게 맞는 것인지 아닌지 잘 모르겠어요. 그런데 이 기억이 없어져야 할 것 같아요. 이 기억이 계속 있으면 못 견딜 것 같아요." 사뭇 진지한 표정을 지으며 말을 이었다. "작년에 처음 한국에 들어왔어요. 한국은 정말 제가 상상한 곳과 달랐어요. 물론 대학교 때 K-팝과 K-무비들 인기가 생기기 시작하면서 한국은 원래 내가 생각해왔던 곳이 아니구나 라고 생각했는데, 막무가내로 아무런 준비 없이 한국에 들어와 보니 공상과학 영화에서나 봤던 미래 도시에 온 기분이었어요. 이런 대도시에서 살아본 것은 처음이거든요. 어렸을 적 자랐던 곳도 미네소다의 작은 도시고, 대학교 때도 아틀란타 쪽이었으니까. 서울은 제가 상상해온 그런 곳이 아니었어요."

"한국에 들어오신 이유는 무엇이었나요?"

"처음에는 단순하게 나의 뿌리인 나라에 가보자 라는 호기심이었는데, 막상 와보니 날 낳아준 사람이 누구인지 알고 싶었어요. 친(biological) 엄마, 아빠." 그녀는 '엄마', '아빠'를 발음이 어색한 한국말로 말하며 이야기해나갔다. "한국에 왔을 때, 거의 모든 사람들이 검은 머리에 나와 같은 피부색에 나와 비슷한 외모인 것이 조금 낯설었어요. 그러면서도 왠지 모를 편안함이 있더라고요. 뭔가 속해있다는 느낌이 들었죠. '이게 속해 있다는 느낌이구나'라고 처음 느꼈어요. 처음에는 마냥 즐겁고 신기하게 느껴진 곳이었는데, 이런 곳에서 왜 나를 해외로 보냈을까? 아니, 왜 나를 버렸을까? 나를 보고 싶긴 했을까? 기억이나 하려나? 그래서 한국에 온지 한 2주 정도 지났을 때, 나를 입양 보낸 기관을 찾아냈고 내 엄마를 찾아 달라고 했어요."

"그래서 부모님을 찾으셨나요?"

이서준의 질문에 강유빈은 어색한 미소를 지었다. 처음 그의 방에 들어왔을 때와는 사뭇 다른, 환한 미소가 아닌 억지로 짓는 미소인 느낌이이 역력했다. 그녀는 질문으로 답을 대신했다.

"선생님의 엄마, 아빠는 어떤 분들이에요? 물어 보는 게 실례가 안 된다면 말이죠."

이서준은 그녀의 질문에 당황했다. 가족은 이서준에게 있어 복잡한 감정을 들게 하는 단어였기 때문이다. 분명 본인이 불행한 가정에서 살았다고 생각하지 않았다. 그리고 부모님이 나쁜 분들은 아니었지만, 완벽하지 않았고, 이에 필요이상의 불만으로 악감정이 있었다는 것도 사실이다. 물론 강유빈에게 이 사실을 알릴 의무도 없었고, 주제를 돌려도 됐지만, 이서준은 그녀와의 공감을 얻기 위해 사실대로 말했다.

"아버지는 사회생활을 바쁘게 하느라 대부분의 일상을 밖에 계셨고, 집에 많이 안 들어오셨어요. 정말 자신의 친구들과 주변 사람들에게는 인기가 많은 사람이었는데 정작 가족들에게는 소홀한 사람이었어요. 솔직히 잘 모른다고 하는 게 맞겠네요. 하지만 에너지 넘치고 매디슨씨처럼 밝게 웃는 사람이었었죠. 나에게 있어 아버지는 그냥 주말에 가끔 보는 사람이었어요. 제 어머니는 따뜻한 사람이지만 강직하신 분이죠. 제 남동생이 어릴 적부터 몸이 약해서 언제나 동생을 편애했죠."

"그래도 따뜻한 가족이었을 것 같아요. 동생이 계셨군요. 동생은 어떤 분이세요?" 그녀가 물었다.

"동생은 착하고, 섬세하고, 마음이 여린 아이에요."

"동생은 지금 무슨 일하세요? 선생님처럼 의사인가요?"

그녀의 질문에 이서준은 그녀의 눈을 바라보지 않으며 답했다.

"동생도 원래 저와 같은 직종의 일을 하고 있었죠. 그런데 2년 전 사고로 현재는 식물인간 상태예요."

이서준의 의외의 답에 강유빈이 놀라며 사과했다.

"죄송해요. 정말 실례가 되는 질문이었네요."

"정말 괜찮아요. 의도했던 것도 아니고, 제가 오픈한 정보이니까."

당황한 그녀를 달랬고, 때마침 강한나와 배달호가 DEM 장비를 끌면서 들어와 어색한 분위기를 달랠 수 있었다.

"부모님을 찾았냐고 물었죠? 찾았어요." 그녀는 잠시 말을 멈추고 길게 침묵을 지키다가 다시 말을 이어나갔다.

"엄마를 찾는데 몇 개월이 걸렸어요. 부모님을 찾기까지 몇 개월간 저 같은 한국 입양아들을 몇 명 만나서 친하게 지내게 됐고, 그들과 많은 정보를 공유하게 되었어요. 저처럼 많은 입양아들이 친부모를 찾아 한국에 오는데 꽤 많은 부모들이 어떤 이유에서 만나길 꺼려한다는 얘기를 들었어요. 물론 감동적인 재회를 하는 얘기도 많이 들었지만, 안 그런 사람들도 꽤 많더라고요. 그래서 '부모님을 만날 것이란 희망을 버리자, 만나도 그들이 반가워 할 것이란 기대를 하지말자' 수없이 내 자신한테 말했는데 마음 한 구석에 그런 마음이 있는 것은 어쩔 수 없더라고요. '자신이 낳은 딸을 싫어하겠어? 보고 싶지 않겠어? 반가워하지 않겠어?' 그런 설렘과 긴장이 계속 됐죠. 그런 게 조금씩 느슨해진 어느 날 입양센터에서 엄마를 찾았다고 연락이 왔어요. 마침 근처에 있어서 센터로 찾아갔어요. 제 친부는 신원미상이지만 친모는 연락할 수 있다고 했죠. 그래서 곧장 입양센터 직원이 제 친모에게 전화를 걸었어요. 저는 바로 옆에서 스피커폰으로 듣고 있었고요."

*

"여보세요?" 어떤 중년 여성의 목소리가 전화를 받았다. 이에 아동복지센터의 직원이 밝은 목소리로 말했다.

"안녕하세요, 어머님. 저는 홀트아동복지센터에서 연락 드리는 백승준이라고 합니다."

아동복지센터라는 말을 들은 중년의 여성은 결코 호의적이지 않았고, 퉁명스러운 말투로 답했다.

"그런데요?"

그녀의 적대적인 말투에 당황한 직원은 말을 더듬으며 말했다.

"아 네, 저 강유빈 양이 어머님을 찾고 계시고 만나고 싶어하셔서 연락 드렸어요. 강유빈 양이…"

"제 번호 어떻게 알아냈어요? 네?" 중년 여성은 목소리를 높이기 시작했다.

"됐고, 그렇게 개인정보 유출시켜도 돼요? 겨우 잊고 살고 있는데 왜 과거 일을 꺼내는데? 누구 인생 망칠 생각이야?"

"어머님, 진정하시고."

"어머님이라니. 내가 왜 어머님이야! 진정하고 자시고, 못 만나. 아니, 안 만나!"

"아…"

아동복지센터 직원의 태도에 눈치를 챈 듯 중년 여성은 당황하며 물었다.

"뭐야. 설마 옆에 있어요? 옆에서 통화하는 거 듣고 있었어?"

그가 아무 말도 못하며 우물쭈물 하며 대답을 못하자 여성은 신경질을 내며 말했다.

"몰라. 아무튼 안 만날거니까. 그렇게 알고 있으라고 해요. 강유빈이고 뭣이고, 나는 벌써 잊었고, 죽었다 생각하고 살게요. 걔도 나 죽었다고 생각하는 게 좋을 거고, 그게 서로에게 좋아요. 찾아오지 말라고 해요."

[뚝]

짧은 통화였다.

강유빈은 모든 대화를 듣고 있었으나 한국말이 아직 서툰 그녀였기에 내용을 전부 이해하진 못했다. 그러나 목소리 톤으로 어렴풋 눈치를 채고 있다. 센터직원은 어쩔 줄 몰라 하며 말했다.

"아… 지금은 좀 어렵다고 하시네요."

이 상황을 녹화하던 친구 역시 당황하며, 상황을 마무리하려 했다.

*

"화가 난 목소리였어요. 입양 센터직원이 당황하며 진정시키고, 전화를 끊었어요. 센터직원은 엄마가 자신의 상황 때문에 나를 만나고 싶어 하지 않는다, 이렇게 얘기해 줬는데 저는 그게 아닌 것 같았어요. 센터에서 나와서 한국말 잘하는 친구를 찾아갔어요. 마침 이 상황을 녹화 하고 있었는데 그들이 나눈 대화를 통역해달라고 부탁했어요. 친구는 곤란해하며 정말 이 이야기를 듣고 싶냐고 물었지만 저는 알아야 했어요. 무엇 때문에 화가 난 것인지. 대충 이런 대화더라고요. 왜 이런 일로 전화 하냐. 개인정보를 이런 식으로 유출해도 되는 것이냐? 누구 인생 망칠 일 있냐? 겨우 잊고 살았는데 왜 다시 과거 일을 꺼내냐. 옆에서 듣고 있었는데 순간 무너지더라고요. 고작 이런 것 때문에 여기 온 것인지. 나의 존재가 누군가의 인생을 망치는 것인지."

떨리는 그녀의 목소리 속에는 깊은 슬픔이 숨어있었다.

"정말 많이 힘드셨겠어요."

"어차피 평생 나에게 도움도 되지 않았고 나를 버린 사람인데 뭐가 힘들어요. 태어날 때부터 단 한 번도 얼굴도 못 봤고, 목소리도 못 들어봤고, 내가 제일 힘들었을 때 곁에 있지도 않았는데 뭐가 힘들어요. 아니요. 필요 없어요. 저한테는 이미 가족이 있으니까요. 여태 잘 살았고 계속 잘 살 거예요." 강유빈은 점점 격양 된 목소리로 변해갔고, 끝내 참았던 눈물을 흘리고 만다. 이에 이서준은 티슈 박스를 그녀에게 건네며 물었다. "어떻게 하시고 싶으신가요?"

"그 기억을 잊고 싶어요. 친모와 통화했던 그 기억을 말이에요." 강유빈은 마스카라의 색깔로 검게 물든 티슈를 내려놓으며 말했다.

"그렇게 된다면 당신은 계속 친모를 찾으려고 하지 않을까요?" 당연한 질문이었고, 또 다시 그런 경험을 할 수 있었기에 이서준은 걱정을 하며 물었다. 그리고 그녀는 이렇게 답했다.

"아니요. 친모를 찾은 기억을 지우는 게 아니에요. 통화한 기억만 지우는 것이지. 그게 나쁜 기억이라는 것만 알고 싶어요. 그냥 그 내용만 잊고 싶어요."

이서준은 그녀의 말을 이해하지 못했다. 그런 그의 표정을 알아챈 것인지 그녀는 설명하기 시작했다.

"당분간 한국에 살기로 결정했어요. 어차피 처음 한국에 들어왔을 때 엄마를 찾기 전 어느 정도 각오를 했어요. 이곳에서 나와 공감 할 수 있는 친구들과 있으면서 내 삶의 의미를 더 찾고 싶었어요. 그런데 그날 통화한 후 무기력한 날들이 계속 됐거든요. 그렇다고 그날 기억을 다 잊는다면 선생님 말대로 계속 엄마를 찾아다닐 것 같고. 그래서

'나의 생모를 찾았지만 그게 최악이었다' 라는 기억은 남기 돼 그 통화 내용은 지우고 싶은 거예요."

이서준은 그녀의 말을 들으면서 고개를 끄덕였다. 하지만 그렇다면 기억에 대한 감정을 NEER을 통해 무관심하게 만들면 될 노릇이었다.

"그렇다면 그 기억을 망각 시키는 것 보다 감정을 바꾸는 NEER이라는 방법도 있습니다. 그걸 더 추천 드려요. 그렇게 되면 단순하게 그날에 대한 생각을 안하게 될 수도 있거든요. 안 좋은 기억에 아무런 감정이 없는 것과 아예 기억을 못하는 것은 크게 다르지 않아요."

"제 일평생을 제 뿌리를 찾으려고 했어요. 그 감정에 무관심하고 싶지 않아요. 그렇다고 이렇게 무기력하게 있고 싶지 않고요. 무엇보다 그렇게 심했던 말이 기억에 조금이라도 남아있다면, 아무리 무관심 하더라도 언젠가 다시 종양처럼 자라날 것 같아요. 그냥 그날 통화에 대한 기억에 없다면 그나마 버티기 힘들지 않을거예요."

그제야 그녀의 뜻을 이해한 이서준은 그녀에게 망각을 실행시키도록 했다. 아동복지센터에서 친모와 통화한 것과 친구를 찾아가 통역을 해준 기억들은 아주 짧은 기억이었기에 시술은 단 6분 만에 끝나버렸다. 시술이 끝난 뒤 그녀는 다시 밝은 미소를 지으며 내게 마지막으로 한국말로 인사를 했다.

"감사합니다. 이서준 선생님"

"담에 만날 땐 이솝이라고 불러주세요."

"재밌는 이름이네요. 감사해요, 이솝."

강유빈은 처음 들어왔을 때와 마찬가지로 당당한 태도로 걸어 나갔다.

144

그녀가 문 밖을 나선 뒤, 이서준은 강한나에게 다음 예약에 대해 물었다. 다행히 시간적 여유가 있기에 그들은 짧은 시간 동안 알아낸 정보들을 공유했다. 이서준은 책『데미안』을 꺼내어 펼치며 말했다.

"『데미안』이라는 책 읽어봤어요. 이 말을 기억해요. [새는 알에서 나오려고 투쟁한다. 알은 세계다. 태어나려는 자는 한 세계를 깨뜨려야 한다. 새는 신에게 날아간다. 신의 이름은 아브락사스다.] 그리고 그 후에 그 사람이 했던 말이 생각나는 것 같아요. 내 이마에도 표식이 있는지 물었어요."

"표식이요?"

"네, 분명 그것은 책에서 나온 '카인의 표식'을 얘기하는 것이었어요. 『데미안』은 카인의 표식을 '우월함' 그리고 '기운', '비범한 지혜'와 '담력'과 같이 표현했어요."

"범인이 우리에게 무언가를 말하고 싶은 걸까요?

*

어두컴컴한 골목, 김기수를 죽였던 남자가 숨어서 누군가를 지켜본다. 그는 마치 '노루를 사냥하려 기다리는 사냥꾼같이, 그물로 새를 붙잡으려는 듯' 숨 죽이고 사냥감을 노려본다. 오랫동안 사냥감을 파악한 듯 익숙하게 그녀를 미행했다. 그녀의 발걸음이 조금씩 빨라지는 틈에 그녀의 뒤에서 목 깊숙이 칼을 꽂아 넣었다 뺀 뒤 생기가 사라져가는 그녀의 얼굴을 확인한 뒤 유유히 어둠을 향해 걸어갔다.

07____

미래를 위한 과거,
과거를 위한 현재

이른 오후, 강한나는 예상치 못한 두 손님 때문에 당황하고 있었다. 기억을 잊고자 찾아온 피험자가 아닌 강력계 형사 두 명이 조요나를 방문했기 때문이다.

"강남 경찰서 강력계 경사 이기현입니다. 몇 가지 질문을 드리려고 왔는데 혹시 조요나 원장님 계십니까?"

"네? 원장님께서는 지금 상담 중이신 데 무슨 일로 그러신 건가요?"

"저희가 조사하는 사건 중에 여기서 진료를 받으신 분에 연관된 사건이 있어서요. 원장님은 상담이 언제 끝나실 예정인가요?"

"아마 시간이 조금 걸릴 것 같은데 다음에 오시거나 미리 연락을 주실 수 있을까요?"

강한나는 평소보다 단호한 말투로 그들을 바라보며 말했다. 평소라면 조요나의 방문을 두드렸을 강한나지만 조요나의 방에서 민감하고 조심스러운 상담을 하고 있는 것을 이미 알고 있기에 그럴 수 없다. 그 방에서는 수차례 성폭행을 당한 소녀가 기억을 망각하기 위해 조요나와 상담 중이다. 더욱이 이 두 형사가 영장을 가지고 온 것도 아니었기에 딱히 그들이 상담을 방해하는 것을 내버려 둘 수 없었다. 두 형사 중 젊어 보이는 형사가 그녀에게 항의를 하려고 하자, 한창 선배로 보이는 날카로운 눈을 가진 형사가 이를 저지하며 강한나에게 명함을 건네며 말했다.

"방해해서 죄송합니다. 조요나 원장님 상담이 다 끝나고 시간이 되실 때 여기로 꼭 연락 부탁드린다고 전해주세요."

"무슨 일 때문이라고 전해드리면 될까요?"

"여기서 진료를 받으신 분에 관련된 정보가 필요해서입니다. 저희가 조사하고 있는 사건과 깊게 연관되어 있어서요."

"네. 알겠습니다."

형사 둘이 클리닉 문을 열고 나가자 얼마 안 되어 이서준의 방에서 MAP 시술을 마친 여자가 걸어 나왔다. 그 뒤를 배달호가 머리를 긁으며 나왔다. 여자가 밖으로 걸어 나가자 배달호는 봉인해제가 된 듯 한을 토로하기 시작했다.

"와… 이거 여자는 정말 믿을 게 안 돼."

"왜요. 무슨 일이길래." 강한나가 눈썹을 치켜 올리며 물었다.

배달호는 갑자기 목을 거북이처럼 쑥 빼고 한번 주위를 둘러보더니 안전하다고 생각했는지 강한나에게 귀에 속삭이며 말했다.

"아니, 아까 저 사람 알고 보니 몸 팔던 여자였대요. 그렇게 몸을 굴리다가 이제 결혼을 한다고 과거를 싹 청산하려고 온 거죠. 혹시나 실수 할까봐. 어떻게 그럴 수가 있대? 남자가 불쌍하지 않아요?"

"그건 우리가 할 판단이 아니죠. 어차피 우리 클리닉에 오는 사람들 다 스스로 치유할 수 없고 그것을 덮어둘 힘이 없어서 오는 것이잖아요."

"그래도 저건 정상의 범주가 아니죠!"

배달호가 목소리를 높이며 말했다.

"우리 클리닉에 왔던 사람들 중에서 정상이었던 사람이 몇이나 있었나요?"

"그… 그래도 예전에 그… 김수…"

"예전에 제가 성경학교에서 배웠던 것 같은데, 어느 날 율법학자들과 종교인들이 예수님을 모함하려고 어떤 간음하다 걸린 여자를 끌고 와서 그랬대요. '이 여자를 어떻게 할까요? 율법에서는 간음하면 돌로 쳐죽이라고 하는데.'"

갑작스러운 강한나의 말에 배달호는 입을 다물고 그녀의 말을 조용히 들었다.

"그랬더니 예수님이 그랬대요. '너희 가운데서 죄가 없는 사람이 먼저 이 여자에게 돌을 던져라'라고요. 그 말을 들은 사람들은 양심에 가책을 느끼고 다 떠나가서 예수님과 여자만 남았대요. 예수님이 그녀에게 '다들 어디 갔느냐? 너를 정죄한 사람이 없느냐?'라고 물으니 여자가 '한 사람도 없어요.'라고 대답했어요. 그랬더니 예수님이 뭐라고 하셨는지 아세요?

배달호는 여전히 꿀 먹은 벙어리처럼 가만히 서서 고개를 저었다.

"이렇게 말했어요. '그럼 나도 너를 정죄하지 않을테니 가서 다시는 죄를 짓지 말라.' 저는 우리가 사람들에게 두번째 기회를 가지는 것을 도와주는 것이라 생각해요. 과거라는 것은 더이상 존재하지 않도록, 그게 더이상 미래라는 길을 닫아버리지 않았으면 좋겠어요. 그렇기에 여기에서 만큼은 그 사람들의 기억이 공기 같았으면 좋겠어요. 존재하지만 보이지 않는 것처럼 말이에요. 모두에게 필요하지만 겉으로 드러나지 않게요. 우리들 만큼은 그 기억들을 선과 악으로 판단하지 않았으면 좋겠어요. 물론 상식적인 선 안에서요. 김기수 같은 사람이 또 나오면 안 되니."

강한나의 말에 배달호는 말문이 막혔고, 누군가 그를 구원해 주길 바랐다. 그때 마침 반가운 '손님'이 한 명 들어왔다. 그녀는 길을 잃은 아이처럼 문에 들어오자마자 주위를 둘러보고 소심하게 카운터를 향해 걸어갔다. 강한나가 그녀를 반기며 예약 여부 및 이름을 묻자, 작은 목소리로 이름만 말했다.

"박지영…이요"

강한나가 박지영(41)의 예약 정보 확인을 위해 정신이 팔린 틈을 타 배달호는 장비실로 향했다.

"박지영 님, 준비되셨으면 B번 방으로 가세요."

여자는 두 손을 가지런히 모으고 B번 방을 향해 들어갔다.

박지영이 문을 열고 들어오자 이서준은 그녀를 반겼다. 그녀는 여전히 수줍은 듯 숙연하게 고개를 낮춰 얌전하게 인사를 한 뒤 자리에 앉았다.

"안녕하세요, 박지영 씨. 어떤 일로 오셨나요?"

"잊고 싶은 기억이 있어서요."

이서준은 그녀에게 어떤 유형의 기억인지, 그리고 어느정도 기간인지 물었다. 그러자 그녀는 잠시 머뭇거리며 고개를 숙인 채 말하기를 주저하고 있었다. 이서준은 그녀의 침묵에 충분한 시간을 주며 기다려줬다. 마침내 그녀가 다짐한 듯 입을 열었다.

"3년 정도의 기억이에요. 그게 가능할 까요?"

"아쉽게도 현재 대략 254일, 한 8-9개월 이상의 장기기억은 시술하기 어렵습니다. 아무래도 그 이상의 기억들은 생각보다 많은 삶의 부분에서 영향을 주기 때문에 기간이 길면 길 수록 망각을 할 때 오는 부작용이 존재할 수도 있습니다. 특히 어떤 유형의 기억이냐에 따라서 성격까지 영향을 줄 수 있는 것이죠."

박지영은 크게 상심한 듯 한 숨을 내쉬며 고개를 숙였다. 이에 이서준은 말을 이어 나갔다.

"물론 254일 이상의 기억의 경우는 지우는 DEM 시술이 어렵지만, 두 가지의 다른 방법이 있습니다. 첫 번째는 NEER 또는 '무관심'이라는 기술로 지영님이 지우고자 하는 그 기억에 대한 감정을 없애서 더 이상 기억을 떠올리지 않게 도와주는 방법입니다. 우리가 어떤 기억을 자꾸 떠올리는 이유는 그 기억에 대한 감정이 있기 때문이고, 그것 때문에 집착을 하는 원리죠. 만약 기억에 대한 감정조차 없다면 하찮은 기억으로 변하게 되죠. 지난 주 날씨가 어땠는지, 무얼 먹었는지는 기억에 못할 수 있지만, 그때 감정적으로 중요한 사건이 있었다면 기억을 하게 되겠죠. 이처럼 NEER은 기억에 대한 감정을 억제시키므로 그 기억은 분명 내 삶에 영향을 주었지만, 그 기억에 대한 부정적인 감정이 사라지고 이를 더이상 떠올릴 필요가 없게 되는 것이죠.

두 번째 방법은 REM 또는 '왜곡'이라는 기술로 그 때의 기억에 다른 기억을 대체하는 방법입니다. 저희 슈퍼컴퓨터에는 AI가 배치하고 만들어 놓은 수많은 모델기억이 있습니다. 이 기억들이 원래 갖고 있던 기억의 자리를 채워주는 것이라 생각하면 돼요. 박지영 씨의 머릿속에 지난 3년의 기억은 저희 프로그램에서 짜 놓은 다른 기억들이 들어갈 것이고, 3년

전을 생각하면 그 기억들을 떠올리게 될 거예요."

박지영은 이서준의 말에 눈빛이 변하며 얼굴은 밝은 빛이 돌기 시작했다. 그녀는 이서준에게 물었다.

"그 모델 기억이라고 하는 것은 무엇인가요? 저 같이 오랜 시간의 기억을 대체하고자 하는 사람들은 다 똑같은 기억을 하게 되는 것인가요?"

"알다시피 현재 이 기술은 임상실험중이라 완벽하지 않다는 점을 아셔야 합니다. 제가 이 실험에 대해 다 말씀 드릴 수는 없지만, 저희 슈퍼컴퓨터의 하드에는 수많은 데이터들이 존재하고 AI가 수집한 이 수많은 자료들을 통해 생성되어지는 영상이 있습니다. 그것을 피험자들의 상황과 가깝게 접목시켜 가상 경험과 기억을 생성해 내는 것이죠. 그리고 상황에 따라 맞는 기억을 그 자리에 교체 시키는 것이죠."

"신기하네요. 그런 게 가능하다니. 그렇다면 3년의 기억이 교체되는 것은 이해가 되는데, 그 후로 영향을 받은 기간들은 어떻게 되는 것이죠? 대체되는 기억은 3년간의 기억이지만 그로 인해 10년 동안 저는 방황을 하게 됐거든요."

수줍고 조용하게 들어온 박지영이었기에 이서준은 그녀에게서 이렇게 날카로운 질문을 예상치 못했다.

"만약 5년간의 결혼 생활로 인해 지난 10년간의 삶이 바꼈다고 가정하고, 만약 그 5년의 결혼 생활을 다른 비슷한 기억으로 대체한다면 어떻게 될까요? 우리 머릿속의 기억은 생각보다 유연성이 있어서 나머지 10년의 기간은 그 다른 기억에 맞춰가게 되어있어요. 말하자면, 호환되는 것이죠. 기억은 고체가 아닙니다. 생각보다 유동성이 있고 적응을 하죠. MAP의

AI가 생성한 기억은 지영님의 기억과 호환성이 있는 것으로 생성되어 지영님의 3년간의 기억을 다른 기억으로 대체했을 때, 지난 10년의 기억은 그 대체 기억에 어느 정도 맞춰지게 되어있습니다."

"그렇군요. 잘 이해했습니다. 그럼 결정했어요. 두 번째 말씀 주신대로 기억을 왜곡해 주세요."

이서준에게 왜곡이란 시술은 처음이었기에 그는 그녀를 위해서라기 보다는 자신을 위해서 이 시술을 감행하고 싶어했다. 그녀는 다행이 스스로 기억의 환상을 원했지만, 만약 그렇지 않았다면 이서준은 영업을 하듯 설득을 할 작정이었다. 그는 이미 모니터 안경을 꺼내 쓰고, 시술을 준비했고, 그녀에게 시술에 대한 것과 부작용에 대한 설명을 간단하게 했다. 마지막으로 '자신에게 보내는 편지'를 쓰게 한 뒤 배달호를 호출했다.

"그렇다면 어떤 기억인지 말씀해 주실 수 있나요?"

기기 세팅을 마친 박지영은 자신의 이야기를 시작했다.

"저는 의심이 많은 사람이에요. 그래서 어릴 때부터 종교를 좋아하지 않았어요. 특히 교회를 무척 싫어했어요. 그곳은 이상한 어른들이 바르게 사는 척 하는 곳이고, 나쁜 사람들이 착한 척 하는 곳이라고 생각했어요. 교회 다니던 친구들은 늘 자신들은 천국에 가지만, 교회에 다니지 않는 이유 하나로 지옥에 간다고 놀렸죠. 더 자라서 해마다 사회에서 일어나는 일들을 보면서, 종교는 사람의 가장 추한 모습을 숨기려고 만든 가면, 핑계의 도구이구나. 그렇게 생각했어요. 저는 나름 논리적이라고 생각했기에 종교를 가진 사람들은 나약한 사람들이고, 억지스럽고 멍청한 사람들이며 비논리와 비합리를 추구하는 사람들이구나."

*

박지영의 대학 2학년 시절, 그녀는 문화인류학을 전공하고 있었고 마침 생물인류학 강의를 듣고 있었다. 흔하지 않은 전공이자 냉정하게 인류를 판단하려고 하는 학문, 그녀와 어울리는 전공이었다. 늘 생물인류학에 관심이 있던 그녀였지만, 막상 공부를 해보니 인간의 진화는 생각보다 점진적이지 않았으며 그녀의 입장에서 상식적이거나 논리적이지 않았다. 진화는 그녀에게 속시원한 해답을 주지 않았고, 더 많은 질문을 가져다 줬다. 무엇보다 삶과 인류에 대한 태도가 허무주의에 가까워지는 자신의 모습을 찾게 되었다. 이런 자신의 모습이 싫어서 였을까? 아니면 원하는 해답을 얻지 못해서 였을까? 그녀의 마음 한 구석에서는 자신의 삶이 조금 더 가치 있고 의미 있기를 원했었다. 때문에 그녀의 잠재 의식 속에서는 종교에 대한 부정적이었던 마음은 조금씩 누그러지고 있었다.

어느 날, 공강에 시간을 때우려 잠시 카페로 걷는 사이 그녀는 학교 정문 밖에서 책자를 나누어 주는 사람들을 보게 된다. 무엇 때문이었을까? 평소라면 그들을 피해서 최대한 멀리 돌아 갔을 그녀였지만 박지영은 그대로 그들 쪽으로 걷기로 했다. 그때 한 남자가 책자를 들고 그녀에게 다가왔다. 그는 키가 훤칠하고 뚜렷한 이목구비를 가지고 있고, 선하고 미소년 인상을 가진 청년이었다. 그는 박지영에게 자신을 허성진이라고 소개했다. 그리고 그녀에게 잠깐의 시간이 있는지 물었다. 분명 허성진이 전도를 위해 자신에게 다가온 것을 박지영도 알고 있었다. 그러나 밝은 미소를 지으며 다가오는 그를 거부하기란 힘든 것이었다. 박지영은 여태껏 한 번도 제대로 된 연애를 한적도 없는데다, 특히나 이렇게 잘 생긴 사람이 그녀에게 다가온 것은 처음이었기 때문이었다. 박지영은 지극히 평범한 외모를 가진 여성이었지만, 늘 외모에 대한 자신감이 없었다. 그녀의 자신감이 없는 모습은 그녀의 외모를 실제보다 떨어지게 하는 경향이 있었다. 그렇기에 그녀는 늘 자신이 못 생겼으며, 남자들에게 인기가 없다고 생각했다. 그런 그녀에게 외모가 수려한 남자가 말을 거는 데 딱히 싫어할 리가 없었다. 설령 그것이 그녀에 대한 호감이라기 보다는 종교적인 이유 때문이라도 말이다.

허성진의 왼손에는 작은 책자가 있었는데, 그는 그것을 '목적이 이끄는 삶을 위한 7영리'라고 불렀다.

"제가 이 책자를 읽어드려도 될까요?"

그의 목소리는 따뜻한 목소리는 메말라 갈라진 땅을 적시는 단비 같았다.

박지영은 어떨 결에 "네"라고 답했다.

허성진은 그녀의 대답에 한결 더 따뜻한 미소를 지으며 책자를 피고 한 글자, 한 글자 또박또박 읽어 나갔다. 박지영에게 책자의 내용은 낯설었으나 그녀가 생각했던 종교의 뻔한 클리셰어서 다음 내용을 예상할 수 있는 정도였다. 내용은 요약하면 이러했다.

[온 세상은 하나님에 의해 창조됐으며, 모든 것은 계획하에 이루어졌으나,

인간의 타락으로 하나님과 멀어졌고, 그러기 위해서는 신앙을 가져야한다. 우리는 하나님께 고백해서 영접을 해야하며, 그렇게 했을 때 인생의 목적과 구원을 얻을 수 있다는 내용이었다.

그녀는 마음속으로는 그런 생각을 했다. '이런 뻔한 내용을 30분 동안 설명해야 하다니 도무지 효율적이라고 볼 수 없는 방법이다. 거기다 7영리라니. 일곱가지 영혼의 이치라고?' 그러나 초롱초롱한 눈빛으로 열심히 설명하는 허성진에게 그만하라고 할 수도 없는 노릇이었다. 드디어 마지막 영리를 읽었을 때, 그는 진지한 표정을 지으며 그녀에게 질문했다.

"그럼 하나님을 당신의 삶에 들어오기를 원하시나요?"

갑작스러운 그의 질문에 그녀는 당황했다. 이 모든 것이 터무니없는 것이라고 생각했다. 하지만 그의 미소와 눈빛을 조금 더 마주하고 싶었기에 그녀는 말없이 고개를 끄덕였다. 그러자 그는 환한 미소를 지으며 그녀의 손을 잡았다. 박지영은 화들짝 놀라며 그를 바라보았다. 그는 눈을 감고 기도를 시작했다.

"주 예수님, 저는 주님을 믿고 싶습니다."

허성진은 말을 멈추고, 무언가를 기다리는 것 같았다. 그리고 그녀에게 부드럽게 말했다.

"제 말을 따라서 말하시면 돼요."

"아, 네. 주 예수님, 저는 주님을 믿고싶습니다."

박지영은 허성진이 하는 기도문을 한 문장씩 따라 복창했다.

"제 모든 죄를 십자가에서 죽으심으로 갚아주셔서 감사합니다. 이제 제 마음의 문을 열었으니, 예수님을 저의 구주, 하나님으로 받아들이고 영접하는 바입니다. 제 죄를 용서해주시고, 영원한 삶을 주셔서 감사합니다. 저를 새롭게 해주시고, 주님이 원하는 사람으로 만들어주세요. 제 삶과 제 목적은 모두 하나님에 의해서 만들어진 것을 믿습니다. 예수님의 이름으로 기도합니다."

그녀가 이 기도문을 마치자, 성진이 말했다.

"축하합니다! 이제 하나님께서 마음에 들어오신 거에요."

이 황당한 말을 박지영은 믿지 않았다. 그러나 자신의 손을 붙잡은 성진의 손 때문에 그녀는 정작 마음 속에 있던 말을 하지 못하고 수줍은 듯 고개만 끄덕였다. 허성진은 그녀에게 말했다.

"저희가 다음 주 수요일 저녁에 교회에서 집회를 하는데 그때 오실 수 있어요?"

"시간 보고 말씀 드릴게요."

"그럼 번호 주실 수 있어요? 혹시 모르니까 제가 전날이나 당일에 연락 드려도 될까요?"

그는 전화 번호를 받은 뒤 곧장 그녀에게 전화를 걸었고, 그녀에게 이게 자신의 번호라고 말해주었다. 이미 공강 시간도 애매해지자 그녀는 서둘러서 자신의 다음 수업으로 들어갔다. 수업 내내 그녀는 호모 에르가스터, 호모 하빌리스, 호모 에렉투스에 대한 강의를 듣고 있었으나 그녀의 머릿속은 온통 허성진의 미소와 목소리 뿐이었다. 하지만 그런 그녀에게도 교회를 간다는 것은 부담이 되는 것이었다.

시간은 빠르게 흘러 수요일이 되었을 때 그녀는 여전히 고민을 하고 있었다. 그때 그녀의 전화로 메시지 하나가 전달되었다.

[오늘 저녁 7시 겟세마네 예배당에서 예배 드리는 것 잊지 않으셨죠? 오늘 꼭 뵙기를 기대하고 있습니다. 오셔서 많은 은혜 받으시기를 바랍니다! -허성진]

내심 허성진의 문자를 기다렸던 그녀는 자신의 옷장에서 아끼는 원피스를 하나 꺼내 입고, 마치 우연히 그곳에 가게 된 것처럼 그곳을 향했다. 원래 예배시간이 7시였지만 그녀는 자신이 그곳에 마지못해 가는 것처럼, 아니 어쩌다보니 도착한 것처럼 보이기 위해 30분을 늦게 도착했다. 그리고 도착한 곳은 그녀가 상상한 것과는 거리가 멀었다. 항상 중년 아주머니와 아저씨들로 가득하고 찬송가를 부를 것이라 기대했던 그곳은 박지영 또래의 대학생들로 가득찼으며, 찬송가가 아닌 인디 뮤지션들이 부를 법한 노래를 6명 정도가 밴드구성을 이루어 부르고 있었다. 그리고 그 밴드 안에는 허성진도 보였다. 사실 박지영에게 찬양이라는 것은 생소했지만, 인디 노래와 비슷한 노래에 예수님만 집어넣고 노래를 부르는 게 우스꽝스럽게 느껴졌다. 그래도 노래는 좋게 들렸으며 이 경험이 마냥 나쁘지 않았다. 곧이어 목사가 나와서 설교를 시작했는데 그의 말은 도저히 알아들을 수 없었으며, 모두가 그의 말에 경청하며 고개를 끄덕이며 메모를 하는 것도 이해할 수 없는 것이었다. 기묘하게 보이는 것들도 있었는데 목사가 알지 못할 외국 이름과 몇 장, 몇 절을 얘기하면 그 자리에 앉은 모두가 마치 검색엔진이라도 달린 듯 책을 펼치고 목사가 읽는 것을 따라서 복창하는 것이었다.

거의 50분 동안 지겨운 설교를 끝마쳤을 때, 그는 몇 가지 공지사항을 전달한 뒤, 마지막으로 말했다.

"오늘 새로 오신 분들은 자리에서 일어나시죠."

박지영은 일어나기 싫었다. 주목을 받는 것도 싫고, 왠지 불편했기 때문이다. 그때 모두들 주위를 둘러보다 서로 아는 듯 인사를 했고, 결국에는 그녀에게 눈이 몰렸다. 허성진 역시 그녀를 발견했고 그녀를 향해 크게 손을 흔들며 밝게 웃었다. 그리고 그녀에게 일어나라고 손짓했다. 그녀는 마지못해 일어섰고, 모두가 그녀를 향해 환영인사를 하며 환영 찬양을 불러줬다.

*

"종교라는 것이 낯설고 어색한데, 그렇게 모든 사람들에게 환영 받으면서 주목받은 것은 처음이었어요."

자신의 첫 교회 경험을 떠올리던 박지영은 말을 계속 이어 나갔다.

"그 기분이 마냥 나쁘지는 않더라고요."

"그래서 교회를 계속 나갔나요?"

이서준이 질문하자 박지영이 대답했다.

"그게, 사실은 그 성진 오빠가 매주마다 예배 관련해서 문자를 보내줬는데 처음에는 그것 때문에 나간 것 같아요."

이서준은 그 얘기를 듣고 고개를 끄덕이며 박지영의 이야기를 계속해서 경청했다. 그리고 박지영이 다시 그때의 기억으로 회상했을 때, 그녀는 몇 번의 예배 참석을 통해 어느정도 익숙해진 듯했다.

종교의 어색함도 한 3~4번 쯤 예배에 더 나가게 되면 완화가 되고 익숙해진다. 박지영도 어느덧 모든 사람들이 부르는 찬송가 몇 곡은 입 모양 정도를 따라할 수 있게 됐다. 목사의 설교를 들으면 여전히 지겨워서 시간을 계속 확인했지만, 설교의 목적이 좋은 취지라고 생각하게 됐다. 설교들은 궁극적으로 전하고자 하는 바가 비슷한 것 같았다. '우리들은 하나님의 목적을 위해 창조됐고, 그의 사랑을 받고 있기에 그에 걸맞게 살아야 하며 사회에 모범을 보여야 한다. 그리고 하나님의 위대한 계획을 세상 사람들에게 전파해야 한다.' 하지만 목사는 가끔 뭔가 앞뒤가 맞지 않는 얘기를 할 때도 있었는데, 가장 큰 부분은 예수가 우리의 죄를 위하여 죽고, 그 죄를 다 사하여 줬지만 인간은 여전히 죄를 짓는다는 내용이었다. 그리고 죄를 짓지 않기 위해서는 교회에 많은 헌신과 노력이 필요하다는 것이었다.

박지영은 속으로 생각했다. '과거, 현재, 미래의 모든 죄가 다 사해졌으면 죄가 없다는 얘기 아닌가? 그리고 그렇게 무조건적으로 인간을 사랑했다면, 헌신을 요구할까?' 목사의 설교는 늘 신자들에게 많은 것을 요구했으며 결국 결론은 '이 세상의 빛과 소금이 되기 위해서는 희생을 해야한다' 였다. 예배가 끝나자 목사가 말했다.

"자, 다음 주부터 제자 수업이 시작될 건데 새 가족이 되신 분들은 꼭 참여해 주시면 좋겠습니다."

사실 박지영은 이 예배를 끝으로 교회에 나올 생각이 없었다. 여전히 익숙하지 않은 문화고, 성진과의 관계도 뭔가 그 이상을 가지 않을 것이라는 것을 알고 있기 때문이다. 예배가 끝나자 서둘러 짐을 챙겨 나가려고 했다. 하지만 그럴 틈도 없이 성진이 그녀에게 먼저 다가와 말을 걸었다.

"아직 많이 어색하시죠?"

허성진의 미안함이 담긴 그 말에 그녀는 자신의 논리적인 견해를 잠깐 마음속 깊은 창고 속에 가둬놓기로 했다.

"아니에요."

"정말요? 다행이네요. 그럼 우리 다음 주 제자 수업에 나와 보시는 것은 어떠세요? 거기서 더 큰 은혜를 받고 신앙에 대해서 더 배우는 것은 어떤가요?"

"아, 그건 생각을 좀…"

허성진의 말이 부담스러웠다. 이미 이 모든 상황이 다 새로웠던 그녀에게 종교 생활을 추가로 더 하라고 하는 것은 꽤나 큰 짐이다. 하지만 그녀의 이성은 어느 정도 배제된 상황에서 그녀는 허성진이 '우리'라고 한 말에 집중했다.

'우리라고 했어. 그럼 성진 씨도 제자 수업에 참석하는 것이겠지?'

허성진은 그녀가 부담을 느낄 것이라고 생각했는지, 두 손을 보이며 부담을 느끼는 것이라면 나오지 않아도 된다고 했다. 그런 그를 실망시키고 싶지 않았던 박지영은 말했다.

"아니에요. 부담스럽지 않아요. 저 제자 수업 받아볼게요."

그녀의 말에 허성진은 환한 미소를 지으며 말했다.

"잘 됐어요, 정말"

제자 수업은 꽤나 부담스러운 수업이었다. 기간은 약 12주 과정이었으며 매주 화요일 저녁마다 3시간이나 되는 수업을 들어야 했고, 마치 초등학교 방학숙제처럼 다양한 숙제가 주어졌다. 심지어 제자 수업 과정을 위한 책자는 총 3권의 얇은 책자였는데, 이를 수업에 참여하기로 한 사람들에게 부담한 것이었다. 한 권 당의 가격이 만만치 않았다. 3권의 얇은 책을 쌓아 놔도 250페이지도 안되는 짧은 장편소설 한 권 보다 얇았는데 그 가격은 고급 레스토랑에서 먹는 스테이크의 가격 정도나 됐다. 더군다나 제자 수업에 처음 들어갔을 때 그녀를 포함해서 7명밖에 없었는데 허성진은 그곳에 없었다. 당연한 것이었다. 이 교회의 청년회에는 총 12개의 그룹으로 나뉘어져 있었고, 이를 12지파라고 불렀다. 하나의 지파에는 총 5~7명으로 이루어져 있었으며 이를 담당하는 리더가 한 명씩 있었다. 허성진은 이미 그 수업을 들었고 그것으로 이미 6지파의 리더였다. 정작 그녀가 원했던 허성진이 그 수업에 없어서 실망했던 그녀였지만, 이미 값비싼 교재까지 구매한 상황에서 갑자기 안한다고 하기도 애매한 상황이었다.

*

"이상하죠?"
갑작스런 박지영의 질문에 이서준은 당황하며 "네?" 라고 되물었다.

이서준의 화면 속에서 박지영의 의식은 빠르게 흐르고 있었다. 그녀는 목사와 책자를 번갈아가면서 보았다. 화면 안에서 그녀의 표정이나 몸짓이 자세히 보이지 않았으나 이서준은 그 과정을 유추할 수 있었다. 첫 수업을 듣던 그녀는 고개를 갸우뚱거리며 반신반의한 모습에서, 시간이 흐를수록 그녀의 의심 많던 고개는 점점 반듯해졌고, 나중에는 고개를 끄덕이는 모습까지 보였다.

"분명 내 머리 속에서는 이게 아니라고, 아니라고 계속 되묻는데, 어느 순간 내 마음 한구석에서 이걸 설득하는 느낌이었어요. 특별한 교훈이 있는 것도 아니고 그렇다고 굉장히 설득력이 있던 것도 아니었어요. 과학에서는 모든 게 가능성이고, 100% 답은 아니었지만 증거를 토대로 증명하려고 했던 반면, 종교는 근거도 없이 그냥 '이게 답이야'라고 제시하고 있었어요. 그런데 때로는 그 단순함이 좋더라고요. 무엇보다 같이 이 수업을 듣는 사람들에게서 보이는 순수함과 헌신적인 모습이 부럽더라고요. 거기에 소속되고 싶다는 마음도 생기더라고요. 어느 순간 성진 오빠가 없는 자리에도 나가게 되더라고요."

*

시간은 금방 흘러 그녀는 12주의 과정을 전부 마칠 수 있었다. 12주 과정의 수업 내용은 7영리의 내용과 목적이 크게 다르다는 것을 알 수 있었다. 7영리가 안 믿는 사람을 위한 책자라고 한다면, 제자 수업은 헌신에 대한 것과 제자가 되기 위한 태도, 그리고 무엇보다 하나님의 말에 순종해야 한다는 것이었다. 박지영은 그 하나님의 말에 순종한다는 것이 뭔지 잘 이해되지 않았다. 이에 대한 정확한 답을 수업에서는 알려주지 않았다. 단지 수업을 가르치던 청년부의 목회자는 "지영 자매도 곧 알게 될 거예요"라고 답할 뿐이었다.

제자 수업 과정은 그녀에게 교회에 대한 거부감을 많이 없앴지만, 큰 대가가 있었다. 화요일 제자 수업, 수요일 예배, 그리고 일요일 주말 예배까지 일주일에 세 번이나 3시간 정도의 시간이 소요되는 것이 그녀의 대학 생활에 영향을 안 줄 수는 없었다. 또한 박지영은 어느새 자신의 과 동기나 선후배 보다 교회 사람들과 제자 수업을 같이 듣는 사람들과 더 많은 시간을 보내게 된 것이다. 그런 그녀의 모습에 동기들도 우려의 목소리를 내기도 했지만, 박지영은 동기들에게 걱정하지 말라며 그들을 안심시켰다. 무엇보다 교회 사람들이 그녀를 더 부추겼는데, '하나님의 나라를 위해서 하는 거야.' '나중에 천국에서 더 큰 상이 있을 거야.' '다 어리석은 마귀의 목소리야.' 등 박지영에게는 낯선 얘기들이지만 그녀와 같은 편을 들어주는 사람이 있다는 것이 마음을 편하게 했다. 그녀가 교회에 더 많이 다닐수록 교회 사람들을 제외하면 주변 사람들과 가족들과 멀어진다는 것을 스스로 느끼지 못했다. 그녀는 자신이 점차 고립되어가고 있음에도 그것이 자신이나 교회의 잘못이 아니라고 스스로 세뇌하고 있었다. 그리고 그녀의 그런 헌신은 교회 새 신자의 에이스, 그리고 믿음으로 다시 태어난 사람으로 통하고 있었다. 특히나 교회 목사의 눈에 들어왔던 것이었다.

"지영 자매, 안녕하세요."

김동원 목사가 처음으로 박지영에게 직접 다가가 건넨 인사였다.

"12주 과정도 다 마쳤다고 들었어요. 요즘 아주 열심이라고."

박지영은 마음 깊은 곳에서 뿌듯함을 느꼈다. 초등학교 우등생이 전교생 앞에서 교장 선생님께 받는 우수상 같은 느낌이었다.

"아니에요. 아직 부족한 게 많은데요."

"아닙니다. 우리 모두가 부족한 건 마찬가지죠. 그래서 제안할 게 있는데 마침 11지파에 리더가 필요한데, 11지파를 지영 자매가 맡아줬으면 좋겠어요."

그녀는 갑작스러운 목사의 제안에 놀라며 말했다.

"네? 그런데 저는 아직 아는 것도 없고 교회 다니기 시작한 것도 이제 막 4개월밖에 안 됐는데. 제가 하나의 지파를 맡는 것은 조금 빠른 것이 아닐까요?"

"예수님의 제자들이 지식이 많다거나 종교 생활을 잘해서 제자가 된 것이었을까요? 아닙니다. 대부분은 어부였고, 그중에는 세리도 있었어요. 제자들의 능력 때문이 아니라 하나님이 그들을 부르셨기 때문입니다. 오늘 지영 자매를 하나님께서 부르고 계십니다."

"저 아직 제가 진짜 신앙이 있는 건지도 모르겠어요."

"그런 말씀이 있어요. '내 형제들아 만일 사람이 믿음이 있노라 하고 행함이 없으면 무슨 유익이 있으리요 그 믿음이 능히 자기를 구원하겠느냐.' 평생 교회를 다니던 사람들도 행위 없는 믿음으로 교회만 다니죠. 지영 자매는 단 4개월 만에 그들이 할 수 없는 것을 했죠. 자신의 시간을 헌납했죠. 그것이 진짜 신앙이고, 믿음이 아니면 무엇이겠습니까? 지영 자매는 하나님의 신부입니다." 목사는 인자한 미소를 지으며 박지영의 어깨에 손을 얹었다.

그녀 옆에 있던 교인들 역시 그녀를 응원했고, 그녀는 떠밀리듯 주어진 목사의 제안에 결코 거절할 수 없었다. 결국 그녀는 고개를 수줍게 끄덕이며 그의 제안을 받아들였다.

지파 리더가 되면 허성진과 더 가까이 지내게 될 것이란 바람과 달리 좀처럼 그와 가까워질 수는 없었다. 교회에서 마주치는 시간은 많았지만 리더가 되는 순간부터 봉사하는 시간이 많아지고, 자신의 지파를 이끄는 것이란 많은 것을 요구했던 것이다. 그녀는 수업 시간과 잠을 잘 때를 제외하고 대부분 교회에서 보내게 된 것이다. 무엇보다 청년부 리더들과 대학부에는 한가지 룰이 있었는데 그것은 바로 '연애 금지'였다. 도대체 그것이 신앙생활과 무슨 관계가 있었는지 몰랐지만, 목사는 청년들에게 늘 이 부분을 강조했다. 대학 졸업 전까지는 연애 금지, 그리고 연애는 결혼 전제로 하는 것이 아니면 금지였다.

김동원 목사는 이를 두 가지 이유로 정당화했다. 첫 번째는 교회가 일반적인 교회가 아닌 운동, 즉 선교 운동을 하는 교회라고 주장했기 때문이다. 그들의 교회 역시 한국기독교 진리선교회 또는 KCTM^{(Korean}

Christian Truth Mission)이라는 이름으로 활동했다. 연애는 선교하는 데 방해가 되니 안된다는 것이었다. 두 번째는 결혼 전의 모든 육체적 관계는 다 죄악이라고 주장했기 때문이다. 더 나아가 김동원 목사는 연인들이 하는 모든 스킨십을 죄악시했는데 그것은 그들의 마음속에 이미 불순한 마음이 들어있다고 주장했다. "성경에 이렇게 쓰여있어요. '또 간음하지 말라 하였다는 것을 너희가 들었으나 나는 너희에게 이르노니 음욕을 품고 여자를 보는 자마다 마음에 이미 간음하였느니라.' 여러분이 이성과 손잡을 때, 포옹할 때, 키스할 때 그런 생각을 안 한다고요? 아닙니다! 그것은 악한 것입니다. 하나님의 밖에서 하는 모든 스킨쉽은 악한 것입니다." 목사는 청년부 교인들에게 강조했다. "만약 연애하려면 연인과 같이 저에게 오세요. 내가 좋은 사람인지 아닌지 알려줄 테니. 그리고 명심할 것은 우리 교회 사람이 아니면, 되도록 연애하지 마." 이때 교회 곳곳에서 '아멘' 소리도 들렸다.

*

서준은 그녀에게 물었다.

"교회에서 연애 금지하는 것은 처음 들어보네요."

"여기는 일반 교회가 아니었으니까요. 선생님은 교회 가 보신적 있나요?"

"저를 제외하고 가족들은 교회를 다녀요."

"그렇다면 KCTM이라는 것도 들어보셨겠네요."

박지영의 질문에 이서준은 잠시 머뭇거리며 말을 아꼈다.

"괜찮아요. 이미 세간에 어느 정도 알려진 사실인데요."

"사실 내가 생각하는 KCTM인가 잠깐 생각하고 있었어요. 그렇다면 지영 씨는 그 종교 단체에 있었군요."

박지영은 주먹을 꽉 쥐며 그때의 기억을 떠올렸다.

"참 이상해요. 교회에서 나를 중요한 사람으로 생각해주고, 내게 직위를 주고, 치켜세워주니 분명 앞뒤가 맞지 않고 말도 안 되는 부분을 생각 못하게…아니 생각 안 하게 돼요. 저는 철저하게 그곳에 물들어서 마음 깊은 곳까지 지배당했어요."

*

1년 정도가 흘렀을 때, 박지영의 모습은 예전과 많이 달라져 있었다. 찬양을 온 마음을 다하여 부르고 있었고, 기도를 할 때는 누구보다 큰 목소리로 절실하게 했으며, 목사의 설교에는 고개를 끄덕이며 자신의 노트에 필기하고 있었다. 예배를 마치면 자신의 지파 인원들을 일일이 챙겨주고 뒷정리를 했다. 물론 그녀는 여전히 허성진을 바라봤다. 분명 그와의 거리는 더 가까워졌는데 실제로 다가가기는 힘들어지고, 훨씬 더 멀어진 느낌이었다. 하지만 그날, 허성진이 그녀에게 다가왔다. 여전히 준수하고 빛이 나는 얼굴이었다. 그는 따뜻한 목소리로 그녀에게 말했다.

"지영아, 요즘 너무 보기 좋아. 내가 다 은혜받는다."

"감사해요. 다 오빠 덕분이죠."

허성진은 그 말을 끝으로 머뭇거리는 느낌이었다. 뭔가 부끄러워하는 것인지 항상 자신감 있던 그의 모습과는 다르게 보였다. 박지영은 그의 낌새를 금방 알아차렸다.

"무슨 할 말 있어요?"

"아, 음…할 말이 있어. 이따가 뒷정리 다 끝나고 저기 청년부실에서 볼까?"

그녀는 고개를 끄덕이며 그러겠다고 했다. 무슨 일일까? 그녀는 계속 자신에게 물었다. 설마 그동안 그녀가 꿈꿔 왔던 일이 드디어 일어나는 것일까? 그가 드디어 내게 고백하는 것일까?

뒷정리가 다 끝나고 모든 것을 마친 박지영은 기대에 가득 찬 마음으로 청년부실로 향했다. 청년부실 앞에는 허성진이 기다리고 있었다. 그는 긴장과 불안함을 미소로 덧칠해 놓은 표정이었다. 박지영이 그에게 다가가 무슨 일이냐고 묻자, 그는 아무 말 없이 그녀를 청년부실에 앉히고 기다리라고 말했다. 그는 아무 말 없이 두 손을 모으고 앉아있었다. 그들은 5분 동안 침묵을 유지했다. 박지영이 말을 걸어도 그는 단답으로 대답해 대화를 이어 나갈 수 없었다. 그들의 침묵이 모든 시간을 더 느리게 만들어 더 이상 견디기 힘들어졌을 때, 누군가 방으로 들어왔다. 바로 김동원 목사였다. 김동원 목사가 들어오자 허성진은 두 손을 모아 묵례를 하고 방에서 나갔다. 그녀는 처음으로 느꼈다. 허성진의 행동에서 자신은 안중에도 없었으며, 그가 하는 묵례는 사람에게 하는 것이 아닌 깊은 경외심에서 나오는 것이었다. 박지영은 자리에서 일어나 무슨 영문인지 모르는 채 성진이 나가는 것을 보고, 김동원 목사가 자신의 옆에

다가와 앉자 함께 앉았다.

*

"그때였어요. '뭔가 크게 잘못됐구나'라고 느낀 건. 처음에는 하나님의 사랑을 얘기하다가 하나님의 신부니 뭐니 저에게 계속 말을 하더라고요. 그러더니 제 손을 잡았어요. 그리고 손에서…"

박지영은 말을 멈췄다. 그녀의 기억은 MAP을 통해 담기고 있었다. 이서준은 차마 그녀의 영상을 볼 수 없었기에 그녀가 기억을 떠올리는 것을 묵묵히 기다렸다. 그리고 그녀에게 말했다.

"힘드셨겠어요."

박지영은 마음을 가다듬었다. 이서준의 말에는 답하지 않고 말을 이어나갔다.

"분명 성추행을 당해서 혼란스러웠는데 '이건 시험이다.' '하늘에서 준 사랑이다.' 이렇게 스스로 설득했던 것 같아요. 더군다나 제자 수업과 오랜 과정을 통해서 김동원 목사가 계속해서 자신을 하나님의 대리인, 그리고 너는 하나님의 신부다. 이 행위는 그것에 대한 일부일 뿐이다. 김동원 목사도 계속해서 그렇게 얘기했어요. 하나님의 대리인과 이러는 것은 죄가 아니라고. 자신과의 관계가 곧 하나님과의 관계라고. 그렇게 계속 자신을 설득하다 보니, 그것이, 그 혐오스러운 짓이 당연한 게 되어 버리더라고요. 그리고 김동원 목사는 점점 더 수위를 높이며, 결국 성행위를 강요했죠. 처음에는 강요했고 나중에는 강제로 했어요. 이미 학교와는 거리를 둔 지

오래 됐고, 가족들과도 거리를 둬서 아무한테도 얘기할 수가 없었어요. 거기다 기껏 학업과 가족을 버리고 선택한 게 겨우 사이비 종교와 사이비 교주라고 믿기도 싫었어요. 그렇게 3년을 더 당하면서 살았던 거예요. 그리고 김동원 목사가 다른 여자를 건드릴 때면 모른 척하게 되었어요. 그 여자를 건드리면 나를 건드리지 않겠지 하면서. 끔찍하죠?"

이서준은 그녀의 물음에 아무런 답을 하지 않았다.

"나중에 알게 된 사실인데 허성진은 여자 신도를 끌어들이기 위한 수단이었고, 저와 같은 방법으로 김동원 목사에게 데리고 가서 그런 일을 당하게 한 거죠. 여자들이 당하는 걸 알면서 허성진은 김동원을 절대적인 대리인이라고 믿기에 묵인한 거예요. 저는 그것도 모르고, 언젠가는 그가 나를 보게 되겠지 생각한 거예요."

"그러고 나서 어떻게 되었나요?" 이서준이 물었다.

"결국 참다못한 여자애들이 모여서 김동원 목사를 고발했어요. 거기에는 제 지파에서 저와 친하게 지내던 동생도 있었어요. 그 아이가 당하는 것을 알고 있었는데도 저는 모르는 척했어요. 여자애들이 모여서 목사를 고발했을 때, 그 아이들이 얼마나 힘들었을지 알면서도 끝까지 그들을 지원한다거나, 내가 겪은 것을 알려주지 않았어요. 내가 3년 동안 잃었던 것, 싸워왔던 것이 정말 아무것도 아닌 것이 될까 봐."

박지영은 아랫입술을 꽉 물고 작은 목소리로 말했다.

"어쩌면 나도 김동원이나 허성진과 다를 바가 없는 거예요."

"그렇지 않아요. 지영님도 피해자인데 왜 다를 바가 없는 거죠? 특히 2~3년이라는 기간동안 김동원이라는 사람이 계속 세뇌해왔다면 그럴 수 있어요."

"그렇게 말해줘서 고마워요. 하지만 그걸 방관한 게 달라지진 않아요. 어쩌면 이 기억을 대체하려는 것도 그냥 이 상황에서 도망치는 것밖에 안되는 거죠. 내가 할 수 있는 건, 내 기억을, 내 과거 행적을 방관하는 것밖에 안돼요."

박지영은 잠시 말을 멈추고, 한숨을 쉬었다.

"결국 김동원 목사는 구속됐고, 이를 방조한 허성진을 포함한 몇몇 신도도 구속됐죠. 그 후 10년 동안 마음을 바로잡으려고 노력했어요. 학교를 다시 다니려 노력했지만 잘 안됐고, 멀쩡한 교회에 들어가서 예배도 드렸어요. 모든 게 낯설며 익숙했어요. 하지만 예전 같지는 않더라고요. 가족들과 겨우 화해했고, 새로운 친구들도 만들었고, 일반적인 교회에도 어느 정도 익숙해지게 되었죠. 뭔가 회복이 조금씩 되어가는 감정이 들었어요. 그런데… 김동원 목사가 출소했다는 소식을 들었어요. 모든 과거의 행적들이 떠오르기도 하고, 쌓아 놓은 것들이 한순간 무너질 것 같았어요. 그 사람이 나를 찾아올 것 같고, 나를 다시 그 구렁텅이 속으로 끌고 갈 것 같았어요. 매일 과거에 갇혀 죄책감에 고통받으며, 미래마저 그들이 지배하는 불안함에 떨고 싶지 않아요."

이서준은 고개를 끄덕이며 말했다.

"이해해요. 정말 많이 힘들었겠어요. 이제 박지영 씨의 기억이 MIR로 다 입력이 되었으니 새로운 기억으로 대체시킬 수 있게 되었어요."

이 말을 한 뒤 이서준은 배달호에게 수신호를 보낸 뒤 시술을 시작했다. 기억의 왜곡의 경우 망각과 무관심이 동시에 가동되며, 피험자가 기억을 떠올리는 동안 새로운 기억이 심어진다. 기억이 지워지는 동시에 이서준은 MAP의 데이터베이스에서 선정한 기억 중 가장 호환성이 높은 기억을 모니터하고 그것을 피험자의 기억에 덮어씌우는 것을 하는 것이다.

이서준은 궁금했다. 3년의 세월을 망각하고 새로운 기억을 심는 데 걸리는 시간은 어느 정도일까? 신기하게 박지영에게 3년이라는 기억이 망각되고 새로운 기억으로 왜곡되는 데 걸린 시간은 그리 길지 않았다. 단 2시간 만에 그녀의 머릿속에는 새로운 기억이 들어간 것이다.

이서준은 깨달았다. 사람의 기억을 떠올리고, 망각시키고, 새로운 기억을 심는 데 많은 시간이 걸릴 것 같지만 사실 상대적으로 빠르게 진행된다. 또한 최근의 기억이 아닌 경우 흘러간 시간만큼 그리고 기억의 기간에 따라 상대적으로 압축이 되며, 개인마다 시간의 길이가 머릿속에서 같은 길이로 저장되지 않는다.

모든 시술이 끝난 뒤 박지영은 전에는 못 봤던 평안한 표정을 볼 수 있었다. 그동안 그녀를 짓눌렀던 죄책감이나 미래에 대한 두려움은 완화가 된 모양이다. 이서준은 그녀에게 시술이 끝났다고 말했다. 그녀는 어리둥절한 표정을 지으며 물었다.

"제가 기억 때문에 상담을 받으러 온 것 같은데, 이미 시술이 끝난 것인가요?

"네. 강한나 간호사가 밖에 나가면 설명하겠지만 다음 주에 상담 스케줄 잡으시면 되고요. 당분간은 시술에 대한 결과를 위해 상담을 지속적으로 받으셔야 합니다."

박지영은 고개를 끄덕이다 이서준을 바라보며 물었다.

"이상한 질문이겠지만, 어떤 기억을 지운 거죠? 분명 중요한 기억 같은데…"

이서준은 그녀가 쓴 편지를 건네며 말했다.

"박지영 씨는 본인이 잊어야 한다고 생각한 기억을 다른 기억으로 대체했어요. 너무 궁금하면 그 편지를 확인해보시는 게 좋을 것 같아요."

그녀는 편지봉투를 곧장 열어 편지를 읽으면서 밖으로 나갔다. 이를 바라보던 배달호가 이서준에게 물었다.

"그렇게 궁금할까요? 그렇게 지우려고 했던 기억을 다시 알려 달라는 것은 무슨 심보일까요?"

"누구라도 궁금해하지 않을까요? 인간은 언제나 해답을 찾으려고 하니까 말이죠."

"그래봐야 판도라의 상자일 텐데… 저 사람은 앞으로 다른 삶을 살게 될까요?"

이서준은 잠시 생각한 뒤 배달호에게 답했다.

"글쎄요. 다른 삶을 살게 될 것이라는 보장은 없어요. 똑같은 일을 다시 겪게 될 수도 있고요. 우리가 관여하는 것은 딱 여기까지예요. 앞으로 상담하면서 지켜봐야죠. 다만 이제 더 이상 현재의 그녀가 과거의 기억에 고통받거나, 다가올 미래를 걱정하는 일은 없을 거라는 거죠."

이서준의 대답에 배달호는 고개를 끄덕이고 조용히 장비를 정리했다. 모든 일정을 마쳤을 때 시간은 이미 8시를 넘어가고 있었다. 조요나는 클리닉 사람들을 불러 모아 오늘 있었던 피험자들에 대한 브리핑을 하고, 이서준의 피험자들에 대한 보고도 받았다. 그리고 강한나가 찾아왔던 형사들에 대해 말하자, 조요나의 표정은 어두워졌다.

"오늘 아침에 여러분들에게 공유를 했어야 했는데 너무 정신이 없었네요. 형사들이 찾아온 것은 아마 김수진 때문일 거예요."

"김수진이요?"

"예전에 우리 클리닉에서 망각 시술을 받았었는데. 아, 그때는 이 선생님이 아직 안 계실 때 였네요. 아무튼 며칠 전에 사체로 발견됐다고 해요."

모두 할 말을 잃고 조요나를 바라봤다. 그리고 조요나는 말을 이어갔다.

"경찰에서는 조사차 나를 부른 거고. 벌써 김기수 이후로 두 번째 우리 클리닉과 연관되어서 살인이 일어났으니 그냥 우연이라고 하기는 힘들겠네요. 어쨌든 이게 우리 클리닉과 관련된 일인지, 아무 연관 없는 일인지 잘 모르겠지만 다들 그래도 조심해서 나쁠 것 없으니 조심하세요. 사건 관련된 정보 있으면 계속 업데이트해줄게요. 이제 주말이니 강한나씨가 내 다음 주 월요일 그러니까 30일이지, 그날 스케줄 조정 좀 해주세요."

짙은 어둠이 낮을 집어삼켰고, 그들의 침묵은 바쁜 거리의 소리를 오롯이 흡수하고 있었다.

08___ --

판도라의 상자

아침부터 강한나는 조요나의 스케줄을 조정하느라 정신이 없어 보였다. 조요나는 최대한 빠른 시일에 경찰 조사를 받는 게 좋을 것이라 생각하여 강한나에게 갑작스레 스케줄 몇 개를 연기해 달라고 부탁한 것이었다. 조정이 안 된 아침 스케줄은 전부 이서준이 맡게 되어 이서준에게도 바쁜 오전으로 되어버렸다. 바로기억클리닉에는 평소보다 많은 인원이 대기를 하고 있었기에, 이서준은 이것을 고려해 짧은 상담과 단시간이 걸릴 시술만 진행하며 오래 걸릴 사례들은 다른 날 시술 예약을 잡고 있었다. 오후 1시가 되어서야 이서준은 숨 쉴 틈이 생겼다. 이렇게 많은 사람을 상담하고 시술을 받은 건 처음이었기에, 이서준의 얼굴은 피로로 분칠이라도 한 듯했다. 이신명과 배달호도 번갈아 가며 시술을 진행한 탓에 지친 표정이 역력했다. 때마침 점심시간 전 마지막 시술을 마친 이서준이 방에서 나왔다. 새봄은 미소를 지으며 말했다.

"이 선생님, 수고 많으셨어요. 아까 어떤 분이 감사 편지를 남기고 가셨어요."

"편지요?" 이서준은 편지를 받아 피곤에 서린 눈으로 편지봉투를 확인했다. 편지봉투에는 그저 '이서준 앞'이라고 적혀 있을 뿐 누구에게서 왔는지 확인할 방법은 없었다. 그는 태연히 편지봉투를 열어 편지를 펼쳤다. 그리고 편지의 적힌 첫 글귀에 사뭇 진지한 표정을 지었다.

[표식이 있는 자]

이서준은 박새봄을 바라보며 물었다.

"이 편지 준 사람 얼굴 기억나요?"

"아까 너무 정신이 없고 피험자 틈에서 갑자기 나오셔서 얼굴은 제대로 못 봤어요."

"선생님, 무슨 일 때문에 그러시는데요?" 강한나가 물었다.

"이 편지 쓴 사람 김기수를 살해한 사람이에요."

모두가 놀란 표정을 지으며 말을 잇지 못했다. 이때 이신명이 뭔가 떠오른 듯 손을 천장의 구석을 가리키며 말했다.

"만약 이쪽으로 새봄 씨에게 편지를 건넸다면 저 위쪽 CCTV로 얼굴이 잡혔을 것 같은데요?"

이신명의 말에 모두 CCTV를 확인하러 관리실로 달려갔다. 그리고 몇 시간 전 편지지를 건네는 어떤 남자를 발견한다. 이에 강한나는 뭔가 떠오른 듯 혼잣말로 중얼거렸다.

"저 남자 예전에 기억 망각했던 사람인데 이름이 뭐더라? 아, 생각났다! 박우주!"

"박우주요?"

이서준은 CCTV 영상을 한참 동안 바라봤다. 고개를 기울이며 눈을 가늘게 뜨고 박우주를 자세히 보려고 노력했다. 강한나는 곧장 프런트로 가서 데이터베이스에서 박우주를 찾아냈다.

"그렇네요. 김기수가 기억을 망각한 당일 저희 클리닉에 찾아왔었네요."

"그럼 범인을 잡았네요! 이 사실을 경찰에 알려야겠어요."

배달호의 말에 이서준이 고개를 저으며 말했다.

"편지를 전달했다고 해서 이 사람이 범인이라고 확정지을 수 없어요.

그리고 이상하잖아요. CCTV도 일부러 피했던 것 같은 사람이 이제 와서 왜 자신의 모습을 드러낼까요?"

"김기수를 죽였을 때는 운이 좋았던 거죠." 배달호는 어깨를 들썩이며 대답했다.

"글쎄요. 그래도 혹시 모르니 김기수가 살해당했던 시점의 CCTV 영상도 볼 수 있나요?"

"아마 저희가 경찰에 제출하기 위해 보관해 둔 영상이 있긴 할 거예요."

강한나는 곧장 영상을 찾아서 김기수가 다녀간 날의 영상을 열었다. 분명 그곳에는 박우주로 보이는 사람이 있다. 하지만 그는 김기수가 망각 시술을 받기 위해 이서준과 상담을 하는 동안 나가는 듯했다. 얼마 지나지 않아 CCTV 영상의 구석에서 모자를 쓴 누군가가 들어오는 것이 보인다.

"이 코너에 찍힌 모자 쓴 인물이 살인자 같군요. 이 영상으로는 확인이 어렵네요. 어쨌든 박우주가 이 살인마를 잡기 위해서 중요한 단서가 될 것 같아요. 빨리 경찰에 이 사실을 알리도록 하세요."

이서준의 말에 강한나가 곧장 사건 담당자에게 전화를 걸었다.

"편지지엔 뭐라고 적혀 있나요?"

이서준은 편지의 소리 내어 읽어 나갔다. 이서준이 읽으며 알아챈 것은 바로 미묘하게 글씨체에 이질감이 느껴진다는 것이었다. 처음에는 글씨체가 길고 날리듯 쓰이던 것이 어떤 부분에서는 갑자기 안 어울리는 또박또박한 글씨로 쓰여 있었다.

표식이 있는 자에게,

내가 준 선물 마음에 들었나요? 날 죄인으로 취급하겠지만, 표식이 있는
우리를 흉내 내는 김기수 같은 사람은 죽어도 마땅합니다. 그가 기억을
떠올리는 동안 경찰을 부른 것은 참 좋은 아이디어였네요. 그 때문에
빠져나가기 좀 번거롭긴 했지만 말이죠.

당신이 하는 일을 존경합니다. 당신 같이 표식을 가진 강자가 기억으로
버티기 힘든 나약한 사람들을 위해서 봉사를 하니 말이죠. 그러나
당신도 알고 있죠? 우리처럼 표식을 가진 자들은 진실을 알고 있어요.
우리는 포식자입니다. 표식이 없는 자들이 표식이 있는 척을 하고,
강하지 않은 자가 강한 행세를 하지만 우리는 알고 있죠. 그들은
우리처럼 투쟁하는 자들이 아닙니다.

'나는 곧 기억이다.' 우리는 기억을 하고, 그것이 나라는 자아를
만든다는 것을 알고 있죠. 그 기억을 버린 자는 죽은 것이나
마찬가지입니다.

그들은 나약함을 감추기 위해서 기억을 지우고, 본인이 기억에서
자유로워졌다 생각하지만, 그런 것은 없어요. 인위적으로 알을 깨면
새는 약하게 자라다가 결국 죽고 말죠. 새가 나는 것은 날개가 있기
때문이지 날 권리가 있어서가 아닙니다. 약자에겐 자유도 없고, 평등도
없으며, 행복도 없습니다. 오로지 유한한 생명과 쾌락밖에 존재하지
않습니다. 그리고 그들은 우리의 사냥감이자 장난감에 불과하지

않습니다. 김기수도, 김수진도, 박우주도, 그리고 앞으로 카인의 표식을 가진 척하는 모든 사람들은 말이죠.

이것은 이재규도 이해하지 못했죠. 그도 표식이 없는, 선택받지 못한 자였기 때문입니다. 그에 대해서는 저도 아쉬운 바입니다. 당신의 동생인 것을 알았다면 그런 고통을 겪지 않았을 텐데 말이죠.

"새는 알에서 나오려고 투쟁한다. 알은 세계다. 태어나려는 자는 한 세계를 깨뜨려야 한다. 새는 신에게 날아간다. 신의 이름은 아브락사스다."

[Patient Zero]

서준은 모두가 들을 수 있도록 편지를 쭉 읽어 나가다 '이재규'에 대한 문장은 읽지 못했다. '도대체 이 사람은 누구길래 재규를 아는 거지? 혹시 이 사람이 재규를 그렇게 만들었나?' 서준은 자신의 분노를 숨기고 차분하게 마지막 문장을 읽었지만, 편지를 쥔 손에서 작은 떨림은 그의 감정을 모두 감출 수 없었다.

"패션트 제로? 무슨 의미일까요? 그리고 김기수, 김수진을 이 사람이 죽였다는 건가요? 박우주도 이제 죽일 거고?" 박새봄이 묻자, 이신명이 답했다.

"패션트 제로, 처음으로 이 실험에 참여한 사람을 의미하는 것이죠."

"누구일까요? 패션트 제로를 알 수 있는 사람은 강인수 교수님이나 원장님 아닌가요?"

이신명은 아무런 대답도 하지 못했고, 강한나는 곧장 다시 경찰에게 연락했다.

어느새 점심시간은 거의 지나버렸고, 모두 침묵을 지키며 각자 자신의 자리를 향해 무거운 걸음으로 바닥을 쓸었다. 오후 1시 50분 정도가 되었을 때 정문을 열고 어떤 남자가 안절부절 하며 클리닉으로 들어왔다. 대략 20대 후반 정도로 보이는 남자였다. 새봄이 남자에게 말을 꺼냈다.

"안녕하세요. 저희가 점심시간이 2시까지라서…"

"제가 좀 일찍 왔습니다."

"아 네. 그럼 잠시만 기다리세요."

그리고 남자는 곧장 소파에 털썩 주저앉아 고개를 숙이고 머리를 쥐고 있다.

얼마 안 되어 또 다른 손님이 들어왔다.

"안녕하세요? 오늘 두 시 예약해서 왔습니다. 밖에 기자들이 좀 있네요."

"아, 아직 기자들이 있구나. 죄송합니다. 혹시 성함이 어떻게 되시나요?"

"김준복입니다."

"아 네. 잠시만 기다리세요."

박새봄은 오늘 스케줄을 보았다. '김준복이 두 시고, 그다음 손님은 예약이 세 시로 되어있는데… 설마 세 시의 손님이 지금 온 걸까?'

"노우섭 씨?"

"네 네!"

"노우섭 씨는 3시로 예약되어 있으신데, 2시 예약이 있어서 기다리셔야 할 것 같은데요. 3시에 다시 오시는 게 어떠신 가요?"

"좀 일찍 끝날 수도 있잖아요. 그리고 밖에 기자들도 있어서 조금 껄끄럽습니다. 기다릴게요."

"네… 알겠습니다."

두 시의 상담은 대략 40분 정도 진행이 되었다. 상담을 받으러 온 사람은 기억을 지우지 않기로 선택을 했기 때문에 빠르게 진행될 수 있었다. 새봄은 곧 노우섭의 이름을 호명했고, 그는 B실로 들어갔다. 초조해 보이는 얼굴의 그는 엄지손톱을 깨물면서 얘기했다.

"이거 비밀 보장은 되는 거죠?"

"물론입니다. 기억을 망각하러 오신 건가요?"

"네. 지우고 싶은 기억이 있습니다. 얼마 전에 헤어져서요. 제 여자친구에 대한 기억입니다."

"기억을 지우면 다시 복구가 안 될 수도 있는데 신중하게 생각하시고 오신 거죠?"

노우섭의 표정이 일그러지며 한숨을 내쉬며 신경질적으로 답했다.

"저는 그냥 무조건 지울 거니까 진행해 주세요."

"사귄 지는 얼마나 되셨나요?"

"한 1년 정도 됐어요. "

"1년이라고 한다면, 기억을 망각하기 힘들어요."

이서준은 그에게 NEER에 대해서, 그리고 REM에 대한 설명을 했다. 그러자 그는 무조건 REM으로 자신의 기억을 대체시키고자 했다. 이서준은 궁금했다. 무엇 때문에 이렇게 급하게 기억을 잊고 싶은 걸까? 분명 이 사람은 감정적으로 힘든 것보다는 뭔가 다른 게 있어 보였다. 이서준은 노우섭에게 시술에 대한 설명과 시술 전 모든 절차를 마친 뒤, 장비 준비를 위해 이신명과 박새봄을 호출했다. 노우섭은 뭔가 서두르는 듯 자신에게 쓰는 편지 역시 별다른 고민 없이 단 5 분 만에 완성했다. 곧 이신명은 장비를 끌고 와서 노우섭의 머리에 연결했고 박새봄은 그에게 주사를 놓았다. 이서준은 노우섭에게 처음 만난 날을 회상하라고 했다.

"후…그녀를 처음 만난 건 집 앞에 있는 카페였어요."

*

노우섭은 슬리퍼를 질질 끌고, 모자를 눌러쓰고 추리닝 바람으로 카페에 가고 있다. 카페에는 우섭의 친구 이건우가 기다리고 있다. 건우 건너편에 털썩 앉는 우섭, 앉자마자 말을 건넨다.

"야, 좀 괜찮은 여자 없냐? 소개 좀 해줘."

"뭘 소개야. 너 지난번에도 소개해 주니까, 막 별로라고 그러면서 엄청

진상 부렸잖아. 너한테 이제 다시는 소개 안 해."

"야 씨. 이제 안 그래. 나 연애 안 한 지 2년이 넘었어. 이러다 연애 고자 되겠어."

그들이 한참 떠드는데 동네에서는 볼 수 없었던, 한 미모의 여자가 카페로 들어왔다.

노우섭의 눈은 저절로 그쪽을 향했고, 건우는 그 눈치를 봤는지 혀를 차며 말을 꺼냈다.

"야. 쟤 진짜 예쁘다."

"완전 내 스타일이네. 번호나 따 볼까?"

"픽이나. 네가 무슨 헌팅이냐?"

"뭔 소리야. 내가 예전에 날렸거든?"

"웃기시네…"

"내기할까? 내가 쟤 번호 딴다에 삼겹살 내기 어때?"

"해! 오늘은 삼겹살에 소주다. 이따 딴 말 하기 없기야. "

그리고 노우섭은 건우와 서약의 악수를 한 뒤 그녀에게 향한다.

"저…안녕하세요?"

노우섭은 살짝 긴장이 된 얼굴로 카페에 들어온 여자에게 말을 건다.

여자는 그의 눈을 보며 고개를 갸우뚱하며 바라보았다.

"네?"

그녀의 키는 170정도 돼 보였고, 베이지색 A라인 원피스에 운동화를 신고 있었다. 몸은 굉장히 슬림해 보였고, 진한 눈썹과 짙은 쌍꺼풀, 코는 오뚝하게 서있어 이목구비가 뚜렷한 서구형 미인상이다. 얼굴은 몇 군데 살짝 손을 댄 것처럼도 보였다. 우섭은 마음속으로 생각했다. '그래도 본판 불변의 법칙이 있는 법!'

그에 비해 노우섭은 키 173에 특징 없는 이목구비에다 관리를 안 해서 그런지 살짝 배가 나오고 있었다. 그가 군대 제대 전 입던 바지의 단추를 잠글 때 면, 마치 콘 위로 꾹꾹 눌러 담은 아이스크림같이 보이기도 했다. 심지어는 의상마저 볼품없이 추리닝에 슬리퍼. 건우는 그의 친구 우섭이 평균에 못 미치는 외모라고 생각했기에 저런 미인이 절대로 번호를 줄리가 없을 것이라 믿었다. 아마 노우섭 스스로도 그렇게 생각했을 것이다. 하지만 이미 칼을 뽑은 이상 후퇴는 없다. 노우섭은 전화를 내밀며 물어봤다.

"정말 죄송한데요. 너무 맘에 들어서 그러는데 번호 좀 물어봐도 될까요?"

우섭은 알았다. 이게 얼마나 식상한 방법인지. 어차피 내기에서 졌다고 생각했고 그냥 '술자리에서 웃어넘길 썰로 남겠지. 건우가 엄청 놀리겠네' 라고 생각했다. '그래 그냥 삼겹살이나 먹지, 뭐.' 저 뒤편에서 비웃고 있을 친구를 생각하며 살짝 자신의 친구를 돌아봤다. 여자는 피식 웃더니 말한다.

"친구랑 내기하셨어요? 제 번호 따면 뭐해주기로 했어요?"

이 말에 당황했는지 노우섭은 조용히 대답한다.

"네? 사…삼…겹살이요."

"오늘 친구한테 맛있게 먹겠다 그래요."

그녀는 그의 전화를 뺏은 뒤 자신의 번호를 찍고, 그에게 돌려줬다. 그의 전화에 적힌 번호와 그녀의 이름을 보고 다시 그녀를 바라봤다.

"임주영?"

"삼겹살 맛있게 먹어요."

순간 어리바리하게 서있다 뭔가 쿨 한 그녀에게 반한 것 같이 멍하니 그녀의 눈에 머물다 결국 다른 곳으로 눈을 돌렸다. 그녀가 준 번호가 진짜인지 모르겠지만, 어쨌든 그는 내기에서 이겼다. 그는 쿨하게 자신의 핸드폰을 자신의 머리 위로 크게 흔들면서 자신의 자리로 돌아왔다. 그리고 당황한 건우는 우섭에게 말했다.

"야! 이거 사기야. 가짜 번호일 수도 있잖아. 전화 걸어봐."

"무슨 가짜 번호야. 그냥 삼겹살 사기 싫다고 솔직히 말해."

"좋은 말 할 때 빨리 걸어라."

우섭도 궁금했는지 못 이기는 척 전화를 건다. 그리고 전화를 둘 다 들을 수 있게 스피커폰으로 놓고 테이블 위에 올려놓는다. 전화벨이 몇 번 울리더니 여자가 전화를 받는다.

"여보세요? 저 맞아요. 친구분, 찌질하게 굴지 말고 삼겹살 사요."

그녀는 커피가 나오기를 기다리며 멀리서 그들에게 자신의 핸드폰을 흔들었다. 우섭은 활짝 웃으며 그녀에게 손을 흔들었고, 건우는 고개를 숙였다.

"주영 씨 감사해요. 제가 곧 맛있는 거 한 번 쏠게요."

그는 전화를 끊고, 건우를 끌고 카페에서 나갔다.

어떤 술집에서 우섭과 건우는 삼겹살에 소주를 먹고 있다. 몇 시간 째 우섭은 싱글벙글 웃음을 잃지 않았다. 자신이 이렇게 예쁜 여자의 번호를 딸 수 있었던 게 꿈만 같았다.

"야, 이 새끼야. 그렇게 좋냐?"

노우섭은 이에 대답도 안 하고 소주를 들이켠다.

"달다. 달아."

"놀고 있네."

"야. 그거 알아? 처음 봤는데, 딱 느낌 왔어. 나 왠지 이 여자랑 결혼하게 될 거 같은 느낌 있잖아."

"하…미친 놈. 이렇게 좋은 날에는 네가 사야 하는 거 아냐?"

"아니지, 내기는 내가 이겼잖아."

"알았다. 알았어."

그들은 건배를 하고 또 술을 들이켠다. 꽤 취기가 오른 우섭은 터벅터벅 비틀거리며 집으로 향했다. 그때 메시지가 울리고, 그는 자신의 전화를 본다.

[삼겹살 잘 먹었어요? 괜찮으면 이번 주 주말에 저녁 어때요?]

그는 메시지를 보고 정신이 바짝 든다. 그리고 배시시 웃으며 혹여 오타가 날까 조심히 답장을 쓰기 시작한다. [네. 덕분에 잘 먹었어요. ㅋㅋㅋ 토요일 저녁 6시에 볼까요?] 라고 치고 싶었지만 오타를 작열하며 아래와 같이 보내 버리고 말았다.

[네. 먹어쏘요 ㅋㅋ 통ㅛㅣㄹ 6시 볼까]

후회하기에는 이미 보내 버렸고, 지우기에는 또 애매했다. 그러자 그녀는

188

곧장 대답한다.

[토요일 6시에 봐요 ^^]

*

노우섭은 자신이 가진 옷 중에서 가장 깔끔한 옷을 챙겨 입고, 집에서 나왔다. 이미 약속 장소 근처의 맛집은 다 찾아놓은 상태이고 예약까지 했다. 그는 긴장하면서도 가벼운 발걸음으로 약속 장소인 신사동 가로수길까지 갔다. 약속 시간 15분 전이니 충분히 일찍 왔다고 생각했다. 그런데 그녀는 이미 약속 장소에 도착해 있다. 이목구비가 뚜렷한 외모와 커다란 키, 그리고 매력적이게 달라붙는 까만 원피스에 카디건을 입고 나왔다. 그곳을 지나는 남자들도 그녀를 한 번씩 눈길을 주며 지나간다.

'저 사람은 내 데이트 상대다. 자식들, 부럽지?'

노우섭은 그녀에게 달려간다. 가까이 가니 하이힐을 신은 그녀가 우섭의 키보다 살짝 커 보이기도 한다.

"일찍 도착하셨네요?"

그녀는 미소를 지으며 대답했다.

"집이 가까워서요."

"배고프시죠? 여기 근처에 괜찮은 파스타집 예약해 놨는데 그쪽으로 가시죠."

"아… 지난번에 삼겹살 드셨다길래 그게 좀 땡겼는데, 삼겹살, 껍데기에 소주 어때요?"

노우섭은 그녀의 말에 뭔가 기분이 묘하다. 여태 만나온 여자들은 데이트할 때는 좋은 레스토랑 같은 곳을 원했는데, 이렇게 깔끔하게 차려입고 와서 삼겹살이라니 말이다. 거기다 파스타집에 가면 가격이 비싸기만 하고 배도 안 찼는데, 노우섭에게는 반가운 말이었다. '이 여자 뭔가 잘 맞는다.' 그는 마음 속으로 생각했다.

"삼겹살 좋죠!"

"괜찮겠어요? 저 좀 많이 먹는데? 여기 근처에 맛있는 집 있으니까 그쪽으로 가시죠."

그들은 근처의 삼겹살집에서 고기와 술잔을 기운다.

'별말을 안 해도 말이 너무 잘 통한다. 이 여자는 나의 마음을 읽는 것 같다.' 노우섭은 처음 만난 이 여자가 마치 자신의 운명인 것처럼 느껴졌다. 그래서 당장 사귀자고 하고 싶지만, 천천히 전략적으로 해야 했다. 그런데 문득 궁금한지 우섭은 그녀에게 물었다.

"우리 카페에서 봤을 때, 왜 전화 번호 줬어요?"

"그냥? 삼겹살 얻어먹으려고?"

"진짜요? 그거 때문에?"

"에이 설마, 그렇겠어요. 아무리 그래도 처음 보는 사람한테 어떻게 그래요. 그때 우섭씨 너무 어설퍼 보이고, 뒤에 친구 돌아보면서 눈치도 보고 있고, 뭔가 거짓말을 못할 것 같은 사람인 것처럼 보였어요. 순수해 보였고 귀여웠어요."

이렇게 직접적으로 얘기하니 당황스러웠는지 우섭은 잠시 말을 잃는다. 그러다가 식상한 것은 알지만 말을 이어 나갔다.

"주영씨는 이상형이 어떤 사람이예요?"

"이해심 많은 사람이요."

노우섭은 처음에 그게 어떤 의미인 줄 몰랐다. 그렇기에 웃으면서 말했다.

"제가 이해심만큼은 넘치고 넘칩니다."

그들은 어느새 소주를 6병 마셔버렸다. 분명 우섭은 나름 본인이 술을 잘 마신다고 생각했는데, 이 여자와 속도를 맞춰 마시다 보면 기절할 것 같았다. 주영은 잔을 물을 마시듯 비웠고, 그 모습 또한 너무 예뻐 보였다. 마치 "내 머릿속의 지우개"의 손예진을 보는 듯했다. 그리고 적당히 어두운 삼겹살집의 동그란 테이블 위에 초록 빛깔의 소주병들이 조명을 받으며 그녀의 얼굴을 바라보니, 우섭은 자신이 무대 위의 배우가 된 기분이었다. 그는 유혹을 이길 수 없었는지 그녀에게 얼굴을 들이댔고, 그녀는 손으로 그의 입술을 막으며 단호하게 말한다.

"오늘은 여기까지."

살짝 민망한 듯 고개를 돌리고, 비틀거리며 자리에서 일어났다.

"자 가시죠! 집까지 바래다 줄게요!"

둘은 차가운 밤공기를 마시며 천천히 걸었다. 주영의 말대로 그녀가 사는 곳은 그리 멀지 않았다. 하지만 그는 그녀와 지금 헤어지기에는 살짝 아쉬웠다. 그가 뭔가 말을 꺼내려고 하자, 임주영은 그가 이미 무슨 말을 할지 알아챈 듯, 먼저 입을 열었다.

"오늘은 이미 늦었으니까 이만 들어가죠."

"네. 알겠습니다."

노우섭은 생각했다. '그럼 그렇지. 현실은 생각대로 되지 않지.'

뭔가 실망하며 아쉬워하는 그의 얼굴이 귀엽게 보였는지 임주영은 그의 볼에 뽀뽀를 해주고 자신의 집으로 향했다. 이에 우섭의 말린 오징어처럼 움츠려 있던 어깨는 똑바로 펴졌다.

"조심히 들어가요."

"네."

우섭은 그녀의 당당한 모습을 보며 이미 모든 마음을 정한 듯 그녀의 뒷모습을 바라본다. 그리고 갑자기 우섭은 문을 여는 그녀를 바라보며 소리친다.

"주영 씨!"

"네?"

"우리 그냥 사귀죠?"

그녀는 뜬금없는 그의 고백에 들어가려다 말고 그를 멀뚱히 쳐다본다. '너무 빨랐던 걸까? 그렇지. 딱 하루 만났는데 저렇게 예쁜 여자가 미쳤다고 사귀자고 하겠어? 괜히 감정이 앞섰나?' 침묵하고 있는 그녀를 보며 우섭은 수만 가지 생각을 떠올리고 있었다. 잠깐의 그녀의 정적은 몇 시간이 흐른 것 같은 느낌이었다. 그때 그녀가 대답했다.

"너무 멋이 없는 고백 아니에요? 그래도 용기 있었으니까. 그래요. 사귀죠, 우리."

그는 얼굴이 활짝 피며 방방 뛰며 소리쳤다.

"고마워요!"

그는 팔을 크게 흔들며 집으로 향했다. 그리고 얼마 후 그녀에게서 메시지가 온다.

[참 멋이 없네. 우리 집에 달려와서 한 번 찐하게 안아줘야 하는 거 아닌가? 진짜 집으로 간 거기]

그녀의 솔직한 카톡을 보며 그는 미소를 짓는다.

[다시 돌아갈까요?]

[장난이에요. 천천히, 시간 많으니까]

*

그렇게 그들은 연인이 됐다. 우섭은 그동안 살아왔던 27년의 세월 동안 이렇게 행복했던 적이 없었다. 그녀는 누구보다 그의 마음을 잘 이해했고, 그가 뭘 원하는지도 알았다. '왜 이런 사람을 이제 만났을까?' 우섭은 이런 상황이 실감이 나지 않고, 마음 한편에서는 불안함이 존재했다.

그러던 어느 날 친구들과 다 같이 포장마차에서 술을 마시게 되었다. 마침 그 자리에는 건우도 있었고, 우섭이 어릴 때부터 친하게 지냈던 친구들 여럿이 모였다. 그날의 화두는 바로 노우섭의 새로운 여자친구였다. 처음에 그의 말을 믿지 않던 친구들 역시 건우가 증언을 해주자, 그제야 믿는다.

"오… 우리 우섭이 다 컸네? 그래서 예쁘냐?"

"궁금하냐? 이 형님이 사진 보여줄게."

그들은 임주영의 사진을 보고 놀란다.

"사귄지 얼마나 됐어?"

"한 2주 됐어."

"어디까지 갔어?"

"에이 뭘, 그냥 키스."

"야! 오늘 오라고 그래!"

"됐어. 지금 벌써 10신데…"

"빼는 거 봐라. 전화 한번 해봐. 여기 오면 너 술값 여기서 제외!"

"그리고 오늘 여기 오면 우리가 너 진짜 밀어 줄게. 오늘 끝까지 가게 될걸!"

그들의 얘기를 듣다 그녀가 진짜 올지 궁금했는지 우섭은 그녀에게 전화를 걸어본다.

"여보세요?"

"웅! 자기야!"

"자기야. 여기 나 친구들이랑 같이 술 마시는데, 친구들이 우리 자기 너무 보고 싶다고 그러는데, 혹시 여기로 올 수 있어?"

"웅, 그러지 뭐."

그녀는 대수롭지 않게 수락을 했고, 이에 친구들은 놀란다.

"이 새끼, 전생에 나라를 구했나 보다…"

잠시 후 임주영은 한껏 꾸며 입고 나왔다. 그녀의 모습에 으쓱거리며 우섭은 여자친구를 소개한다.

"자…여기는 내 여자친구 임주영. 여기는 내 불알친구들이야."

그녀가 머리를 오른손으로 귀 뒤로 넘기며 인사를 하자 친구들은 그녀의 모습에 입이 떡 벌어졌다. 그들의 집중은 오로지 임주영에게 쏟아졌다.

"왜 이런 애를 만나요. 저를 만나시지."

"에이.. 저는 잘 생긴 남자 좋아해요."

간혹 짓궂은 장난을 치는 친구들에게도 잘 받아치며 오히려 그들에게
장난을 치는 그녀를 보며, 우섭은 다시 한번 생각한다. '하나님, 부처님,
예수님 감사합니다. 제가 진짜 전생에 나라를 구했나 봅니다.'

우섭과 친구들은 한참 술을 마시며 얘기하다가 어린 시절 얘기를 꺼내기
시작했다. 우섭의 친구들은 그를 약 올리려 했는지 옛날 우섭의 초등학교
사진을 보여주며 말했다.

"얘 초등학교 다닐 때 키가 작고 동글동글해서 별명이 땅콩이었거든요.
여기 이 사진 보세요. 여기 가운데 있는 애가 우섭이에요."

모두들 깔깔 웃으며 어릴 적 우섭의 사진을 본다. 그들은 추억에 젖어
옛날 사진을 하나씩 보면서 그 시절을 곱씹으며 얘기했다. 그러다가 문득
궁금했는지 우섭이 주영에게 물어봤다.

"자기는 어릴 적 사진 없어? 어릴 때 진짜 예뻤을 거 같은데?"

"아, 나 어릴 적 사진 다 지웠어." 주영은 갑자기 그 말에 다소 당황하며
대답했다.

"응? 진짜?"

"내가 좀 여기 여기 여기 고쳤거든, 어릴 적 사진이 흑역사라 하나도 안
남겼어."

그녀의 솔직함에 모두 잠시 아무 말이 없다가 웃기 시작한다.

"야! 주영 씨 진짜 대박이에요. 이렇게 솔직한 게 좋지."

"그래요. 요즘 안 고치는 사람이 어딨어요?"

친구들의 모습을 보며 얼렁뚱땅 넘어갔다. 그때 건우 옆에 앉아 있던 친구, 오상혁이 고개를 기울이며 말을 꺼낸다. 임주영이 처음 왔을 때부터 유독 말이 없었던 친구가 그녀에게 꺼낸 첫마디였다.

"그런데 진짜 어디서 많이 본 것 같은데, 우리 어디서 보지 않았어요?"

순간 친구들 모두 그 둘을 바라보며 말을 멈췄다. 임주영은 고개를 갸우뚱거리며 대답했다.

"글쎄요. 저는 뵌 적이 없는 것 같은데, 혹시 저랑 같은 성형외과 간 여자를 보셨나?"

그녀의 위트 있는 대답에 모두들 웃고 넘어간다. 하지만 우섭은 상혁의 말을 가볍게 듣지 않았다. 상혁은 여자들한테 인기가 많기도 많았고, 워낙 잘 노는 친구라 그가 하는 말이 신경 쓰였던 것이다. 친구들 앞이라 말은 못 하겠고, 신경은 쓰이는지 소주를 원샷으로 몇 잔 들이켰다. 어느새 취기가 오른 우섭과 그의 진지한 분위기를 느낀 것인지 친구들은 주영에게 말했다.

"우섭이 얘 술이 너무 약하네. 제수씨, 먼저 가세요!"

주영이 우섭을 일으켜 부축해서 나가고, 오상혁은 혼잣말을 한다.

"분명 어디서 본 것 같은데…"

그녀는 우섭을 부축해서 집으로 향한다. 정신이 반쯤 나간 그를 이끌고 결국 그의 집에 도착한다. 집에 들어가자 그는 정신이 살짝 술에서 깬 듯 그녀에게 물었다.

"주영아."

"응?"

"너 나한테 숨기는 거 없지?"

"무슨 소리야, 자기야."

그녀의 목소리에는 아주 미세한 떨림이 있었다. 술에 취하고 정신도 오락가락했지만 그는 그 불안한 떨림을 알 수 있었다.

"너 상혁이랑 아는 사이야?"

"무슨 소리야. 그 사람 오늘 처음 보는데?"

"걔가 예전부터 여자라는 여자는 다 만났던 친구라서. 진짜 동네에서 안 만나본 여자 없고, 클럽이랑 가라오케, 룸살롱 같은 데서 사는 애야."

우섭의 말에 그녀는 그의 눈을 보며 말한다.

"내가 그 상혁이라는 친구랑 클럽에서 만났거나, 아니면 룸살롱 같은 데에서 일했을 거 같아? 그래서 그 친구가 만났던 사람 아닐까…그 얘기야?"

"아니 그런 건 아니고, 혹시 상혁이랑 만났다고 하더라도 상관 없으니까… 혹시 만났던 사이거나 원나잇 한 사이야?"

"미쳤구나?"

한숨을 쉬고, 그녀는 우섭에게 다시 말을 꺼낸다.

"괜찮아. 그렇게 생각할 수도 있지. 또 취했으니까. 그거 때문에 신경 쓰여서 그렇게 술을 퍼마신 거야?"

그녀는 우섭의 머리를 쓰다듬는다. 우섭은 그런 그녀가 너무 사랑스러웠는지 키스를 하며 그녀의 가슴으로 손을 뻗는다. 그러자 그녀는 갑자기 그의 손을 잡으며, 말을 꺼낸다.

"술 좀 깼어?"

"응. 자기야. 고마워 그리고 미안해. 오늘 진짜 우리 주영이 너무 예쁜 거 같아."

그 말을 뒤로 하고 계속 스킨십을 시도하자 그녀는 정색하며 말했다.

"잠깐만. 이러지마. 지금 취했잖아."

우섭은 그녀에게 계속해서 그녀를 침대로 눕히려고 하지만, 그녀는 그를 뿌리치며 좀 더 큰 목소리로 말했다.

"나 말 안한 거 있어."

"응? 뭔 데?"

"말하면 나 싫어할 거 같은데…"

"그런 거 없어. 내가 너를 어떻게 싫어해."

우섭은 다시 키스를 시도했고, 그녀는 그를 피하며 말한다.

"나 혼전 순결 지키는 사람이야."

"응? 혼전 순결?"

갑자기 정신이 확 들었다.

"나 계속 만나려면 이런 거 안돼. 우리 결혼할 때까지는… 나 어릴 적 집안이 엄했어서, 이건 꼭 지키고 싶어. 나를 좀 아껴줬으면 해. 이거 남자한테 굉장히 힘든 거 알아. 이해할 수 있겠어?"

항상 쿨했던 그녀가 이런 모습을 보이는 게 의외라고 생각했지만, 그런 그녀의 모습도 좋았다.

"나 기다릴 수 있어. 정말이야."

주영은 반 의심스러운 눈으로 그를 보면서 그의 품에 안기며 고맙다고 말했다. 그리고 그의 집에서 같은 침대에서 잠이 들었다. 모든 옷을 그대로 입은 채로 딱 키스만 하고 아침까지 같은 자세를 유지했다. 우섭은 평생 그렇게 힘들게 참아봤던 적이 없었고, 몇 번이고 잠에서 깨어 그녀의 얼굴을 확인하고 다시 쪽잠을 잤다. 하지만 그날 이후 우섭은 주영에게 더 지극정성으로 잘 해줬다. 이 여자는 다른 여자들과 뭔가 다르다고 생각이 든 순간, 그는 이미 어느 정도의 결심을 하고 있었다. 이 여자랑 결혼해서 평생을 같이 할 것이라는 것을 말이다.

*

그녀와의 연애는 순탄했다. 쿨하고 예쁜 그녀를 만나면서 딱히 힘든 점은 없었다.

그런데 약간 마음에 걸리는 것은 있었다. 그녀는 절대 그녀의 과거 얘기나 가족 얘기를 하지 않았고, 단 한 번도 그녀의 친구들과 연락을 하거나 만나는 것을 보지 못했다. 가족 관계는 물론 부모님이 어떤 분들이신지, 어디 사시는지조차 몰랐다. 가끔 가다가 우섭의 어머니에게서 연락이 오는 것을 보는 그녀의 표정에서 뭔가 묘한 감정이 흘러나왔다. 그런 그녀에게 가족에 대한 것을 물으면 그녀의 대답은 늘 같았다.

"나 부모님이랑 연락 안 해. 뭐, 그렇게 좋은 기억도 없고."

우섭은 그녀에게 사정이 있겠거니 하며 그녀를 더는 추궁하지 않았다.

하지만 늘 궁금했다. 어떤 과거가 있기에 부모님과 연락을 하지 않을까? 상상력이 풍부했던 그는, 여러 가지 추론을 해보았다. '혹시 그녀가 과거에 화류계에 있었나? 부모님이 이혼하셨나? 아니면 부모님에게서 학대 당했나? 혹시 고아원에서 자란 것일까?' 우섭의 생각 중 긍정적인 것은 하나도 없었다. 자신이 언젠가 결혼하고 싶은 여자를 사랑하면서도, 정작 그녀에 대해 알고 있는 것은 하나도 없었다. 하지만 이는 그리 중요하지 않았다. 어차피 평생을 같이 보내고 싶은 사람인데, 집안은 뭐가 중요하며, 과거는 뭐가 중요한가? 지금 현재의 그녀가 우섭에게는 가장 중요했다.

사귀는 기간 동안 가장 힘들었던 것은 한 가지다. 바로 섹스. 남자로서 매번 그녀를 만날 때마다 꾹 참아야 했던 것…. 그녀는 키스를 하다가 스킨십이 진해지려고 할 때면 늘 정색을 해버린다. 항상 키스 이상은 못 한다는 것이었다. 주영을 설득해서 조금만 선을 넘으면, 그녀는 토라져서 자신의 집으로 갔다. 그가 조금 수상하게 여긴 점은 그녀가 혼전 순결을 지키는 것은 집안이 엄해서였고, 집안이 기독교였기 때문이라고 하지만, 그녀가 교회에 매주 나가는 것도 아니었다. 우섭은 과거 교회를 열심히 다녔던 사람들과 연애했을 때, 가끔 교회에 끌려다니긴 했어도 그녀들과 자유롭게 관계를 할 수 있었다. 혼전 순결은 모든 교인들이 지키는 룰도 아니었고, 집안이 엄격했다지만 정작 가족과는 사이가 멀어진 듯 보였고, 그리고 우섭이 교회를 다니지 않는 것에 대해 유념치 않았다. 하지만 친구들은 늘 그를 놀렸고, '그럼 그렇지' 라고 그를 비웃었다.
하지만 그는 괘념치 않았다. 이도 그저 그렇게 넘어가고 있었다.

연애를 한지 어느덧 거의 1년이 된 어느 날, 퇴근을 조금 빨리하게 되어 여자친구 집으로 서프라이즈로 향했다. 그녀의 집 앞에 도착했는데 마침 그녀의 우편함에 편지들이 있어서 그것들을 들고 그녀의 집으로 올라갔다. 우섭은 그녀 집 문 앞에서 벨을 누르려고 하는데 그곳에서 웬 남자의 목소리가 들려왔다. 어디에서 많이 들어본 목소리인 것 같으면서도 뭔가 어색한 느낌이 있었다. 조급한 마음에 그는 벨을 몇 번이고 눌렀다. 주영이 문을 열고, 당황한 기색을 보이며 말을 꺼냈다.

"자기야? 여기는 웬일이야?"

"방금 누구 목소리야?"

그녀의 당황한 얼굴을 본 우섭은 더 확신이 들었는지 집안을 둘러보기 시작한다. 주영은 계속 안절부절 못하고, 우섭은 그녀의 방을 둘러본다. 옷장도 열어보고 화장실도 확인해 보지만 아무도 없었다.

"아까 남자 목소리 들렸는데 누구냐고!"

"잘 못 들은 거 같은데?"

우섭은 의심이 가라앉지 않았는지 다시 현관문을 열고, 밖을 보는데 누군가가 엘리베이터를 타는 모습을 보고 쫓아간다.

"잠깐 거기 서!"

우섭은 계단을 따라 쭉 내려가서 엘리베이터에서 내린 사람을 붙잡으려고 한다. 엘리베이터의 문이 열리고, 그가 의문의 사람을 붙잡으려고 했지만,

나오는 사람은 겁에 질린 고등학교 여학생이다.

"죄송합니다. 아는 사람인 줄 알았어요."

정신이 하나도 없었는지 그는 자신의 손에 들린 우편물을 본다. '아, 맞다. 이거 들고 갔었지. 그나저나 완전히 오해했네. 분명히 화가 많이 났겠지?' 그때 오상혁에게 갑자기 전화가 왔다. 뜬금없기도 했고, 평소에 많이 연락도 안 한 터라 의외이기도 했다. 무엇보다 이런 타이밍에 전화가 온 것이 하필 오상혁이라서 더 불안감이 엄습했다.

"여보세요?"

"우섭아! 잘 지내지? 할 말이 있다." 다소 어두운 목소리로 오상혁이 말을 꺼냈다.

"어? 전화로 해."

"전화로 말하기 좀 그런데, 너 어디야?"

"나 지금 여친 집 근처인데, 왜? 무슨 얘기인데?"

오상혁이 조금 당황하는 목소리로 말을 이어간다.

"우섭아, 너 진정하고 들어봐."

이런 태도의 상혁은 처음 보는 것 같았다. 뭔가 잘못됐다는 느낌이 확실히 든 우섭은 그에게 물었다.

"뭐를? 너 무슨 말 하려고 하는 건데."

"나 네 여자친구 본 적 있어."

"뭐? 사귄 거야? 클럽에서 봤다가 원나이트 한 거? 뭐 룸살롱에서 봤니? 그게 뭐?"

"아니야. 그게 아니라고!"

그런데 그가 왼손에 쥐고 있는 우편물을 보니 뭔가가 이상했다. 그 우편물 중 하나는 꽤나 익숙한 우편물이다. 대한민국 20대 남자라면 많이 봤을 법한 편지였다.

'예비군 훈련 통지서?'

그리고 통지서를 확인하는 순간, 뭔가 소름이 돋기 시작했다. 그 훈련 통지서의 이름에는 '임주영'의 이름이 적혀있다. 상혁이 우섭에게 말했다.

"임주영 걔 어디서 봤나 했는데, 예전에 예비군 훈련 때 봤어. 그때 예비군 훈련에 웬 여자가 왔나 했는데, 알고 보니까 예비군에 참여 한 거였어."

"뭐?"

"그 뜻은 또 뭔지 알아? 걔 남자였거나, 아직 남자일 수 있다는 뜻이야."

이에 갑자기 가슴이 철렁 가라앉았다. 우섭은 곰곰이 생각해 봤다. 지금 이게 무엇을 말하는지. '설마'라는 생각을 하면서도 단 한 번도 생각해 본 적 없었던 가능성이었다.

그러면서도 뭔가 퍼즐이 맞춰지는 듯했다. 왜 어릴 적 사진은 없는지, 왜 부모님과 연락이 안 되는지, 왜 친구가 없는지 등, 그리고 무엇보다 왜 가끔 자신의 집 화장실을 이용할 때 변기 커버가 올라가 있었는지 말이다. 하지만 확인도 하지 않은 사실을 가지고 혼자 결론을 내릴 수는 없었다. 그는 곧장 전화를 끊고 그녀의 집으로 다시 올라갔다. 만약 이게 사실이라면, 왜 아까 남자의 목소리가 들렸는지도 설명이 된다. 바로 그녀가 남자 목소리로 말했기 때문이다. 우섭은 다시 주영의 집으로 올라갔다. 그리고 그녀의 문을 노크하려고 했다.

그런데 차마 그럴 수가 없었다. 12개월간 자신이 첫사랑이자 끝사랑이라고 생각했던 사람이 사실은 남자다? 우섭은 노크를 하려다가 말고, 그대로 집으로 발을 돌렸다. 그리고 수많은 메시지가 왔다.

[왜 그래? 오해야 ㅠㅠ]

[자기야…연락 좀 받아…]

결국 우섭의 친구들에게 연락한 모양인지, 친구들 연락도 끊이지 않았다. 그는 조용히 집으로 가서 생각을 정리하며 며칠을 침묵했다. 우섭이 다시 주영에게 답장을 보낸 것은 그로부터 3일 뒤였다.

[얘기 좀 하자]

*

그는 그녀의 집으로 찾아갔다. 한참 동안 말이 없었던 그에게 먼저 말을 꺼낸 것은 주영이었다.

"잘 있었어? 왜 그렇게 혼자 오해하고, 화내고 그래. 갑자기 그렇게 가버리면 내가 뭐가 돼?"

그 얘기를 듣고 우섭은 아무 말이 없다 겨우 윗입술과 아랫입술을 땠다.

"솔직히 많이 궁금했어. 너처럼 예쁜 애가 도대체 왜 나랑 만나는 걸 흔쾌히 받아들였을까?"

"…그거야."

우섭은 그녀의 말을 끊고 계속 말을 이어나간다.

"그리고 이렇게 예쁜 애가 남자의 마음은 어떻게 이렇게 잘 아는 것이며,

왜 자신의 과거나 가족 얘기는 안 하는 건지 조금 궁금하기도 했어. 지난 1년 동안 내게는 너무 과분한 사람이다 라는 생각도 많이 했고. 며칠 전에 남자 목소리가 들렸을 때, '그럼 그렇지. 너같이 예쁜 애가 남자가 주위에 없겠어' 라고 생각했는데… 심지어 그런 생각까지 했어. 설마 저 목소리 상혁인가? 아니면, 혹시 과거 화류계에 있어서 그런 거였나? 그래도 나는 괜찮을 거라고 생각했어."

"그게 무슨 말이야. 오해라고 했잖아."

"응. 맞아. 다 오해지. 너라는 사람에 대한 오해."

"뭐가 얘기 하고 싶은 건데?"

"너 우편함에서 이거를 봤어."

그는 예비군 통지서를 그녀에게 들이민다. 그녀는 살짝 동공이 흔들리기 시작한다.

"언제쯤 얘기하려고 했어?"

"참나, 진짜 황당한 오해를 하고 있나 본데."

"마침 상혁이한테 전화도 오더라고."

"나 그 사람 모른다니까!"

"알아. 모르는 거. 그런데 상혁이가 너를 예전에 본 적이 있다는 얘기를 하더라고. 예비군 훈련에서. 그런 생각도 했어. 혹시 아직 수술도 안 했기 때문에 혼전 순결 얘기 따위를 한 건 아닐까?"

주영은 아무 말 없이 일어나서 헛웃음을 짓는다.

"진짜 상상력 풍부하다. 겨우 이런 걸로 나를 남자였다고 생각한 거야?"

"아니면 증명해 봐. 지금 내 앞에서."

"뭐? 내가 바지라도 벗길 바래? 내가 여자인데, 어떻게 증명해! 나가!
나가라고!"

우섭은 아무 말 없이 일어나서 현관문을 연다.

"진짜 마음 같아서는 너 쥐어 패고 싶지만."

한동안 아무 말도 하지 못하고 있다가 떨리는 목소리로 말한다.

"고마워. 정말 그동안 행복했다. 그런데 너무 좋은 건 현실일 수가 없나
봐."

그는 조용히 문을 열고 나간다. 그리고 문 밖에서 주영이 흐느끼는
소리를 뒤로 하고 허무하게 밖으로 향했다.

그게 그의 마지막 기억이었다.

*

이서준은 조용히 노우섭의 얼굴을 바라본다. 그의 눈에는 눈물이 고여
있다. 화가 난 만큼 상처도 컸던 모양이었다. 아마도 남자라는 사실의
충격만큼이나 그 사람을 사랑하면 안 된다는 고정관념이 그를 더
괴롭히는 것 같았다.

"다시 한번 말씀드리지만, 망각이 되고 대체된 기억은 이전으로 복구되기
어렵습니다. 그래도 진행하실 건가요?"

한참을 머뭇거리던 우섭은 결국 답한다.

"잠시만요."

*

우섭은 아직 힘든 얼굴이었지만 한층 편한 얼굴로 밖을 향해 나갔다.

배달호가 나가는 노우섭을 바라보며 간호사들과 잡담을 시작했다.

"어떻게 남자를 보고 여자라고 생각하나."

이를 듣고 있던 새봄이 말한다.

"모르고 만났으면 충분히 가능한 일이죠."

"내가 그런 일 있었으면 정말 난리를 부리고, 그놈 죽이려고 들었을 텐데 결국 REM을 선택하지 않고 NEER을 선택했네요."

"사랑했으니까 차마 그러지 못했겠죠."

"여자라고 생각하고 만났던 남자인데? 이해 못 하겠네요."

"사람마다 다른 형식의 사랑이 있는 거죠. 정답은 없잖아요. 저는 이해는 되네요."

그때 뒤에서 듣고 있던 이신명이 말했다.

"그게 사랑이었을까요? 노우섭은 단순히 그 사람의 외모를 좋아했고, 그에 대해 아무것도 모르고 있었을 거예요. 그리고 자신의 여자친구가 남자를 너무 잘 이해하고 있다고 생각했겠죠. 그건 그 사람이 갖고 있는 것을 좋아했을 뿐이잖아요."

"그럼 안 되나요? 어떤 사람들은 거기서 시작해서 더 깊게 사랑하게 될 수 있잖아요."

박새봄의 말에 이신명은 어깨를 들썩이고 배달호와 장비실로 들어갔다.

이때 조요나가 클리닉으로 들어왔다. 긴 조사를 다녀와서 그런지 그녀는 한숨을 쉬며 잠시 바닥을 바라보다 프런트에 앉아있는 박새봄과 강한나에게 당일 일정에 대해 물었다. 한 30분 정도 예약이 없다는 것을 확인한 뒤 간호사들에게 말했다.

"한 10분 뒤에 우리 다 같이 모여서 회의하기로 해요."

클리닉 사람들이 모두 모이자 조요나는 경찰에서 조사받은 이야기를 했다.

"아무래도 김수진 씨 사건, 우리 클리닉과 관련된 사건 같아요. 그리고 김수진을 살해한 방식이 김기수를 살인한 방식과 꽤 유사하다고 해요."

아무도 놀라지 않고 사뭇 진지한 얼굴을 한 것을 보고 조요나가 물었다.

"다들 놀라지 않는 것 같네요. 뭐 나 없는 동안 알아낸 거 있어요?"

"이서준 선생님 앞으로 범인이 편지를 썼어요. 거기에 범인이 김기수, 김수진에 대한 얘기도 나와 있고, 이 편지를 건넨 박우주에 대해서도 적혀 있어요. 경찰에는 연락해서 정보를 전달했어요."

강한나가 말했고, 안절부절 못하던 배달호가 강한나의 말에 이어 말했다.

"그 편지는 자신을 '패션트 제로'라고 부르는 사람이 썼어요. 원장님, 패션트 제로라고 하면 그 사람 아닌가요? 예전에 사고 일으킨 사람?"

조요나는 배달호를 길게 바라보다 이서준에게 눈을 돌려 물었다.

"그 편지 볼 수 있을까요?"

이서준은 조요나를 조용히 바라보며, 단둘이서 말하고 싶다고 했다. 조요나는 모두에게 잠시 단 둘이 얘기할 수 있게 자리를 비워 달라고 말했다. 사람들이 나가고 둘만 남았을 때, 이서준은 조요나에게 편지를 건넸다. 그리고 그녀가 편지를 끝까지 읽을 수 있도록 기다렸다. 그녀는 자신의 감정을 철저하게 숨기려고 했지만, 그녀의 눈빛이 요동치는 것을 알 수 있었다.

"당신, 재규 씨의 친형이었어요?"

"재규에게 무슨 일이 있었던 겁니까? 패션트 제로는 누구고요?"

그녀는 그 어떤 답도 하지 않고 도리어 그에게 물었다.

"바로기억클리닉에 들어온 것은 이재규 씨 일 때문인가요?"

"아무 대답도 해주지 않는군요. 저는 알아야 합니다. 동생이 무엇 때문에 식물인간이 되어서 누워있는 것인지, 누가 이런 일을 저지른 것인지. 그리고 왜 이걸 숨기고 있는지 말이죠."

조요나는 자신의 몸을 팔로 감싸며 살짝 떨며 말했다.

"저도 몰라요. 그때 무슨 일이 있었던 건지 나도 알고 싶다고요!"

그때 강한나가 그들의 대화를 끊었다.

"선생님, 손님이 오셨어요. 지금 나가 보셔야 할 것 같아요."

아무런 답을 얻지 못한 이서준은 과거의 유령을 만난 에비니저 스크루지마냥 겁에 하얗게 질린 조요나를 잠시 바라보다 밖으로 나간다.

09___ _ _

Bohemian Rhapsody

강한나가 이서준을 데리고 그를 기다리고 있던 최광진을 만나게 했다. 최광진은 안절부절못하고 있었고, 이서준은 영문도 모르는 채 그를 바라봤다. 조요나와의 중요한 대화를 방해하러 찾아온 불청객이 패션트 제로에 대한 것인지 아니면 MAP 시술을 하러 온 것인지 알 수 없었다.

"저 무슨 일로 저를 찾아오셨나요."

"네. 기억의 망각에 관해서 문의하러 왔어요."

그는 소심하고 조용한 말투로 나긋나긋하게 말했다. 이서준은 최광진을 데리고 자신의 방으로 갔다. 최광진에게 기억의 망각에 대한 기술, 어느 정도 기억을 잊게 되는지, 그리고 다른 시술들에 대해 간단히 설명했다. 경청하려 눈을 감고 고개를 끄덕이던 최광진은 의외의 질문을 하나 던졌다.

"혹시 부작용 중에 우울증이라던가, 그런 것은 없을까요?"

"우선 현재 MAP 시술의 대부분이 임상실험 중인 시술이라서 확답을 드릴 수는 없어요. 그러나 저희가 이제껏 진행했던 DEM, NEER, REM 시술에서는 그랬던 피험자들은 없었던 것으로 알고 있어요. 무엇보다 그들이 특정 기억으로 고통을 받고 있었기 때문에 반대로 우울증이 완화된 사례가 더 많습니다.

"그렇다면 반대로 우울증에 걸린 사람들은 이 시술을 받을 수 있나요?"

"제가 괜찮은지 안 되는지에 대해 지금 확답을 드릴 수는 없습니다. 하지만 특정 기억으로 인한 우울증이라면 현재 우울증에 영향을 줄 수는 있겠죠. 지금 우울증으로 복용하고 계신 약이 있나요?"

이서준의 질문에 최광진은 두 손을 흔들며 대답했다.

"저는 우울증이 없습니다. 사실 저를 위한 질문이 아닙니다. 제 처를 위해서 상담을 받으러 왔거든요."

이서준은 고개를 갸우뚱하며 최광진의 아내가 현재 어디 있는지 물었다. 그러자 최광진은 갑자기 자신의 아내를 호출하듯 전화하였고, 그녀는 이서준의 방으로 들어왔다. 그리고 그녀의 모습은 이서준을 놀라게 할 수밖에 없었다.

*

7월 15일

등교시간이 아직 안된 이른 아침, 중년쯤 돼 보이는 한 여자가 불안한 얼굴로 서성인다. 그녀의 한 손에는 프린트물이 가득 있고, 멀찍이 그녀를 차 안에서 조용히 바라보는 한 남자가 있다. 그녀의 이름은 이경연, 그녀는 서울에 꽤나 유명한 명문고 중복고등학교 교문 앞에서 거의 새벽 6시부터 나와 있다. 슬슬 학생들이 등교를 하기 시작하자, 그녀는 손에 쥐고 있던 팸플릿을 하나씩 나눠준다. 학생들 중에는 무심하게 안 받는다며 지나가는 친구들도 있고, 받자마자 바닥에 버리는 친구들도 있는가 하면, 한 번쯤 읽고 익숙한 듯 접어서 바지에 넣는 아이들도 있었다. 이경연은 꿋꿋이 그 팸플릿을 나눠주고, 곳곳에 버리고 간 것들까지 줍는다. 그리고 한숨을 쉬며 혼잣말을 한다.

"버릴 거면 아예 받지를 말던가…"

몇 시간이 지났을까? 아이들이 한바탕 지나가고, 이경연은 그녀를 바라보고 있던 남자 쪽으로 성큼성큼 걸어간다. 그의 차 문을 확 열고, 말없이 차 안에서 박스테이프를 챙겨서 학교 벽에 포스터를 붙이기 시작한다. 그 포스터 속에는 한 고등학생 소년의 얼굴이 보인다. 교복을 입은 것을 봐서는 분명 이 학교 학생인 듯하다. 포스터에 크게 적힌 글귀는 "사람을 찾습니다"였다. 흔하게 볼 수 있는 실종 신고 포스터와 비슷했으나 직접 제작한 것이 티가 나는 것이다. 그녀는 벽 한가득 종이를 붙이고, 남자가 있던 차에 탔다. 그곳에는 다름 아닌 최광진이 앉아있고, 그는 한숨을 쉬며 말했다.

"여보…"

그녀는 표정이 굳어진 채 그에게 대답했다.

"가요."

한숨을 크게 쉬고 물었다.

"어디로"

"교회"

그리고 그들은 교회로 향했다.

교회에 도착한 그녀는 기도실 문을 닫고 그녀는 신실하게 기도를 했다. 벌써 그들의 아들이 집에서 없어진 지 3주가 넘어가고 있다. 이미 경찰에도 가봤지만 수사에는 진전도 없고, 단순 가출인 경우는 어떻게 할 수 없는 노릇인가 보다.

그녀는 생각을 한다. '그렇게 착하고 공부도 잘했던 아이가 어떻게 이럴 수 있을까? 아마 또 친구를 잘못 만난 걸 거야. 설마 그 친구랑 다시 만나는 건 아닐까?'

그녀는 늘 그랬듯 예배당에 가서 한참을 기도한다. 마치 주문을 외듯, 절제되어 있으면서도 분노와 슬픔이 섞여 있는 기도문을 읊어댔다. 모든 문장에는 "하나님의 뜻에 따르겠지만"이라는 말과 "부탁드립니다. 감사합니다. 믿고 있습니다"라는 말로 끝맺었다.

6월 22일

그녀는 교회 집회가 끝나고 집에 최광진과 함께 돌아왔다. 분명 아들은 먼저 돌아왔을 텐데, 집은 비어 있었다. 집에 불은 다 켜져 있고, 뭔가 이상한 걸 느낀 이경연은 사방팔방 그녀의 아들을 찾는다. 그때 문이 닫히는 소리가 들렸다.

"쾅!"

7월 2일 오후

아들이 없어진 지도 벌써 일주일이 넘었다. 그녀는 이미 아들이 다니고 있던 학원, 인근 카페 등을 다 돌아봤다. 분명히 지난주에도 이곳을 돌아봤을 텐데 왜 이렇게 빠르게 흘렀는지 모를 영문이다. 그녀는 골목골목을 다니며 고등학생이 보이기만 하면 목청껏 아들의 이름을 불렀다. 하지만 어떤 곳에서도 아들의 그림자조차 보이지 않았다.

'도대체 가출을 왜 한 걸까?'

문득 떠오르는 생각과 죄책감, '그때' 자신의 선택이 잘못되었던 것은 아닐까 생각했다. 그리고 현재 옆에 없는 남편이 원망스럽기만 하다. 아들이 가출했는데 같이 찾아다니진 못할망정 어디 있는지도 모르겠다. 이렇게 답이 없을 때면 늘 그랬듯 교회를 찾아갔다. 아무 희망이 없을 때, 아무도 그녀를 도와주지 않을 때면 늘 하나님은 그녀에게 답을 던져줬다. 그녀 만이 이해할 수 있는 방식으로 말이다.

'다 큰 아들이 가출했다는 것이 교회에 알려지는 것이 창피하긴 하지만 지금은 자존심을 챙길 때가 아니다. 지금은 중보기도가 필요할 때야…'
그녀는 교회 문을 열고 들어갔다. 이경연은 밤이 돼서야 교회 문을 나섰다. 이것은 그녀의 종교의식이자 하나의 일과로 변하고 있었다. 집에 들어가자 최광진이 기다리고 있다.
"이제 들어와?"
"당신은 아들이 가출했는데 같이 찾으러 다니지는 못할망정 어딨었어?"
최광진이 대답하기도 전에 다시 말을 이어 나간다.
"됐고, 핑계는 듣기도 싫어. 그냥 '사람 찾습니다' 팸플릿 만드는 거나 도와줘. 어차피 회사에서 그런 거 하나쯤은 만들 수 있을 거 아냐?"
최광진은 아무런 답도 하지 않고 고개를 끄덕인다.

7월 6일
이경연은 교회에서 울부짖으며 기도를 하고 있다. 그녀 곁에서 집사님들과 장로님들, 그리고 목사님까지 안수기도를 해주고 있다. 한참 기도를 한 뒤 목사님이 최광진에게 다가왔다.

"최집사님, 이집사님 심정은 이해가 가는데, 성도들이 점점 지쳐가고 있습니다."

"알아요. 압니다. 그런데 조금만 이해해주세요. 저희도 오죽하면 이러겠습니까?"

7월 15일

늦은 저녁이 되어서야 집에 들어간 최광진과 이경연, 집은 널브러진 옷들과 싱크대에는 미뤄 놓은 설거지로 가득하다. 청소를 안 한 지 벌써 며칠 째인 것 같았다. 최광진은 말없이 손을 걷고 청소를 하기 시작한다. 그리고 멍하니 옷 무더기로 가득 찬 소파에 멍하니 앉아있는 이경연에게 나지막하게 말한다.

"내일은 나 출근할게. 휴가도 이제 다 썼어."

"..."

이경연은 아무 대답 없이 그저 그 소파에 눈을 감고 누워버린다. 다음 날 아침, 이경연은 또 전날과 마찬가지로 팸플릿을 나눠주고 있다. 그때 익숙한 얼굴을 본 것인지 한 학생을 붙잡고 얘기를 하려고 하지만, 학생은 이미 여러 번 그랬다는 듯 이경연을 뿌리치고 등교한다. 허무하게 그들을 바라본다. '니들이 무슨 내 아들의 친구라고…'

회사에 있어야 할 최광진이 파출소에서 경찰관들과 얘기를 하고 있다.

그의 손에는 박카스와 과자들이 있고, 얘기를 나누지만 경찰관들은 질린 듯 고개를 젓는다.

최광진은 또 나와서 교회를 향하고, 이번에는 목사님을 만나서 또 손을 붙들고 뭔가를 부탁한다. 목사님도 고개를 저으며 어려워하는 모양이다.

최광진이 교회를 나와서 또 어디론가 향한다. 최광진은 늘 이경연이 아직 학교에서 팸플릿을 나눠주고 벽에 더 붙일 것이라 생각했는지, 이경연이 자신을 멀리서 발견한 것을 깨닫지 못했다. 이경연이 오늘은 평소와는 달리 조금 일찍 교회에 올 것을 생각하지 않았기 때문이었다.

'분명 회사 간다고 했는데…'

이경연은 불안한 마음으로 그의 걸음을 쫓아 뒤따라갔다. 최광진이 차에 타고 출발하는 것을 보고 곧장 택시를 잡아 미행하기 시작했다. 얼마 지나지 않아 그들이 도착한 곳은 압구정역 근처에 한 골목, 그리고 최광진의 차는 그녀가 많이 본 것 같은 건물로 향한다. 그런데 그가 대체 왜 저기에 갔을까? 그 건물은 바로기억클리닉이 있는 곳이다. 이경연은 최광진이 들어간지 대략 5분쯤 되었을 때쯤 클리닉으로 따라 들어간다.

문이 열리는 소리가 들리며, 곧 강한나 간호사와 박새봄이 인사를 한다.

하지만 이경연의 모습이 보이자 모두들 당황한 얼굴이다.

"안녕하세요? 이경연님…?"

뭔가 불쾌한 듯 얼굴을 찌푸리며 강한나에게 물었다.

"내 남편 어딨어요? 여보!!"

당황한 듯 강한나는 그녀를 재지 못하고 주위를 둘러본다.

"이경연 씨, 여기서 이러시면 안됩니다. 잠시만 기다려주세요. 새봄 씨,

선생님께 전화 부탁드려요."

"네 알겠습니다."

옆에 있던 박새봄 간호사가 대답하며 이서준에게 전화한다.

잠시 후 최광진이 이서준 방에서 놀란 얼굴로 나왔다.

"여보, 어떻게 여기…"

"지금 이게 무슨 짓이야!"

"뭔가 오해를 하고 있는 모양인데."

"당신 어떻게!"

이경연은 숨을 급하게 들이쉬고 내쉬다 벅찬 듯 헐떡이기 시작한다.

그녀는 자신의 화에 못 이겨 얼굴은 붉어지고 비틀거리기 시작했다.

"여보, 진정해. 또 이러면 안 돼."

'또?' 이경연은 생각했다. '또 라니… 무슨 말인지…'

"나 숨을 못 쉬겠어."

그녀의 어깨가 급하게 들썩이다 결국 눈에서 흰자가 보이며 그 자리에서

쓰러지고 만다.

"여보!"

모두 기절한 그녀에게 달려들었다.

그녀의 무의식 속에 어떤 얘기가 들려온다.

'아버님…저희도 도와드릴 수가 없어요.'

'알아요…아는데, 조금만 참아주세요. 아직은 시간이 더 필요해요.'

무슨 시간? 그녀는 서서히 눈을 뜨며 흐려진 초점을 맞추려고 노력한다.

깨어난 그녀의 머리를 쓰다듬으며 최광진은 그녀를 부탁하고 곧장 나간다.

7월 7일 오전

최광진은 교무실에서 교장과 선생님들과 이야기를 나눴다. 그는 선생님들의 손을 꼭 붙잡으며 간절하게 무엇인가를 부탁했다. 마지못해 고개를 끄덕이는 듯한 선생님들의 모습이었다. 그 후 최광진은 건물 밖으로 나왔다. 교문을 나서자, 아직도 팸플릿을 학교의 벽에다 붙이고 있는 이경연을 발견했다.

"선생님들한테 얘기했어. 팸플릿 붙여도 되는지. 그런데 금방 떼어낼 거라는 얘기를 하더라고"

"상관없어. 떼어내면 다시 붙이면 되지. 어차피 매일 와서 확인해 봐야 돼. 혹시 지나가다가 본 애들 있을 수 있으니까."

7월 16일

이제 의식을 회복한 이경연은 곁에서 자신을 돌봐주던 박새봄을 뒤로하고, 곧장 이서준의 방으로 들어간다. 마침 다른 상담을 보고 있던 터라 상담하고 있던 사람은 깜짝 놀란다. 이경연은 씩씩 거리며, 소리를 지른다.

"우리 남편이랑 무슨 얘기 했어요?"

"경연님, 우선 지금 상담 중이니까, 금방 말씀드릴 게요. 진정하시고, 잠깐 기다리세요."

이서준은 앞의 상담자가 불편하지 않도록 부드러운 말투로 대답했다. 이경연은 분이 풀리지 않았는지 등을 돌리고 곧장 밖으로 향했다. 그리고 자신의 남편에게 전화를 걸어보려 하지만 전화를 받지 않자, 어디론가 향했다.

그녀가 서둘러 향한 곳은 동네 파출소다. 그녀는 파출소 문을 벌컥 열고, 고래고래 소리지른다.

"벌써 2주나 됐는데 왜 아무것도 못 하는 거야!"

글썽글썽 눈물이 고인채로 버럭버럭 소리를 지르며 붉게 닳아 오른 얼굴을 보며, 불쌍하게 보일 수도 있는데, 파출소 사람들은 이미 많이 질린 모양이었다.

"아줌마! 좀 그만하세요!"

좀 짜증이 났는지 경사 정도로 보이는 남자가 얼굴을 찌푸리며 대꾸한다.

"뭐? 우리 아들 못 찾고 이렇게 쉬고 있으면 어떡해!"

"아줌마, 참아주는 것도 정도가 있지. 모르는 척하는 것도 고맙게 생각하세요."

그 주변에 있는 순경들이 말리지만, 뭔가 참을 수 없다는 표정이다.

"뭐? 뭐가 어째?"

"진짜 그 아저씨가 부탁 부탁해서 봐준 건데, 우리가 이렇게 비위 맞춰주는 것도 한계가 있어요."

"무…무슨 부탁…무슨 말이야…?"

어쩌면 그녀도 알고 있었는지도 모른다. 그날의 사건, 그리고 의문이 많았던 그날 밤 무슨 일이 있었는지 말이다.

7월 15일

새벽 4:30, 아직 해도 안 뜬 새벽이지만 알람이 울린다. 최광진은 침대에서 눈을 찌푸리며 일어나서 자신의 왼쪽 빈 침대를 발견한다. '쯧, 벌써 나갔군…'

최광진은 익숙하다는 듯 어제 벗어둔 옷을 대충 그대로 입고, 세수를 대충 한다. 지금 그에게 꾸미는 것은 사치다. 그는 잠시 동안 거울에 자신의 모습을 바라보며 입가와 이마에 깊게 파인 주름과 손금처럼 눈에서 퍼져나가는 눈가의 주름을 바라봤다. 그리고 혼자 화장실에서 소리 없이 흐느끼며 눈물을 흘렸다. 그는 눈물을 손등으로 빠르게 훔친 뒤 자신의 차를 찾으러 지하 주차장으로 향했다.

단 30분 만에 그가 간 곳은 바로 교회였다. 어차피 그곳에 이경연이 있을 것을 알고 있기 때문이다. 그리고 자연스럽게 제일 앞자리에서 가장 크게 울부짖으며 기도를 하고 있는 자리로 가면 이경연이 있을 것을 알기에 익숙한 듯 그 자리로 향했다. 그리고 새벽 예배가 끝나기가 무섭게 이경연은 밖으로 나갔다. 최광진은 이경연의 정오 그림자처럼 그녀를 뒤따라갔다. 그들이 향한 곳은 당연하게도 학교였다. 꿋꿋하게 팸플릿을 나눠주는 이경연의 모습을 보면서 안쓰러우면서도, 자신은 왜 저렇게까지 못할까 원망스럽기도 했다. 최광진은 홀로 생각했다.

'내가 옳은 일을 한 것일까? 앞으로 얼마나 더 이럴 수 있을까?'

생각을 마치기도 전에 그녀가 돌아왔다. 그녀가 어디로 가고 싶을지는 알지만 말리고 싶다.

"가요."

한숨을 크게 쉬고, 물었다. 이미 아는 답이고, 아무런 의미없는 질의지만 그는 그녀에게 묻는다.

"어디로?"

"교회"

"아까 갔었잖아."

대답이 없는 그녀에게 더 이상 묻지 않고 교회로 향했다. 그녀가 교회에서 기도를 하는 모습을 보며 갈등을 하며 기다리고 있다. 지난 3주는 그에게 지옥 같은 날들이었다.

7월 6일

그녀가 교회에서 안수기도를 받는 것을 바라본다. 기도를 마쳤는지 성도들은 흩어지고 아내는 계속 기도를 하고 있었다. 때마침 목사님이 최광진에게 다가온다. 무슨 말을 할 줄 알고 있다.

"최 집사님, 이 집사님 심정은 이해가 가는데, 성도들이 점점 지쳐가고 있습니다."

"알아요. 압니다. 그런데… 조금만 이해해 주세요. 저희도 오죽하면 이러겠습니까?"

속으로 생각한다. '이러고도 목사라고, 헌금 받을 때는 그렇게 넙죽 받고 열심을 부리더니 이제 와서 곤란하다니. 처음 우리 아들에 대해 알았을 때는 그렇게 이용해 먹더니, 이제는 질렸다 이건가? 헌금을 더 해야 하는 것일까?'

"저희도 더 이상 이렇게 거짓말하기 어렵습니다."

'…거짓말…이라 알고 있다. 어쩌면 처음부터 잘못된 선택이다. 그리고 무리한 부탁이다.'

최광진은 자신을 탓했다.

6월 22일

최광진은 이경연을 뒤따라 집으로 들어간다. 집에 불이 다 켜져 있지만 집이 텅텅 비어 보인다.

"아들!!"

"아 잠깐 편의점 갔나 보지."

그녀는 사방팔방 둘러보다 곧장 핸드폰을 들고 아들에게 전화를 건다.

"띠리리리리~"

집안에서 들려오는 소리에 뭔가 얼굴을 찌푸린다.

최광진도 이상했는지 자신의 아들 방에 들어간다. 그리고 그의 책상에 놓인 한 메모장을 보고 표정이 급히 어두워졌다.

"여보!"

이경연이 방으로 뛰어 들어오자 창문 밖으로 무엇인가가 하늘에서 뚝 떨어지는 것이 보이며, 순식간에 "쾅" 하는 소리가 들려온다.

"아까 그게 뭐야? 무슨 소리야?"

"여보, 잠깐만 기다려. 거기 꼼짝 말고 있어."

떨면서 당황하는 최광진의 목소리에서 이미 불안함을 감지한 그녀는 곧장 창가 밖을 본다. 그리고 28층 아래 떨어진 어떤 어떤 형상의 시체가 개미만 하게 보인다.

"뭐야…저거…설마 사람 죽은 거야?"

"여보, 절대 여기 가만히 있어. 어디 가지 말고, 얼른 119 불러."

그제야 메모장을 발견한 이경연은 경악을 하며 묻는다. 그녀의 얼굴은 새하얗게 질렸고, 어떤 표정을 지어야 할지 모르는 것 같은 정말 백지 같은 얼굴이었다.

"저기 아니지? 우리 민준이?"

6월 27일

몇 번을 쓰러졌을까? 이경연은 이제 눈물도 나지 않는 것 같았다. 아들이 묻히는 걸 보면서, 반쯤 정신 나간 사람처럼 분을 토했다. 견딜 수가 없었던 최민준은 아무 말도 없이 편의점에서 소주를 세 병 사들고 집으로 돌아갔다. 집에 들어가자 쐐한 느낌이 들었고, 급한 대로 안방으로 들어가자 이경연은 입에 거품을 물고 발작을 하고 있었다. 그녀의 옆에는 수면제가 한통 비어 있었다. 최광진은 미친 듯 그녀에게 다가가 **뺨**을 때리며 그녀를 부른다.

"여보!"

6월 30일

최광진과 이경연은 이서준 앞에서 상담을 받고 있다. 그들은 손을 꼭 잡고, 고개를 끄덕이면서 의뢰를 했다.

"저희 아내의 6월 22일 저녁의 기억을 지우고 다른 것으로 대체해주세요."

그리고 최광진은 이서준에게 그동안 일어난 일에 대해 설명을 했다. 서준이 상담했던 최민준은 결국 아파트에서 뛰어내려 자살했던 것이고, 이를 견딜 수 없었던 이경연은 기억을 왜곡하기로 했다. 이서준은 그런 최광진에게 물었다.

"그런데 아버님, 그렇게 되면 이경연님은 아들이 평생 사라진 줄 알고 찾아다닐 수도 있잖아요."

"선생님, 아들이 죽도록 방치한 것보다 어딘가에서 살아있겠지 생각하며 사는 게 더 나을 거 같아요."

그들은 지푸라기라도 잡는 심정으로 얘기했다. 침묵을 지키던 이경연도 입을 뗐다.

"선생님, 제가 견딜 수가 없을 것 같아요. 이대로 가다가는 제가 죽을 거 같아요. 저는 죽어도 되는데 이이가 그걸 버틸 수 없대요. 자살은 죄악이라고, 우리 어떻게든 살아보자고. 그런데 이 죄책감에 내 가슴을 옥죄는 것 같아 미치겠어요." 그녀는 눈물을 흘리며 말했다.

"이해하지만, 경찰에도 신고하면 거기서도 사망신고되어 있는 것 확인될 텐데…학교나 교회 측은 어떻게 하시려고요?"

"경찰이랑 학교, 교회에는 이미 부탁을 해놓은 상태에요."

이경연은 지친 얼굴로 끄덕이며, 최광진을 바라본다. 울먹이며 그에게 말한다.

"미안해…나만 비겁하게…"

"아니야, 여보. 조금만 참아. 그래도 한 사람은 진실을 기억해야지. 그게 우리 민준이를 그렇게 몰아넣은 죄이고 내가 감당해야 할 일이야."

둘은 눈물을 글썽이며 서로를 바라본다. 이서준은 한숨을 쉬며, 이신명과 강한나를 바라보며 고개를 끄덕였다.

7월 16일

"아줌마, 아들 죽었어요."

계속 경사가 말려보지만, 이미 엎어진 물이다. 다들 곤란한 얼굴로 서로를 바라본다.

경위 한 명이 미안한 표정으로 이경연에게 다가간다.

"뭐? 그럴 리가 없어."

"어머님, 죄송해요. 아드님, 6월 22일 날짜로 사망했어요. 여기 기록도 있고요. 자살이었어요."

이경연은 당황한 듯 동공이 커지고, 입술이 말라 어쩔 줄 몰라 한다. 그리고 그때의 기억이 어렴풋이 살아나는 것 같으면서도 흐릿하다. 도대체 그날 밤 무슨 일이 있었더라?

'분명 없어진 그날 저녁에 불이 다 켜져 있었는데…'

그녀가 기억하는 장면은 분명 아무도 없는 집과 집을 나간다고 하는 아들의 편지 뿐이다. 이경연은 다시 바로기억클리닉으로 향한다. 이경연은 생각했다. '분명 그날 있었던 일은 조작된 것이다.'

복잡한 마음으로 클리닉으로 다시 찾아간 이경연은 잠시 머뭇거리다 문을 열고 들어갔다. 그 안에는 최광진이 걱정스러운 얼굴로 그녀를 바라보고 있다. 이미 그녀의 얼굴은 한바탕 눈물을 흘리고 온 것인지 땀을 흘린 것인지 흠뻑 젖어있다. 이미 그녀는 다 파악한 것일까? 최광진은 그녀에게 다가가 그녀를 부축하며 이서준의 방으로 데리고 갔다. 기다리고 있던 이서준은 무거운 마음으로 입을 연다.

"안녕하세요. 원래는 상담 일정이 있는 것은 아닌데 일이 이렇게 됐군요."

"지금 무슨 일이 일어난 거죠? 당신, 어떻게 내 허락도 없이 내 기억을 지울 수 있어?"

아무 말도 하지 않는 최광진을 대신해서 이서준이 대꾸한다.

"저희 클리닉에서는 본인의 허락 없이는 기억을 지우지 못해요. 지워진 기억은 다 이경연 씨의 동의하에 이루어졌습니다."

"그럴 리가 없어요. 다시 복구해 주세요. 무슨 일이 일어난 건지. 확인해야겠어."

"우선 이 편지지를 받으세요."

이서준은 이경연이 자신에게 쓴 편지를 줬다.

그 편지 속에는 이경연의 글씨체로 모든 상황이 쓰여 있었다. 아파트 옥상에서 뛰어내린 그들의 아이, 그리고 유서에서 느껴지는 슬픔에서 부모로서 그를 방관했던 것이 드러난다. 자신들은 부족함이 없는 부모라고 느꼈는데, 결국 아이에게 제일 필요했던 부분을 이해하지 못한 것이었다. 그 아이의 마음을 헤아리려고 했던 적은 없었던 것이다. 그 편지는 다른 편지와 다르게 한 장이 더 있었는데, 그것은 바로 최민준이 쓴 유서였다. 유서를 쥔 그녀는 손을 떨며 읽기 시작하고, 그녀는 어느새 눈물을 흘리고 있었다.

가슴을 치며 우는 이경연을 보며, 다시 한번 그녀에게 그날의 악몽을 되새겨주는 것은 처음 이를 듣는 것만큼이나 어려운 일이었다. 그때 조용히 듣고 있던 이서준이 말을 꺼냈다.

"이경연 씨, 힘들겠지만 잘 들어 주셨으면 좋겠어요. 저는 그날의 기억을 다시 회복하려는 것은 좋은 생각이 아니라고 생각해요. 그렇다고 이렇게 계속 주변을 찾아 헤매는 것도 좋은 방법은 아니고요. 어떤 선택을 하건 힘들 거고 계속 후회도 할 거예요."

이경연은 이서준의 말을 경청했다.

"바로기억클리닉의 MAP 시술은 답이 아니에요. 기억을 잊고 쉽게 당장의 문제는 해결할 수 있겠지만, 결국에는 오랜 시간에 걸쳐 스스로 회복해 나가서야 해요. 언젠가는 진실과 마주할 수 있어야 해요. 우리는 현재의 삶을 살아가기 위해 임시방편을 마련해 주는 것이지 판타지 세상에서 살게 할 수는 없습니다." 서준은 잠시 말을 멈추고 생각하다가 턱을 쓰다듬으며 말을 이어 나갔다.

"제가 지금 드릴 수 있는 해결 방안은 세 가지예요. 첫 번째, 오늘 이 사실을 알게 된 기억을 망각하고 여태 해온 것처럼 아드님이 가출했거나 실종한 걸로 알고 어디선가 살아있겠지 라는 희망을 가지고 살거나."

이서준은 잠시 말을 멈추고, 숨을 크게 들이마셨다. 자신이 이런 상담을 하는 것도 사실 불편하게 느껴졌다. 그의 눈빛은 이미 이경연이 겪고 있는 심리들을 이미 이해하고 있는 듯한 오묘한 것이었다. 그리고 다시 입을 열었다.

"두 번째, 기억의 왜곡을 통해 아드님이 자살이 아닌 다른 사고로 죽었거나 한 것으로 아드님이 죽은 것은 알 돼, 자살이 아닌 것으로 만드는 것,

그리고 마지막 세 번째는 많이 힘들겠지만 여기서 아무런 시술도 받지 않고, 아드님의 자살을 받아들이고 앞으로 나아가는 거예요. 몇 년이 지나도, 아드님은 돌아오지 않을 거예요. 평생 후회되고 마음에 영원한 상처가 되겠지만, 헛된 희망이 아닌 진실과 마주하는 거예요."

이경연은 고개를 푹 숙인 채 땅만 바라보고 있다. 최광진 역시 할 말을 잃고 고개를 돌려 이경연이 무슨 말을 하길 기다렸다. 최광진은 그녀의 손을 붙잡고 말했다.

"괜찮아, 여보. 당신이 무슨 선택을 하든, 나는 그걸 따를게."

몇 분이 지났을까? 이경연이 드디어 입을 연다.

"저는…"

7월 17일

이른 새벽, 학교 앞에서 익숙한 듯 이경연은 프린트물을 나눠주고 있다. 그리고 늘 그렇듯 학생들은 그녀를 무심하게 지나치거나, 받은 팸플릿을 구겨서 버리고 지나간다. 이경연은 다시 교회로 향했다.

아침이 되자 클리닉에 도착한 새봄은 한나에게 물었다.

"참! 그 이경연 씨는 어떻게 되셨어요?"

"클리닉 찾아온 날 기억을 지웠어요."

"그럼 아직도 매일 아들이 가출한 줄 알고 팸플릿 나눠 주시는 거예요?"

"그렇다고 해요."

"그럼 아는 사람들은 다 거짓말을 하는 거예요?"

"우선은 그렇다고 하는 것 같아요."

"결국 다시 오시는 거 아녜요? 그건 해결된 게 아니잖아요."

"그렇죠. 그런데 지금은 그렇게라도 안 하면 붙잡을 수 있는 게, 버틸 수 있는 힘조차 없으니까."

시무룩해지면서 뭔가 불쌍하다고 느낀 새봄은 한숨을 쉬며 말한다.

"안타까워요. 왜 아들의 기억을 지워가지고. 결국 민준 군도 그것 때문에 힘들어했잖아요."

"안타깝게도 우리가 하는 일은 그런 것을 일일이 '옳다', '아니다'라고 말해주는 게 아니에요."

뒤에 마침 대화를 듣고 있던 조요나는 그들의 대화를 방해하듯 나타나 대화에 끼어들었다.

"다음 스케줄은 몇시에 예정되어 있나요?"

"10시입니다."

"그렇군요."

조요나는 말없이 자신의 방으로 들어갔다. 조요나가 방으로 들어간 것을 확인하고, 박새봄이 강한나에게 물었다.

"그냥 궁금한 건데 혹시 원장님도 기억을 지우신적 있을까요?"

그 질문에 잠깐 고개를 갸웃거리며 눈을 돌리다가 대답한다.

"잘은 모르는데 내 생각에는 그런 것 같아요. 전에 원장님께서 상담을 하실 때 그런 느낌 든 적이 있거든요. 마치 이미 해보신 것 같은 느낌?"

새봄은 고개를 끄덕이며 가만히 원장실의 문을 바라봤다.

*

이경연이 첫 기억의 망각을 진행했던 늦은 저녁, 이서준은 조요나의 방에 찾아갔다. 조요나는 그가 방으로 들어오기 전까지 몇 시간 동안 깊은 생각에 잠겨 모니터만 곰곰이 바라보고 있었던 모양이었다.

"못한 얘기를 해야 할 것 같습니다, 원장님."

"그러시죠. 어디서부터 이야기하면 될까요?"

"그날부터 얘기하죠. 재규가 식물인간이 된 날."

"그게 아마 2~3년 전이었죠? 그때 우리는 MIR 기술과 DEM, NEER은 어느 정도 입증했지만 REM, 즉 기억의 환상은 구현을 못 했죠. 강인수 교수도 재규 씨도 초조한 마음이었어요. 항상 밤늦게까지 연구에 몰두했었죠. 두

천재는 마치 뭔가에 홀린 것처럼 며칠간 연구만 할 때도 많았어요. 그러던 어느날 이재규씨에게 갑자기 연구실로 오라는 문자를 받았어요. 그게 이미 한밤 중이었는데, 늦은 시간에 연락을 하는 양반은 아니었기에 뭔가 새로운 발견이 있었던건지 아니면 어떤 급한 일이 있나 했죠. 무슨 일이 있는 것이냐 물었지만 아무런 대답도 돌아오지 않았죠."

*

2년 전 봄, 아직 겨울의 찬 기운이 밤을 지배하고 있는 시기였기에 입에서 김이 담배 연기처럼 뿜어져 나왔다. 조요나는 조급한 마음으로 한 걸음 내디뎌 연구실에 다다랐다. 분명 연구실의 불은 켜져 있었는데, 마치 텅 빈 흉가처럼 불길한 기운을 내뿜고 있었다. 그녀가 문을 밀고 들어가려고 했지만 문은 잠겨 있었고, 그녀는 급히 자신의 지문으로 잠금을 풀고 강인수 교수의 이름을 불러봤지만 아무도 대답하지 않았다. 그녀는 장비실에 들렀다가 아무도 없다는 것을 확인하고 강인수의 방에 들어섰다. 갑작스레 자신이 어떤 상황을 보고 있는 것인지 파악해야 했다. 강인수는 쓰러져 있고, 장비가 연결된 채 정신을 잃은 재규가 있었다. 그녀는 먼저 쓰러져 있는 강인수를 깨워봤지만 도저히 깨어날 기미가 보이지 않았다. 곧장 재규의 상태를 확인하기 위해 그를 향해 걸어갔는데 모니터에서 확인된 것은 그의 뇌가 큰 손상을 입어 외상성 뇌 손상이 온 것 같았다. 이재규의 상태의 심각성을 깨달은 조요나는 곧장 앰뷸런스를 부른 뒤 그를 확인하고자 장비를 벗겨냈다.

*

"강인수 교수는 재규 씨가 REM을 직접 실행에 옮기려고 자기 자신한테 테스트를 하겠다고 고집을 부린 거라고 했어요. 강인수는 그것을 막는 과정에서 몸싸움을 하다 쓰러졌고요."

"그건 뭔가 핑계 같은데요? 강인수 교수의 말을 믿었나요?"

"저는 강인수 교수와 대학도 함께 다녔고 오랜 시간 일을 했어요. 냉철하고 차가운 구석도 있지만 누구를 다치게 할 사람은 아니에요. 그리고 그 상황에서 무슨 일이 있었다고 생각하나요? 강인수는 분명히 어딘가에 부딪혀 쓰러진 상처가 있었고, 이 장비를 다룰 수 있는 사람은 그때 당시에 이 두 사람 외에는 이신명 씨밖에 없었어요. 이신명 씨는 그때 연구차 출장차 해외에 나가 있는 상태였고요."

"재규가 그렇게 되고 나서 REM이 구현 가능해진 것인가요?"

조요나는 이서준이 무엇을 암시하는 것인지 알고 있었지만 그렇다고 말했다. 그러나 그녀는 그의 의심에 대해 지적하거나 대꾸하지 않았다.

"정황상 의심스러운 것은 많네요. 그럼 패션트 제로는 뭔가요?"

"그건 재규 씨 입니다."

"그럴 리가 없잖아요? 재규는 지금 식물인간 상태고, 이렇게 편지를 쓸리도 없고, 무엇보다 제가 김기수가 죽던 그날 본 것은 재규가 아니었습니다."

"그래요. 저도 뭐가 뭔지 모르겠어요."

"그렇다면 답은 하나 밖에 없군요. 이 사건의 당사자이자 유일하게 해답을 줄 수 있는 건 강인수 교수밖에 없어요. 지금 그 사람은 어디 있는지 어떻게 연락할지 알려주세요."

조요나는 관자놀이를 손가락으로 지그시 누르며 그에게 대답했다.

"그게 문제예요. 강 교수는 연락 두절이에요. 어느 날 갑자기 실종됐어요."

"네? 실종이요? 그럼 경찰에 신고는 했어요? 가족들은요?"

"강인수 교수는 가족관계가 복잡해요. 그래서 실종 사실도 모를 거예요. 그리고 성인 남자이기 때문에 뭔가 단서가 없는 이상 경찰이 섣불리 수사도 안 한다고 하더라고요."

"찾을 수 있는 방법은 없는 건가요?"

"그나마 도움을 줄 수 있는 것은 장준식 형사일 거예요. 그 사람은 강인수 교수를 찾으려고 노력했으니까요. 둘은 어떤 사건을 계기로 가깝게 일했기 때문에 나보다 더 많은 정보를 찾을 수도 있어요."

"그 사건은 뭔가요?"

"장 형사에게 직접 듣는 게 나을 거예요. 워낙 민감한 얘기이기도 하고, 기밀 사항도 있을 테니 말이죠. 나도 자세히는 모르지만, 간단히 말하자면 수십여 명의 살인사건 혐의로 기소된 어떤 연쇄살인마의 증거 확보를 위해 MIR 기술을 이용한 것이죠."

이서준은 조요나의 뜻밖의 말에 그녀의 얼굴을 멍하니 바라봤다.

10___

이삭과 씨앗

"선생님, 혹시 지금 JTV 뉴스 틀어 보실 수 있나요?"

저녁 8시, 강한나의 갑작스러운 연락에 서준은 영문도 모르는 채 자신의 모니터 안경을 꺼내어 뉴스를 시청했다. 앵커의 또렷한 문장과 함께 어디서 많이 본 것 같은 건물 앞에서 촬영했다. 서준은 바로 알 수 있었다. '이것은 바로기억클리닉에 대한 얘기다.'

"만약 과거의 어떤 기억을 지울 수 있다면 어떻게 하시겠습니까? 저희는 지난번 연쇄살인범 김기수 사건을 취재했을 때, 사람의 기억을 잊게 해주는 클리닉에 대해 짧게 보도한 적이 있습니다. 최근 김기수 외에도 이 클리닉에 연관되어 발견된 피해자가 총 세 명으로 알려져 있습니다. 이 세 사람은 최근 P클리닉이라는 곳에서 기억을 지우는 시술을 받았다고 합니다. 저희는 이 클리닉에서 일어난 일들을 심층취재해 보았습니다."

TV에서 앵커는 뒷배경을 모자이크 처리된 바로기억클리닉과 뇌 그림이 합성된 이미지 앞에서 설명했다. 곧이어 다른 리포터의 목소리가 들리면서 추가 설명에 들어갔다.

"지난 10월, 20대 A씨에게 갑자기 모르는 남자가 찾아와 다시 만나자고 했다고 합니다."

그림자 실루엣으로 어떤 여자가 카페 안에서 변조된 목소리로 인터뷰를 받는다.

"만난 적 없는 사람인데 갑자기 대뜸 찾아와서 '자기가 잘못했다' '제발 다시 만나자,' 이러길래 아니 대체 누구신데 그러세요? 이랬더니 갑자기 화를 내더라고요."

여자의 말이 끊기고 리포터는 내레이션을 해 나갔다.

"A씨는 몇 달 전 기억을 지우는 시술을 P클리닉에서 받았다는 것은 알았지만, 그것이 어떤 기억이었는지 알지 못했습니다. 나중에 알고 보니 데이트 폭력으로 고통받던 A씨는 남자친구 B씨와 겨우 헤어진 뒤 그에 대한 기억을 모조리 지웠다고 합니다. 결국 B씨는 분에 이기지 못해 A씨를 감금하고 폭행했다고 합니다."

다시 인터뷰는 그림자 실루엣을 향하고 그녀는 불안함 가득한 목소리로 말했다.

"아니, 분명 제가 기억을 지웠다는 것은 알았어요. 그런데 그게 데이트 폭력에 관한 것인지는 몰랐어요. 그런 걸 알았으면 대응이라도 할 수 있었겠죠. 나중에 클리닉에 찾아가서 이것에 대해 얘기했더니 그런 부분에 대해 사전에 충분히 설명했다면서 책임을 회피하더라고요."

리포터는 바통터치를 받듯 그녀의 말을 이어 받았다.

"결국 서울동부지법 형사1단독 부장판사는 상해, 특수협박, 감금, 폭행 혐의로 전 남자친구 B씨에게 징역 8개월에 집행유예 1년 6개월을 선고했습니다. A씨는 여전히 후유증에 시달리고 있으며 B씨가 다시 자신을 찾아올까 두려움에 떨고 있습니다. 하지만 P클리닉은 이에 관해 아무런 해명도 하지 않았습니다."

서준은 숨죽이고 뉴스를 계속 시청했다. 뉴스는 바로기억클리닉에서 시술을 받았던 두세 사람들을 인터뷰한 것으로 보였다. 앵커는 리포터의 심층 보도 내용을 보고 단호한 목소리로 건너편에 서있는 리포터를 향해 말했다.

"기억을 지운 것으로 일어난 사고인데 그 부분에 책임을 질 수는 없다라,

참 안일한 태도로 볼 수밖에 없는데요. 이 기술을 유일하게 보유한 클리닉이라면 무척 무책임한 발언으로 들리는데요. 우선 이 부분은 이따가 다시 짚고 넘어가도록 하겠습니다. 자 그럼 김이진 기자, 기억을 지우는 기술에 대해 말씀을 좀 해주시죠."

이를 취재한 리포터가 답했다.

"우선 기억을 지우는 기술에 대해 얘기를 하려면 크게 작업기억 또는 단기기억, 장기기억으로 나눌 수가 있습니다. 작업기억은 몇 초간 유지되는 짧은 기억으로 일시적으로 정보를 가지고 있는 것이죠. 이는 추론과 의사결정 및 행동지침에 중요하다고 볼 수 있습니다. 많은 전문가들은 작업기억을 단기기억과 동일하다고 보지만, 일부 전문가들은 두 작업기억이 저장된 정보를 조작하는 방면, 단기기억은 정보를 단기 저장만 한다는 점에서 다르다고 합니다. 단기기억 중 일부가 기억고정 과정을 걸쳐 장기기억으로 전환됩니다. 장기기억은 어린 시절 기억부터 사건, 사고 등 우리 기억 속에 저장된 정보라고 생각하시면 되겠습니다."

"그럼 P 클리닉에서 지우는 것은 장기기억이라고 할 수 있겠군요."

"네, 그렇습니다. 많은 사람들이 뇌가 단순한 저장소라고 생각하는데, 뇌는 상상이상으로 복잡하고 섬세한 기관입니다. 일반적으로 잘못된 상식이 참 많은데, 기억이 어떤 한 곳에 저장되어 있다고 생각하시는 분들이 많습니다. 하지만 모든 기억들은 뇌의 전체적인 활동을 필요로 하죠. 그러므로 인간의 뇌가 10%만 사용한다는 것은 틀린 말입니다. 지금 보시는 시청자 여러분들이 이 영상을 기억하시게 된다면, 그 이유는 바로 뇌의 세포가 촉발되고 발화되어, 새로운 링크와 연결고리들을 만들고,

말 그대로 머릿속의 회로를 되감고 구축하는 것입니다. 그리고 이 변화는 부분적으로 뇌의 단백질에 의해 진행되는데요. 뇌는 기억을 저장하고 인출하는 과정에서 끊임없이 재구성되는 데 이를 기억재공고화라고 합니다. 간단하게 말해서 P클리닉은 이 기억재공고화 과정에서 뇌에 어떤 자극을 준다고 보면 되겠습니다. 현재는 이 시술은 임상시험 과정에 있으며 총 세 가지의 시술을 하고 있다고 합니다."

"그 세 가지 시술은 무엇인가요?"

"첫 번째는 기억에 대한 감정을 지우는 '무관심' 시술인 NEER입니다. 현재 가지고 있는 기억을 유지하되 그 기억에 대한 감정을 지우는 것입니다. 말하자면 트라우마로 가진 기억을 더 이상 트라우마로 받아들이지 않게 되는 거죠. 그런 경우는 기억을 지우는 것이 아닌, 그 기억에 대한 감정을 다르게 만들어주는 것이라고 봐야죠. 두 번째는 기억을 지우는 '망각' 시술인 DEM, 말 그대로 그냥 기억을 지우는 것입니다. 이런 경우 이것으로 많은 기억들이 안 엮여 있는 경우 가능합니다. 자신의 자아를 형성하거나 수년간 지속된 기억이 아닌 기억의 경우 그냥 지울 수 있죠. 우리가 했던 모든 행동들을 일일이 기억 못 하듯이, 단순히 지워져 버리는 것이죠. 앵커 님은 작년 6월 2일 저녁 뭐 하셨는지 정확히 기억하시나요?"

"음… 이 자리에 있지 않았을까 싶은데 확실하진 않네요."

앵커가 한 말이 만족스러웠는지 리포터는 고개를 끄덕이며 말했다.

"만약 그때의 기억이 지워진 것이라면 그게 큰 영향이 있을까요?"

"아무래도 애초에 기억을 못 했으니 영향이 없겠죠. 무슨 말인지 잘 알겠습니다. 그럼 세 번째 선택권은 어떤 것이죠?"

앵커의 질문에 리포터가 답했다.

"세 번째는 현재의 기억을 다른 기억으로 대체시켜 버리는 '왜곡' 또는 REM이라는 시술입니다. 지우고자 하는 기억의 자리에 다른 기억이 채워지거나 그 속의 디테일들이 변하는 거죠. 오랫동안 지속된 기억의 경우 이 세 번째 시술로 진행하고 있습니다. 너무 오랜 시간 동안 형성된 기억들은 시뮬레이션으로 제작해 놓은 영상들을 머릿속에 심는다고 합니다. 학창 시절이나 결혼생활, 유년 시절 등 자아를 형성하는데 큰 기여를 한 기억은 지우는 것에 리스크가 존재하니까요. 이렇게 세 가지 기술을 P클리닉에서는 Memory Alteration Procedure 또는 MAP이라고 부릅니다."

뉴스는 바로기억클리닉의 시술을 굉장히 단순하게 설명했다. 리포터의 말을 듣고 앵커는 다시 질문을 했다.

"설명 감사드립니다. 그럼 기억을 지웠을 때 위험하거나 부작용 같은 것은 없을까요?"

"사실 모든 의술이라는 것에 부작용이 아예 없다고 할 수는 없죠. 하지만 뇌에 큰 무리는 없다고 보실 수 있습니다. 우리가 기억을 되새길 때, 뇌는 촉발되고 발화되어, 뇌의 회로는 재배치되기 시작하죠. 아까 얘기했던 기억재공고화라고 했던 과정에서 특정 기억을 떠올릴 때마다 머릿속에서 그 기억은 유기적으로 바뀌고 있습니다. 그리고 현재 그 사람이 가지고 있는 생각이 반영되어 조금씩 변경됩니다. 기억하는 것은 창조와 상상의 행위죠. 즉, 오래된 기억은 더 많이 떠올릴수록 정확도가 떨어집니다. 실제로, 과학자들은 이를 수치화 했던 적이 있습니다. 9/11 사건 이후,

수백 명에게 이날의 기억에 대해 질문을 했습니다. 1년 후 이 사건에 대한 디테일의 37%가 바뀌어있었으며, 3년이 지난 2004년도에는 50%의 디테일을 다르게 기억하거나 잊어버린 경우까지 있었습니다. 기억은 매일같이 형성되고 재건되기 때문에 P클리닉에서 떠올린 기억을 회상하게 되면, 효과적으로 제거 또는 왜곡 시킬 수 있게 됩니다."

"하지만 이 시술로 인해 많은 피해자가 나왔고 사회에 문제가 생기지 않았나요?"

앵커의 질문에 리포터는 기다렸다는 듯이 말했다.

"바로 그것이 현재 이 시술의 쟁점입니다. 임상실험으로 기술 자체에는 문제가 없을지 모르겠지만, 과연 할 수 있으면 하는 게 옳은 것인가-라는 질문입니다."

리포터는 화면을 전환해 영화 장면 하나를 보여줬다.

'Your scientists were so preoccupied with whether they could, they didn't stop to think if they should.(당신의 과학자들은 할 수 있는지 여부에 너무 몰두한 나머지 해도 되는지에 대해 생각은 하지 않았죠.)'

"이 대사는 영화 〈쥬라기공원〉에서 배우 제프 골드브럼이 했던 대사입니다. 저는 P클리닉의 MAP 시술을 보며 이 대사가 생각났는데요. P클리닉에서 기억을 지우고, 왜곡 시킬 수 있다고 해서 과연 그것을 해도 되는 것인지는 다른 문제입니다. 부작용이 있고 없고를 떠나 도덕적인 문제는 없는지 검토해 볼 필요가 있습니다. P클리닉에 찾아온 사람들 중 많은 사람들이 심리적 고통을 받는 사람들이었으나, 반대로 사회에 물의를 일으켰던 가해자도 있었습니다. 저희가 JTV에서 앞서 보여드린 사건들은 한 부분에 지나지 않았습니다. 집단 성폭행 가해자들이 기억을 지우려고 했던 사례도 있고, 자신의 신도들과 간통을 한 목사가 교인들의 기억을 지우려고 했던 적도 있었습니다. 최근 두 사건 역시 큰 문제가 있었습니다. 시술을 받고 얼마 되지 않아 자살을 했던 최모 군과 지난번에 크게 파장을 일으켰던 연쇄살인범이 자신의 기억을 지우려고 이 클리닉으로 찾아왔던 것입니다."

"얼마 전 33건의 살인을 저지르고 살해를 당한 김기수를 말씀하시는 것이군요."

"네, 맞습니다. 만약 P클리닉에서 이런 사람들의 기억을 지울 수 있다면 가해자들에게는 도망칠 수 있는 수단이 될 수도 있겠죠. 이것은 피해자가 되었든 가해자 되었든 앞으로 사법 시스템에 막대한 영향을 미칠 수도 있습니다."

"그렇다면 김 기자, P클리닉에서 김기수가 살인자라는 것은 어떻게 알게 된 거죠?"

앵커의 질문에 리포터는 그 질문을 기다렸다는 듯 또 대답했다.

"좋은 질문입니다. 확실하게 말씀 드리면 기계가 연쇄살인범들을 구분해 내지는 않습니다. 저희가 아무래도 뇌의 활동과 그 범위를 측정해야 하기 때문에 양전자/컴퓨터 단층촬영 또는 PET/CT 스캐너도 계속 체크를 하는 것으로 알려졌습니다. UC Irvine의 신경과학 교수인 James H. Fallon이 한 연구에 따르면 사이코패스들의 뇌 스캔이 보통 사람들과 다르다는 것을 보여주었죠. Fallon 교수는 자신의 PET스캔이 사이코패스의 활동과 비슷한 것을 발견했고, 자신의 족보에 살인마가 있다는 것을 알게 되었죠."

기자는 화면상으로 예시를 보여주며 비교를 한다.

"위 그림을 보시면 보통 사람들의 뇌는 많은 노란색과 빨간색이 잘 분포되어 있어 활동이 많은 반면, 아래 그림을 보시면 Fallon 교수의 뇌의 경우 전두엽이 거의 파랗다는 것을 볼 수 있죠. 이런 뇌의 활동 범주를 발견 하고 P클리닉은 이 사람이 사이코패스 성향을 가지고 있다고 결론지었죠. 당연한 얘기이지만 PET/CT 스캔이 이렇게 나온다고 해서 모두가 연쇄살인범은 아니고 Fallon 교수처럼 사회적으로 성공한 분들도 많습니다. 하지만 사이코패스 기질이 있는 분들이 오면 혹시 모르기 때문에 주의를 한다고 합니다. 김기수의 경우 P클리닉 의사가 그의 기억을 지우던 도중 사이코패스 성향을 파악한 뒤 그가 기억을 떠올릴 때 그가 살인마라는 것을 어느 정도 유추할 수 있었다고 합니다."

앵커는 그 말을 듣고 반신반의 하듯 답했다.

"김이진 기자가 그렇게 말하니 또 하나의 문제를 생각하게 되네요. 클리닉에서 마음만 먹으면 개인의 과거를 유출시킬 수도 있지 않습니까?"

"네, 맞습니다. 한사람의 실수로 기억에 대한 정보가 유출될 가능성을 배제할 수 없을 뿐 더러 단순히 P클리닉에 모든 것을 맡기기에는 위험 부담이 있을 것으로 보입니다. 그 데이터가 어떤 방식으로 저장되는지는 알 방법이 없으니까요. 또한 P클리닉의 MAP 시술의 근본적인 문제가 있습니다."

"어떤 문제인가요?"

"과거에 큰 충격을 받은 피해자들의 PTSD나 우울증을 완화하는데 도움은 되겠지만, 그게 남용되는 것도 위험한 부분입니다. 불쾌하거나 힘들었던 모든 기억이 나쁜 것이 아닙니다. 과거에 상처가 되는 실수를 기억하고 그 실수에서 배우는 것은 한 사람을 정서적으로 발달시키는데 도움을 주며 같은 실수를 반복하지 않게 도움을 줍니다. 과거의 안 좋았던 일을 기억하는 것은 앞으로 우리가 취할 수 있는 미래 행동에 큰 영향을 끼칩니다."

리포터는 이 말을 끝으로 자신이 취재한 부분을 마무리했다. 그러자 앵커가 그의 말을 이어받았다.

"자세한 설명 감사드립니다. 그런데 이 기술 관련해서 국가차원으로 쓸 수 있게 하여야 한다는 의견도 있는데요. 새국민정당의 한준성 의원이 이런 발언도 했는데요. 잠시 들어보시겠습니다."

앵커를 비추던 화면이 전환되며 새국민정당의 한준성이 다소 격하게 얘기했다.

"아니, 이런 기술이 있다면 정부에 돕는데 쓸 수 있어야지 않겠습니까? 이렇게 북한에서 끊임없는 도발이 있는데, 북한 측 간부가 넘어왔을 때 많은 정보를 빼고, 기록하는데 기여할 수 있지 않나요? 우리 안보 차원에서 그런 건 당연한 것 아닌가요? 이런 기술은 정부와 협력해서 유용하게 쓸 수 있게 하는 게 맞죠."

남자 앵커는 옆에 있는 여자 앵커와 대화하듯 말을 주고 받았다.

"안진영 기자, 만약 과거의 기억을 지울 수 있다면 어떻게 하실 것 같습니까?

"글쎄요. 저라면 큰 부작용이 없다면 어떤 기억들은 지우고 싶다는 생각이 들 것 같습니다."

이서준은 모니터 안경을 벗고 머리를 움켜잡았다. JTV의 심층 보도 때문이다. 기술에 대한 정보의 경우 어느정도 검색을 통해 알아볼 수 있는 방면, 피험자에 대한 사건과 세부사항의 경우 내부에서 준 것이 아니었다면 알 수 없는 정보들이 몇 가지 있다. 이것으로 알 수 있었던 것은 내부 고발자가 있다는 사실이다.

*

다음 날, 이서준은 복잡한 감정을 뒤로하고 바로기억클리닉으로 향했다. 강한나는 클리닉 사람들 모두에게 [클리닉 앞이 복잡 해졌으니 건물 뒤편으로 오시는 게 좋을 것 같아요.] 라고 문자를 보냈다. 먼 거리에서도 음식물 쓰레기에서 날갯짓하며 몰려드는 파리처럼 서성이는 군중을 볼 수 있었다. 이서준은 건물 뒤 편으로 걸어가 보니 그곳 역시 앞문보다는 적게 있었으나 기자들이 대기하고 있었다. 어차피 자신의 얼굴을 알리 없다고 생각한 이서준은 뒷문을 향해 걸어갔다. 그러자 뒤편에 있던 모든 기자들이 몰려들며 그의 이름을 부르며 얼굴에 닿을 정도로 마이크를 들이댔고, 수많은 목소리들이 질문을 던졌다.

"진료한 사람들이 세명이나 죽었는데 클리닉의 입장은 뭔가요?"

"연쇄살인범 김기수가 죽는 것을 목격했다고 하는데 사실인가요?"

"최모 군을 진료 했었는데 이 때문에 그가 자살한 것 인정하시나요?"

이서준은 그들을 뚫고 뒷문을 향하려고 했다. 그때 기자들 틈 사이로 익숙한 목소리가 들렸다.

"여기서 이서준 씨의 동생이 식물인간으로 발견 되었다는 데 사실인가요? 그에게는 표식이 없었나요?"

이서준은 뒤를 돌아 그 목소리가 어디에서 왔는지 둘러보았다. 그리고 이서준은 그 질문을 한 사람과 눈이 마주쳤다. 어디서 본 것만 같은 얼굴의 의문의 사나이가 설마 패션트 제로였을까? 이서준은 그를 붙잡으려 기자들을 밀어 내보려 했지만 기자들에 둘러싸여 그가 유유히 빠져나가는 뒷모습을 지켜만 봐야 했다. '분명 어디서 본 얼굴인데 어디서 본 것일까?'

이서준은 겨우 기자들에게서 빠져나와 클리닉에 들어섰다. 클리닉 앞은 한 대학의 벽화 거리처럼 곳곳에 피해자를 추모하거나 책임을 지라는 플래카드와 낙서로 가득했다.

"고생하셨어요, 선생님. 밖에 난리죠? 오픈 시간 되면 사람들과 기자들 전화가 엄청 올 것 같아요. 이미 홈페이지는 서버가 난리 났어요."

한나와 새봄이 서준을 맞이했고, 서준은 이에 답했다.

"네, 들어올 때 기자들이 들이닥쳐 애먹었네요. 어찌 된 건지 제 얼굴과 많은 정보를 알고 있더군요."

두 간호사는 기자들이 이서준의 얼굴을 알고 있다고 하는 것에 놀랐다. 내부에 스파이가 있을 것 같다는 것은 뉴스를 봤다면 이미 모두 알고 있을 법한 사실이었기에 그는 말을 아꼈다. 이서준은 오늘 자신의 스케줄을 확인한 뒤 자신의 방으로 들어갔다. 대체 어떤 이유에서 패션트 제로의 얼굴이 익숙했지?' 그는 이를 알고 싶었다. 혼자만의 시간도 잠시, 오늘의 첫 손님이 노크를 하고 들어왔다. 온종일 예약 손님들이 대부분이었지만 뉴스를 보고 궁금해서 찾아온 손님들도 틈틈이 있었다. 평소보다 다소 가벼운 기억을 망각하고자 오는 사람들이 꽤 많았다. 자신이 볼링 300을 친 기억을 지워달라는 사람, 애인이 바람피운 것을 잊고 싶다는 사람, 당첨된 로또를 잃어버렸다는 사람, 도박으로 돈을 날린 기억을 사라지게 해달라고 하는 사람 등, 사소한 자신의 불행한 기억들을 잊게 해달라고 하는 사람들이 대부분이었다. 물론 이서준은 그들에게 나름 그럴듯한 이유를 대며 대부분의 시술하는 것을 거부했다.

워낙 바쁜 하루이기도 했고, 상황도 상황인지 클리닉 사람들 모두 점심을 자연스레 건너뛰었다. 늦은 오후가 되었을 때 즈음, 새로운 상담이 아닌 시술 후 경과를 위한 상담을 하게 되었다. 신윤민, 이서준이 진행한 REM 환자 중 한 명이다. 이서준은 반갑게 그에게 인사했고, 신윤민은 겸연쩍은 듯 인사를 받으며 답했다.

"하루아침에 이렇게 큰일이 일어났네요. 뭔가 들어오는 것도 부담이 됐어요."

"죄송합니다. 많이 불편하셨죠?"

"아닙니다. 그런데 뉴스를 보고 난 뒤 내가 무슨 기억을 지웠던 것인지, 아니면 다른 기억으로 덮어버린 건지, 혹은 그냥 감정만 지워버린 것인지 궁금하게 되더라고요."

이서준은 잠깐 신윤민의 과거 REM 상담기록을 확인해 보고 당시 상황을 회상했다.

신윤민은 세 살 터울의 동생 신윤길을 그리 좋아하지 않았다. 늘 부모님의 사랑을 늘 독차지하는 것 같았고, 언제나 자신과 가족들을 향해 따뜻한 모습을 보여줬는데, 신윤민은 늘 그것을 가식이라고 생각했다. 신윤민은 무엇보다 장남으로써 어깨에 짐이 있다고 느꼈던 반면, 자신의 동생은 늘 책임감 없이 선택을 한다고 생각했다. 신윤민이 하게 된 치과 의사라는 직업도, 아버지의 뒤를 따르려던 그의 선택 아닌 선택이었던 것이다. 반면 동생은 그런 과정에서 무척 자유로웠다. 물론 신윤길 역시 의학의 길을 택했고, 대학병원에 취직했다. 이런 배경은 신윤민을 보다 동생을 질투하게 만들었고, 결국 신윤민은 보다 나은 조건의 직업을 찾기 위해 호주로 향했다. 그곳에서 경제적인 성공을 하기까지 한국에 오지 않겠노라 다짐하고 그곳에서 이를 악물고 일했고, 치과 의사로서는 아니지만 청소용역 업체를 운영하여 꽤나 큰돈을 쥘 수 있었다.

*

2주 전 바로기억클리닉에 찾아온 신윤민에게 물었다.

"동생에 대해 말해주실래요?"

"윤길이는 항상 밝은 아이였어요. 누구나 그 아이를 만나면 호감을 느꼈죠. 저와 다르게… 부모님도 저를 대할 때와 그 아이를 대할 때 달랐어요. 그렇기에 그 아이는 제 동생이었지만, 늘 뛰어넘고 싶은 존재이기도 했죠."

이서준은 왠지 모를 동질감을 신윤민에게서 느꼈다. 신윤민은 자신과 닮은 점이 많다고 느꼈기 때문이다.

"호주에서 정말 많이 고생했어요. 왜 한국을 떠나 거기서 뭘 해보려 했는지 어리석단 생각도 했어요. 하지만 그때는 새로운 시작이 필요했고, 더 큰 기회를 찾고 싶었어요. 호주에서 치과를 할 수 있을 거라 생각했는데 막상 호주에 가보니 등록 절차도, 전공 학교도 생각보다 어려웠어요. 하지만 이를 악물고 한국에서는 하지 않았을 일이란 일은 손을 더럽히면서 다 했죠. 그런데 그게 또 한편으로 즐겁기도 했어요. 노동으로 땀을 흘리면서 거기에 대한 대가를 받고, 그것에 대한 무시를 당하지 않는 것 말이에요. 단 몇 년 만에 한국에서 개인 치과를 할 때보다 더 큰돈을 벌 수 있었고, 저는 청소 업체를 차려서 직원 500명이나 있는 어엿한 중소기업을 차렸죠. 그러던 어느 날 부모님에게 문자 하나가 왔어요. 윤길이가 사고가 나서 지금 병원에 입원해있다고. 사실 별로 대수롭지 않게 생각했어요. 당시 회사에 투자 유치가 한창이었기 때문에 당장 한국에 갈 수 있는 상황은 아니었어요. 그래서 시리즈 C 투자가 완료될 때까지만 기다렸다 가려고 했죠. 하지만 그때 갔어야 했어요. 그때 갔어야 했는데 뭐가 그렇게 바빴던 건지."

신윤민은 두 손을 기도하듯 움켜잡고, 턱을 기댔다. 그의 얼굴은 슬픔과 화로 물들어 있었고, 그의 목소리에는 눈물을 머금은 떨림이 숨겨져 있었다. 그는 말을 잠시 멈췄다가 다시 말을 이어나갔다.

"아니. 그건 핑계예요. 사실 가고 싶지 않았어요. 그렇게 모두가 한국에 돌아가야 한다고 했을 때, '아직도 윤길이만 생각하는구나. 내 상황은 아예 생각하지도 않는구나.' 이렇게 생각했어요. 간간이 동생의 상태를 들었는데 나란 인간은, '우선 이 일만 끝내고 갈게. 내가 간다고 해서 상황 달라지지 않잖아!' 결국 동생은 일주일 뒤에 세상을 떠났어요."

이서준은 처음으로 식물인간이 된 자신의 동생에 대한 소식을 들었을 때가 생각났다.

*

"여보세요, 어머니? 왜 울고 계세요? 무슨 일 있어요?"

병원 가운을 입은 이서준은 갑작스러운 연락에 놀랐다. 자신이 근무할 시간이라는 것을 알 부모님이 이 시간에 연락할 리가 없기 때문이었다. 이서준의 어머니가 흐느끼며 아무 말도 하지 못하고 있자 계속해서 왜 그러는지 물었다. 그러나 아무런 대답이 돌아오지 않았고, 그녀에게서 전화를 뺏어 그의 아버지가 한숨 쉬며 긴 침묵을 깨고 답했다.

"재규가 지금 PVS^(지속식물인간상태)다. 어떤 이유에서 그런 건지 모르겠지만 어서 한국에 들어와야겠다."

이서준은 아무런 대답도 하지 않았고, 그의 아버지는 전화를 끊었다.

*

REM을 시술한 신윤민의 상태를 모니터링을 위해 이서준은 계속해서 질문했다.

"동생이 사고 났을 때 당시 선생님은 어떻게 하셨나요?"

"동생이 사고 났다는 소식을 들었을 때, 오만가지 생각이 다 들었어요. 제가 사실 그때 청소 업체를 차렸었거든요. 웃기죠, 한국에서 치과의사 하던 사람이 호주에 가서 청소하는 업체를 차리다니 말이죠. 그런데 그게 너무 잘 됐던 거죠. 당시 회사에 한창 투자유치가 진행되고 있었기에 한국에 갈지 안 갈지 고민을 했어요. 시리즈C 투자가 곧 될 것이라는 기대를 했기 때문에 중요한 상황이었죠. 그런데 내가 없어도 담당자들만 있으면 괜찮겠다 싶었어요. 하나뿐인 동생이 사경을 헤매고 있는데 사업이 무슨 소용이 있겠어요. 소식을 들었던 당일 저는 한국행 비행기 표를 사서 한국에 왔어요."

"그 때 동생을 만나셨나요?"

"네. 항상 저를 반갑게 반겨주며 얄밉게 웃어야 할 동생이 차갑게, 영혼이 빠진 인형 마냥 누워있더라고요."

이서준은 신윤민의 말에서 묘한 동질감이 들었다. 분명 이것은 성공적인 REM 시술이었으나 이서준은 신윤민에게 전부터 느껴던 동질감을 확인해야 했다.

"그때 어떤 감정이 들었나요?"

"누워있는 동생을 처음 바라봤을 때 현실감이 없었어요. 아무런 응답도 하지 못하는 윤길이를 보게 되니 비로소 솔직하게 고백하게 되더라고요. 처음으로 동생 옆에 앉아 말했어요. 솔직한 나의 마음을."

"동생에게 뭐라고 하셨나요?"

이서준은 사고 소식을 듣자마자 비행기를 예매해서 한국에 왔다. 늘 그를 미소 지으며 반겼어야 할 이재규의 얼굴은 마치 영혼이 빠져나간 인형같이 오로지 창백함과 공허함 만이 남아있는 듯했다. 이서준은 환자 침상 옆에 놓인 의자에 앉아 투덜거리듯 혼잣말했다.

"그거 아냐? 나는 항상 네가 미웠어. 어릴 적부터 왜 모두 너의 완벽한 모습만 보았던 건지. 난 항상 너를 따돌리려 했고, 너는 늘 나를 졸졸 쫓아다니면서 내가 하는 것은 다 따라 하고 다녔지. 항상 내가 좋아하는 것을 나보다 더 잘했고. 힘든 일 있어도 뭐가 좋은지 왜 그렇게 실실 웃어 댔는지. 사람들이 그런 너를 좋아할 때면 더 미웠다. 너의 진짜 모습을 모르는 거라고. 그런데 막상 이런 모습으로 보니 나를 반겨주면서 웃던 그 얄미운 모습이 보고 싶네. 부모님은 지금 네가 있는 그 자리에 내가 대신 있길 더 바라지 않았을까? 딱 한 번, 처음으로 너를 뛰어넘은 모습을 모두에게 보여주고 싶었는데 말이지. 너는 그곳에 계속 누워있지만, 나는 이곳에서 계속 이 짐을 안고 살아야 해. 무슨 일이 있었는지 모르겠지만 나는 알아야겠어. 너에게 무슨 일이 있었던 것인지. 그리고 원인을 알아내면 깨울 방법이 있는지 없는지 알 수 있겠지? 우선 미국으로 돌아가서 일을 정리하고 돌아올 거야. 깨어나게 되면, 그때 그 못생긴 얼굴로 실실 웃으면서 나를 반겨주는 걸로 약속해."

이서준은 식물인간이 된 이재규에게 했던 말이 신윤민의 입에서 몇 단어를 제외하고 동일하게 나오는 것을 보며 경악할 수밖에 없었다. MAP이 신윤민의 기억에 가장 호환성이 비슷했던 이서준의 기억으로 대체해 버린 것이다.

'이것이 바로 기억클리닉 REM 기술의 비밀이었군. 찾아오는 사람들의 기억을 데이터베이스로 필요했던 것은 이런 이유였나? 더 완벽한 기억의 대체를 위해 모든 피험자들의 기억을 데이터베이스로 이용하고, 제일 호환성이 좋은 기억을 다른 피험자에게 덮어씌우는 형식인가?'

이서준은 상담 중이었기에 차오르는 분노를 숨기려고 애썼다. 그는 신윤민에게 차가운 미소를 짓고 있었지만, 얼굴의 곳곳에는 붉은 기운이 돌고 있었다. 그는 계속해서 상담을 진행하며 또 질문했다.

"동생은 그리고 어떻게 되었나요?"

"동생은 일주일 얼마 안 돼 세상을 떠났어요. 그래서 장례식에 곧장 참석했고요. 그렇게 오랫동안 휴가를 낸 것도 처음이었겠네요."

원래라면 신윤민은 동생이 죽고 나서 비행기 표를 구하지 못해 장례식을 참석 못 했을 것이다. 그의 당시 기억은 이서준이 동생을 방문했을 때의 기억과 신윤민의 기억이 적절하게 섞여 있었다. 이서준은 동생의 상태를 확인한 뒤 미국으로 돌아갔기에 신윤민의 장례식에 대한 기억의 경우는 다른 누군가의 기억에서 형성됐던 것이다. 새로운 기억이 생긴 신윤민에게 다른 가족들에 대해, 회사에 대해, 그리고 다른 여러 가지에 대해 물었다. 이것은 신윤민이 지운 기억이 동생의 죽음과 관련된 것이라는 것을 모르게 하기 위해서이기도 했으나 자신의 기억과 무엇이 다른지 알아내기 위해서이기도 했다. 모든 상담이 끝나자 신윤민은 이서준에게 물었다.

"어떤 기억에 대한 시술을 받았는지 모르는 게 낫겠죠?"

"글쎄요. 거기에 대한 답은 오로지 본인만 알고 있겠죠. 그러나 이것은 신윤민 씨 스스로가 선택한 길이고, 본인이 생각하기에 필요한 일이라고 생각했기에 진행한 일입니다. 모레 호주로 돌아가신다고 했죠? 우선 호주에 가서서 일상생활을 하면서 다음에 한국에 오셔서 상담하게 되면 그때 다시 생각해 보시죠."

신윤민은 그 말을 듣고 고개를 끄덕이고 곧 밖으로 나갔다. 그 후 이서준은 잠시 동안 책상에 앉아 이 상황에 대해 생각해 봤다. 창밖으로 붉은 노을이 오후를 물들였고, 더 이상 화를 참을 수 없었던 이서준은 조요나 원장의 방으로 향했다. 다행히 조요나는 홀로 앉아있었고 이서준은 그녀에게 말했다.

"REM은 피험자들의 기억을 끌어다 다른 기억으로 대체하는 것이었습니까? 어떻게 그런 게 옳다고 볼 수 있습니까? 저는 이런 것에 동의를 한 적이 없습니다."

"다른 사람의 기억으로 대체된다는 것은 어떻게 알았나요?"

"방금 상담받은 신윤민이라는 사람의 기억, 제가 동생과 개인적으로 있었던 기억과 동일했습니다. 그것은 제 기억이었다고요."

"만약 기억 왜곡을 할 때 피험자들에게 받는 동의서를 한 번이라도 제대로 읽었다면 모든 피험자들의 왜곡 시술에 타인의 기억이 쓰일 수 있다는 것은 알고 있지 않았나요? 알고 있으면서 모르는 척 한 것인가요? 아니면, 개인적인 기억이기 때문에 안 되는 것인가요?"

이서준은 아무 대답도 할 수 없었다. 서준도 이미 어느 정도 데이터베이스에 저장된 사람들의 기억이 '왜곡'을 위해 이용될 수 있다는 것을 예상했던 것은 사실이다. 하지만 이렇게까지 적나라하게 직접적으로 기억을 재공고화하는데 이용될지는 상상 못했다. 아니, 인정하기 싫었을 수도 있다. 그저 이서준은 자신의 기억이나 내 주변인의 기억이 다른 사람의 기억으로 되는 게 싫을 수도 있다. 이를 알았기에 이서준은 분노하면서도 그녀의 말을 인정하는 수밖에 없었다. 그녀는 한숨을 쉬며 차갑게 말했다.

"그래요. 만약 이 부분이 이 선생한테 불편하다면 할 수 없죠. 여기서 더 이상 재규 씨에 대한 정보도 알아낼 것도 없을 거고. 이번 달 말까지 잘 생각해 보고 윤리적으로 도저히 납득할 수 없겠다면 사직서 내세요."

의외로 덤덤한 그녀의 반응에 화가 났지만, 그녀의 질문에 반박하지 못한 자신에게 더 화가 났다.

"그만두지 않습니다. 그렇다고 왜곡이 옳다는 것은 아닙니다. 모든 피험자들이 동의서에 서명을 했다고 해서 이 기술이 쓰이는 것을 정당화할 수 없습니다. 엄연한 속임수이고 충분한 설명이 필요합니다."

이서준은 이 말을 남기고 조요나의 방에서 나갔다.

"내일은 개인적인 일이 있어서 점심시간에 잠시 자리를 비워야 할 것 같은데 조금 시간이 걸릴 수 있으니 만약 제가 늦게 되면 조치를 취해줄 수 있나요?"

데스크에서 예약 스케줄을 확인하고 있는 강한나에게 이서준이 말했다. 그의 오후 스케줄이 3시 넘어서 있을 예정이었기에 그녀는 그러겠다고 얘기했다. 이미 저녁 8시가 되어 하늘은 어두워질 준비를 하고 있었는데 밖은 여전히 어수선했다. 신선한 정보를 캐고자 기자들은 콘도르처럼 어슬렁대며 주변을 맴돌고 있었다. 결국 이에 조치가 필요하다고 생각했는지 조요나는 언론사와의 인터뷰도 응하기로 결심했다.

11__ _ _

빛과 그림자

"이서준 선생님은 어디 가셨나요?"

점심시간에 궁금했는지 박새봄은 강한나에게 물었다. 강한나는 어깨를 살짝 올렸다 내리며 대답했다.

"개인적인 일 때문에 어디 간다고 했어요."

이서준은 그 시간 어떤 중년의 험상궂게 생긴 짧은 머리의 덩치가 큰 사내와 만나고 있었다. 그들의 모습은 사뭇 『생쥐와 인간』의 조지와 레니 같았다. 이서준은 그에게 커피를 갖다주며 공손한 태도로 미소를 지으며 말했다.

"시간 내주셔서 감사합니다, 장 형사님."

장준식은 거친 얼굴과는 다르게 환한 미소를 지으며 이서준에게 말했다.

"아닙니다, 선생님. 예전에 이재규 선생에게도 도움을 받았기 때문에 그 일이 있었을 때 정말 마음이 안 좋았습니다."

"제 동생에게 도움을 받았나요? 혹시 강인수 교수에게 도움을 요청했던 연쇄살인범 사건을 말씀하시는 건가요?"

"네. 이재규 선생이 그 수사를 할 때 강인수 교수와 같이 도와줬어요. 그때 무슨 장비였더라? 그 사람의 기억을 영상으로 해주는 그 기계."

"MIR 말씀하시는 거죠?

"아 네, MIR! 그때 12명을 죽인 이중기를 잡았는데 결정적인 단서가 없었고 무엇보다 한 명을 제외하고 시신을 못 찾고 있었어요. 딱 한 건으로만 기소되게 생겼으니 지푸라기라도 잡는 심정으로 별의별 방법은 다 찾아다니다고 수소문 끝에 그런 기술이 있다는 것을 알게 됐어요.

드디어 고생의 끝이 보인다 생각했죠. 그래서 강인수 교수를 찾게 됐죠. 그런데 처음 만난 날 그에게 큰 실례를 범하게 됐죠."

"네? 무슨 실례 말이죠?"

"왜냐면 강인수 교수의 얼굴이 우리가 잡은 놈이랑 똑같은 거 있죠. 닮아도 너무 닮아서 내가 강교수의 먹살을 잡고 '야 너 어떻게 빠져나온 거야!' 이러면서 수갑을 채우려고 했죠. 누가 상상이나 했겠어요? 내가 잡은 살인마 이중기와 내가 도움 받고자 하는 사람이 똑같은 얼굴을 가졌을지?"

"어떻게 그럴 수 있죠?"

"우연이라고 해야 할지 운명의 장난이라고 해야 할지 깜짝 놀랐어요. 성형을 한 건가? 이런 생각도 했는데… 알고 보니 그 둘은 일란성 쌍둥이였던 거죠. 강인수 교수도 놀랐을 거예요. 자신에게 쌍둥이 동생이 있는지 전혀 몰랐으니까. 나중에는 동생 면회도 갔다고 들었어요. 강인수 교수와 이중기는 둘 다 갓 태어났을 때 입양됐어요. 강인수 교수는 운 좋게 좋은 집안에 입양됐고, 동생은 그렇지 못했죠. 이중기는 어릴 적부터 학대를 받았으니 말이죠. 당시 강인수 교수가 자기 동생에게 자신의 모습을 보여주기 어려울 수밖에 없었고, 또 처음 만날 동생의 살인 혐의를 찾기 위해 MIR 장비를 작동시키기 애매했는지, 결국 이재규 선생이 이중기의 기억을 추출했고 덕분에 이중기가 죽인 피해자들의 시신이 어디 묻혀 있는지 찾을 수 있었죠."

이서준은 이 사실에 놀랄 수밖에 없었다. 수만 가지 생각들이 꼬리에 꼬리를 물어 가설들을 떠올렸고 그는 장준식에게 물었다.

"그럼 형사님이 재규가 식물인간이 되었을 때도 수사를 했나요?"

"최초로 발견했던 강인수 교수가 경찰이 아닌 앰뷸런스를 불렀고, 그 후에 간단한 진술만 한 것으로 알고 있어요. 이재규 선생 스스로 테스트를 하기 위해 자신에게 시술을 하다가 그렇게 됐다고 하니 말이죠."

"강인수 교수가 그렇게 진술했나요?"

"강인수 교수와 이신명 씨가 그렇게 진술한 것으로 알고 있습니다. 그런데 뭔가 이상했어요. 그 이후로 강인수 교수가 달라진 느낌이었어요."

이서준은 뭔가 앞뒤가 안 맞는 것을 느꼈다. 그리고 그 이상한 느낌이 무엇인지 궁금했다.

"어떻게 이상해진 거죠?"

"꼭 집어서 말하기는 힘든데, 뭔가 이상하다는 촉이 왔어요."

"마지막으로 강인수 교수가 어떻게 됐는지 알고 있나요?"

"강 교수가 갑자기 사라졌다는 소식을 들었을 때, 나름 찾아보려고 사방을 들쑤시고 다녔어요. 몇 년 동안 개발한 기술을 완성시켜 놓고 없어졌다는 것도 이상했고, 일반인이 이렇게 흔적 없이 자취를 숨긴다는 것도 수상하게 느껴지기는 했어요. 하지만 나도 다른 수사도 해야 했기 때문에 자연스럽게 손을 떼게 됐어요."

"마지막 행방이 어디였나요?"

"그게, 아까 이중기 면회 갔다고 했죠? 그게 마지막인 것으로 알고 있어요. 그 후로는 자취를 완전히 감췄어요."

"이중기와는 어떤 대화를 했는지 알고 있나요?"

"그걸 알아보려고 만나보려 했는데 만나 주지 않았어요. 뭐, 당연하겠죠.

자신을 가둔 형사를 왜 만나겠어요."

"제가 찾아가면 만나줄까요?"

"글쎄요. 추천하지는 않아요. 이중기 완전 미친놈이니까. 살해할 때도 어찌나 끔찍하던지 가끔 사건 현장이 악몽에 나와요. 이미 기사에 많이 나왔으니까 아는 사람들은 알고 있겠지만 항상 목을 따서 죽였고 피해자들 이마에는 이상한 낙인을 새겨 넣었어요. 그래서 기자들은 그를 '낙인 살인마'라고 불렀어요."

"낙인이요? 그 낙인은 어떻게 생겼었나요?"

"네, 이마에 깊이 새겼었는데 보통 세 가지 종류의 낙인만 새겼던 것으로 기억해요. 어떤 것은 X 모양이었고, Y 모양, 그리고 마지막은 좀 이상한 모양이었는데 언뜻보면 K 같았고, 옆으로 보면 A 같았어요."

장준식은 이서준의 손에 마지막 글자를 손가락으로 그려주며 보여줬다.

'X, Y, K 또는 A? 전혀 모르겠다. 영어를 쓴 게 맞긴 맞는 것일까?' 이서준은 이게 대체 무슨 의미일지 생각해 봤지만, 도저히 자신의 지식으로는 알 수 없는 것이었다.

"새로 일어난 사건은 알고 계시죠? 우리 클리닉에 다녀온 사람들에게 일어난 사건들."

"네, 알고 있지만, 제 담당은 아닙니다. 그런데 해당 사건 파일을 현 담당자에게 부탁해서 검토해 봤어요. 사람을 죽이는 방식이 이중기와 굉장히 흡사한 부분이 많았고, 피해자 중 한 명의 경우 칼로 이마를 그은 자국이 있었어요. 이 부분을 가볍게 볼 수 없었어요. 모방 살인일 수 있으니까요. 나머지 살인 사건에는 이마를 건드리지도 않았지만 이건 분명 연관이 있는 사건일 것이라고 생각해요."

"강인수 교수가 살아있는 것은 맞나요?"

"죽은 건 아닐 것 같아요. 증거가 있는 것은 아니지만 살아있는 것 같아요."

이서준은 장준식에게 감사 인사를 한 뒤 자신도 뭔가 새로운 것을 알게 되면 연락하겠노라며 다시 클리닉으로 향했다. 그가 클리닉에 도착했을 땐 점심시간이 30분 지난 두 시 반쯤 되어가고 있었다. 이서준은 강한나와 박새봄에게 인사를 한 뒤 조요나의 방으로 들어갔다. 이서준은 그녀에게 장준식과의 대화를 공유했다. 조요나는 이서준이 자신에게 이 모든 정보를 공유하는 의도를 알지 못했지만 그에게 고마움을 표했다. 그리고 그녀에게 이신명에 대해 몇 가지 질문을 했다. 그가 바로기억클리닉에 들어온 시점, 강인수와의 관계, 그리고 야곱이 쓰러진 당일 이신명의 행방에 대해 물어봤다. 그녀는 왜 그가 이신명에 대해서 묻는지 몰랐지만, 퍼즐 조각이 맞춰진 것처럼 그 이유를 알아낼 수 있었다. '분명 이신명은 연구차 해외에 나가 있었어야 하는 사람인데' 어찌된 일인지 그가 진술을 했다니 말이다. 조요나는 스스로 생각했다. 그날의 자신의 기억이 잘못된 것인지 아니면 이신명이 거짓 진술을 한 것인지 알아야 했다.

이서준이 다시 방으로 들어가자, 그의 3시 예약 손님이 들어왔다. 모자를 눌러쓰고 선글라스에 마스크를 쓰고 있어 어떤 얼굴을 가진 사람인지 알 수 없었다. 단지 굉장히 마른 체형에 키가 그리 크지 않다는 것과 머리가 긴 것만 알 수 있었다. 이서준은 마스크와 선글라스와 모자로 무장한 여자에게 그것을 벗어 달라고 하지 않았고, 격식을 차린 미소만 지으며 그녀를 맞이 했다. 그런 그에게 믿음이 갔는지 그녀는 모자와 마스크, 그리고 선글라스를 순서대로 벗었다. 그녀의 첫인상은 뭔가 차갑고 도도한 느낌이 들었고, 이 세상 사람 같지 않은 에너지를 품었다. 앳된 얼굴이었지만 이목구비가 뚜렷했고, 깔끔하고 하얀 피부에 꽤나 미인형 얼굴이었다. 그녀는 마치 이서준이 대화를 이끌어 나가기를 기다리는 사람처럼 가만히 앉아 있었고, 이서준은 그녀에게 형식적으로 어떤 사유로 왔는지 물었다. 그의 질문에 그녀는 고개를 갸우뚱거리며 물었다.

"선생님, 저 모르시겠어요?"
"네? 죄송합니다. 제가 경황이 없었네요. 혹시 저랑 언제 만난 적 있나요?"
그녀의 질문에 이서준은 자신이 실수한 것 마냥 당황하며 도리어 물었다. 하지만 그녀는 환하게 미소를 지으며 말했다.
"아녜요. 제가 보통 마스크 벗으면 다들 알아보던데. 저 김수연이에요."
이서준은 여전히 그게 무슨 의미인지 몰랐다. 그러자 김수연은 살짝 자존심이 상했는지 눈썹을 찡그리고 미소를 지으며 설명했다.
"어머, 저 배우예요. 6살 때부터 정말 많은 작품에 나왔는데. 저 못 알아보는 사람 처음이에요."
그제야 이서준은 사과를 하며 원래 영화나 드라마를 보지 않았고, 외국 생활을 해서 전혀 그쪽 분야를 모른다고 대답했다. 김수연은 고개를 저으며 그에게 괜찮다고 말했다.

"저를 모르는 사람 만나는 거 오랜만이네요. 그래도 왠지 안심이 되네요."

"이해 해주셔서 감사합니다. 그럼 혹시 어떤 기억 때문에 오셨는지 알 수 있을까요?"

"6살 때 데뷔해서 이제 27살이 되었으니 벌써 21년이 되었네요. 제 인생에서 연기를 안 했던 적이 없어요. 아무것도 모르던 시절에도 연기를 했고, 제 첫 기억도 거의 촬영장이니까 연기를 빼면 제 인생에는 아무것도 없는 것 같아요."

잠깐의 침묵도 어색하게 느꼈던 것인지 빈틈없이 말을 하려는 것 같았다.

"실제 가족들보다 촬영장에서 만난 사람들을 가족들이라고 생각했던 적도 있고, 우정도, 연애도, 사랑도, 사회생활도 전부 촬영장에서 했다고 할 수 있죠. 뭐 그럴 수밖에 없죠. 부모님이 이혼한 뒤로 엄마만 가끔 보고, 학교 친구들은 친한 척하면서 필요할 때만 나에게 보자 하고, 연예인 친구들은 홍보나 좋은 작품 나왔을 때 연락 오고, 사랑은 작품 끝나면 얼마 안 돼서 현실로 돌아와서 연락을 안 하게 되니, 정말 나랑 가까운 건 집에서 키우는 우리 애기 초코밖에 없네요. 아, 초코는 제가 키우는 강아지예요. 어느 날 강아지는 맡겨 놓고 지방 촬영장에서 집으로 돌아왔어요. 어두컴컴하고 아무도 나를 반겨주지 않는 복도를 건너 소파에 앉았어요. 그 집이 어찌나 낯설게 느껴지던지 불은 다 꺼버린 상태로 냉장고 문을 열었어요. 암흑 같은 곳에서 집을 비춰주는 건 냉장고의 전등과 잔잔하게 들어오는 바깥의 네온 사인뿐이었어요. 지독하게 외롭더라고요. 전화할 사람이 생각도 안 나고 적적해서 맥주를 하나 꺼내 마시고 몇 시간 그냥 생각을 비우고 앉아있었어요. 하루 종일 아무것도 안 먹었는데 배도 안 고프더라고요. 그러다 안되겠다 싶어서 집 앞에 나가서 뭐라도 먹어볼까 생각했어요. 준비하려고 화장실에 갔는데 문득 그런 생각이 나더라고요. '혼자 가도 될까? 매니저라도 불러야 하나? 그런데 이미 늦었는데. 혼자 가면 누가 보지 않을까?' 어느 순간 거울을 봤는데 그 속에 비친 게 누군지 모르겠더라고요. 정말 내가 누군지 말이에요. 촬영장의 내가 나인지, 드라마나 영화 속의 인물이 나인지, 아니면 광고 나 예능 속에 내가 나인지, 아무도 없는 어두컴컴한 집에서 가만히 앉아서 외롭게 맥주를 꺼내서 마시는 게 나인지 말이죠. 27년의 인생을 살아오면서 대본의 역할을 할 때 빼고 나 자신에 대해 아는 게 없는 것 같아요."

이서준은 그녀에게 말을 아꼈고, 그녀가 계속 말할 수 있도록 고개를 끄덕이며 조용히 듣기만 했다. 그러자 그녀는 뜸을 들이다 말을 이었다.

"만약 내가 배우가 아니었다면, 어린 시절이 달랐다면 저는 어떤 사람일까요? 그게 궁금했어요. 저는 지금 여러 가지의 배역을 가진 여자 배우일 뿐이에요. 대중들 앞에서 항상 웃고 쿨하고 털털한 역할을 하는 연예인, 감독님들 앞에서 싹싹하고 준비성 있고 프로페셔널 한 여배우, 동료들 앞에서 인기 없어질 때까지는 베스트 프렌드이자 라이벌, 매니저에게는 그냥 쌍년, 가족에게는 ATM, 그런데 혼자 있을 땐 그냥 아무것도 아니죠. 나라는 존재, 그냥 타인을 위해서, 타인에 의해서 살아가는 존재 같아요. 배우가 아니었다면 이땠을까요? 배우의 기억을 없앤다면 어떻게 될까요?"

"지금 김수연 씨는 21년의 배우 시절 기억을 어떻게 하고 싶은 것인가요?"

"제 안에 있는 수 백 개의 자아를 없애고 싶어요. 그러면 무엇이 남을지 궁금하네요."

"모든 사람들에게는 수 십 가지의 자아가 있어요. 저 역시 수연 님을 대하는 의사로서의 자아가 있지만, 가족들에게, 친구들에게 그리고 사회에서 다 다른 자아로 대하죠. 그런 자아들은 단순히 생성된 것이 아니고 과거의 경험과 기억을 바탕으로 형성되는 것이죠. 그것을 지워버리는 것은 다양하게 존재하는 나를 죽이는 것이죠."

'나를 죽이는 것?' 패션트 제로의 말이 자신에 입에서 나온 것이라고 느낀 것인지 이서준은 말을 고치며 말했다.

"아니, 자아를 없애는 것이죠. 그건 의사로서 권해드릴 수 없는 부분입니다. 저희 클리닉에서 254일 이상의 기억은 망각시키지 못하고, 그 이상의 기억에 대해서는 두 가지의 시술 방식이 있습니다. 하지만 21년의 기간을 할 수 있을지, 그리고 가능하다고 해서 해도 되는지는 모르겠습니다."

이서준은 DEM, REM, NEER에 대해 설명했다. 그러자 김수연은 왜 254일인지 물었고, 이에 대해 그는 대답했다.

"사람에게 시간과 기억이라는 것은 주관적인 것이기 때문에 어느 정도의 기억을 망각시킬 수 있는지는 다르지만 일반적으로 254일까지가 안정적인 망각을 할 수 있기 때문입니다. 거기다 정말 특정 상황이 아닌 이상 한 사람의 유년기, 청년기 시절을 전부 망각 시키거나 다른 기억을 대체

시키는 것은 자아를 찾는 것이 아닌 잃어버리는 것일 수 있습니다. 완전히 다른 사람으로 변할 수 있는 것입니다. 그것은 김수연 씨가 원하는 바와는 거리가 먼 것 같아요."

잠시 생각에 잠긴 그녀는 그 이상의 기억을 지운 사람은 없는지 물었다. 이서준은 잠시 생각에 잠겼다. 254일에 대한 기준은 수많은 피험자들의 뇌 자료를 검토하며 기억을 망각하기 전에 모니터 하면서 생긴 결과였다. 하지만 그 이상의 기억을 망각시킨 사람이 있는지 몰랐으며, 만약 가능 범주 이상의 기억이 망각되면 어떻게 되는지 상상해 봤다. 그러다 그의 머릿속에 조그마한 가설이 떠올랐다. '어쩌면 재규는…' 이서준은 꼬리에서 꼬리를 무는 생각을 멈추고 그녀에게 말했다.

"제가 김수연 씨에게 권해드릴 수 있는 것은 MAP 시술이 아닌 전문 상담인 것 같습니다."

"그런 상담도 안 하고 이곳에 왔을까요? 제가 여기 온 것은 정신과 상담을 받으라는 얘기를 듣기 위해서가 아니에요. 그리고 시간과 기억은 사람들에게 주관적인 것이라고 하셨잖아요. 그럼 저에게는 기억을 지우는 것이 다르게 작용할 수 있잖아요."

"이해를 잘못하신 것 같군요. 이것은 할 수 있냐, 없냐의 문제가 아닙니다. 말씀드리지만 이것은 기억상실증 같은 것이 아닙니다. 이 정도의 기억을 망각하는 것은 김수연 씨의 정체성과 앞으로 하는 모든 결정들을 좌우지하고 있는 것입니다. 그렇기에 이렇게 학령기, 청소년기, 성년기의 기억을 모조리 지운다는 것은 말도 안 될뿐더러 수정한다는 것은 저희가 할 수 있는 일이 아니에요. 다른 기억으로 대체가 된다면 그마저 김수연님의 본래 기억이 아닌…"

'다른 사람들의 기억들로 대체된 다면 그게 순수하게 자신의 정체성이라고 말할 수 있을까요?' 이서준은 말을 멈추고 마음속에 있던 말을 들이마신 담배연기처럼 머금었다. 그리고 그녀가 이해할 수 있게끔 바꾸어서 내뿜었다.

"그게 가능하다고 해도 많은 사람들이 김수연 님을 알아보고 미디어에서 나온 것을 기억하는데 혼자만 그 기억을 못 한다면 더 큰 문제가 생기지 않겠습니까?"

"방법이 없을까요? "

이서준은 스무 고개를 하듯 수많은 시나리오들을 머릿속에서 써보았다. '학령기 시절의 추억을 REM으로 하고, 청년기와 성년기를 NEER으로 시술을 할까? 아니, 학령기 시절은 자존과 자아개념이 형성되고, 사회성이 발달하는데 매우 중요한 시기야. 데이터베이스에 어떤 기억이 있는지 모르는 상황에서 그것으로 대체하는 것은 위험부담이 커.' REM의 기초가 다른 사람의 기억이라는 것을 알게 된 후 이서준은 이 시술을 추천하기 부담스러웠다. 더군다나 어떤 트라우마나 심각한 상황이 아닌 그저 깨달음의 도구로 이용하고자 하는 여배우에게는 더더욱 그럴 수 없다.

"제가 추천 드릴 것은 NEER 시술입니다. 이 시술은 기억을 잊게 하는 것은 아닙니다. 하지만 잊는 것이나 다름없죠. 원래 우울증의 완화와 PTSD 환자들의 트라우마를 극복시키기 위해 대체하기 힘든 기억들에 무뎌지게 하는 것이죠. DEM처럼 그냥 잊어버리거나 REM처럼 기억을 덮어 씌우는 것보다 더 건강한 것이죠. 더이상 그 기억에 대해 신경 쓰지 않게 하는 것이니까요. 김수연이라는 사람의 근본은 유지되는 것입니다. 그것이 아니라 DEM이나 REM을 원하신다면 저는 시술을 하지 않는 것을 권해드립니다. 아니, 저는 하지 않겠습니다."

서준은 다른 피험자들이 왔을 때 했던 것과 같은 말을 뱉고 있었지만 무게는 달라졌다. 단순하게 기술에 대한 서술과 설명을 떠나 지금 이 사람에게 필요한 것과 가능한 것이 무엇인지 고민하고 있었다. 여배우는 고개를 숙이고 갈피를 못 잡고 움직이는 손을 지그시 구경했다. 그리고 어느 정도 다짐을 한 것인지 그에게 NEER 시술을 받아도 되겠는지 묻는다. 이에 이서준은 고개를 끄덕이고 이신명과 박새봄을 호출했다. 박새봄은 들어오자마자 김수연을 알아본 것인지 입을 가리며 탄성했고, 이신명은 박새봄의 얼굴을 확인하고 나서야 누군지 깨달았다. 그들은 장비를 준비했고, 이서준은 그녀에게 처음 연기를 했을 때에 대해 물었다.

*

"컷!"

감독의 목소리와 함께 촬영장 분위기가 좋았다. 6살 김수연의 어머니가 다가와서 그녀에게 이불을 덮어주며 말한다.

"잘 했어, 우리 연이."

첫 촬영 현장은 김수연의 첫 기억이자 첫 사회생활이었다. 그녀를 둘러싼 수많은 카메라, 스태프 및 잘나가는 배우들은 학원이나 학교에서 친구에게 둘러싸인 것과는 다른 기분이었다. 나른 아이들이었다면 자야

할 새벽 2시가 넘은 시간에 그녀는 안 피곤한 척하며 모르는 아저씨에게 아빠라고 불렀어야 했다. 그때 수연이 아빠라고 부르는 사람은 당시에는 엄마와 별거해서 얼굴도 제대로 볼 수 없었던 사람이었다.

그녀가 7살이 되던 해 그 영화가 개봉을 하였고, 엄청난 성과를 이뤘다. 그녀는 영화 홍보 차 시사회를 참석하고 레드 카펫을 밟았고, 어른들 사이에서 귀여움을 받았다. 그런 그녀의 행보는 멈출 줄 몰랐다. 이 아역배우를 캐스팅하기 위해 영화와 드라마의 끊임없는 러브콜이 있었고 그녀의 의사와 관계없이 수많은 작품에 출연하게 되었다. 무대는 그녀의 세계였고, 그녀에게 유일한 세상이었다.

김수연의 엄마는 그녀가 10살이 될 때까지 모든 촬영장을 따라다녔고, 국내에서 꽤 큰 소속사에 들어갔을 때부터 촬영장에 나오지 않기 시작했다. 늘 그녀가 갈구했던 아버지의 모습을 그에게서 보았던 것인지 그때 만났던 매니저가 그녀가 그나마 유일하게 기댈 수 있는 사람이었다. 그녀는 늦은 밤까지 촬영하고 뒤풀이를 하며 자연스럽게 어른의 세계를 접할 수 있었다. 11살 때 처음 담배와 술을 접하게 되었고, 12살이 되던 해 자신의 엄마보다 띠동갑 이상 연상인 감독과 첫 경험까지 했다. 이런 세상이 그녀의 세계였고, 그것이 그녀가 아는 전부였다. 그녀에게 그것이 옳고 틀린 것인지, 가스라이팅 인지 아닌지는 알 길이 없었다.

작품에 나오지 않을 때 가끔 학교에 갔지만, 사실상 거의 나가지 않았다고 봐야 했다. 그녀는 쉴 틈 없이 작품에 출연했으며 꾸준하게 조연 역할도 해 나갔다. 김수연은 14살 때 하이틴 드라마에 주연으로 출연했고, 그녀가 16살이 되며 대중은 그녀를 아역이 아닌 성숙미 넘치는 배우로 보기 시작했다. 승승장구하던 그녀에게 처음으로 이 모든 게 부담 되었던 것은 그때부터였다. 자신의 동료 배우들과 대중은 그녀를 귀여운 소녀에서 미녀로 보기 시작한 것이다. 그녀를 보는 눈빛과 대하는 태도가 달라졌다. 17살이 되던 해 그녀가 어떤 아이돌과의 열애설이 터졌을 때 그녀는 모든 매체의 시선과 악플을 감당해 내야했다. 하지만 정작 그녀가 유일하게 기대고 싶었던 엄마와 매니저는 진위 여부와 관계없이 당장 헤어지라는 말뿐이었고, 그나마 친구라고 불렀던 아이들도 질투가 섞인 말투로 빈정댈 뿐이었다. 복잡한 감정이었다. 그녀에게 가장 가까운 사람들은 그녀에게서 무엇인가를 원했고, 친했다고 생각했던 사람들은 그녀를 시기했으며, 동료들은 흠을 찾고자 노력하는 것 같았고, 대중들은 그녀를 사람처럼 대하지 못했다.

김수연은 그때 자신이 빠져나올 길이 무엇인지 알 수 없었다. 단지 감당하고 이겨내려 했고, 자신이 유일하게 아는 것을 묵묵히 해내야 했다.

*

이서준은 묵묵히 앉아 성인이 된 소녀가 자신의 정체성을 돌아보는 것을 지켜보았다.

그리고 NEER 시술이 끝나고 김수연에게 물었다.

"기분이 어떠세요?"

"똑같아요. 아무것도 달라진 것 같지 않아요."

"곧바로 무엇인가 달라지진 않을 거예요. 하지만 앞으로 살아가면서 조금씩 느낄 수 있을 거예요. 한번 처음 연기했을 때 기억해 보시겠어요?"

"처음 연기했을 때요? 그게 6살 때였는데."

"어떤가요? 그때를 생각하면? 시술하기 전과의 어떻게 느낌이 다른 가요?"

"분명 몇 시간 전에는 화가 났었어요. 어떻게 자기 욕심을 위해서 어린아이한테 그 시간까지 일을 시킬 수 있지? 그랬는데, 지금 생각해 보면 그냥 딱히 어떤 감정이 들지 않는데요?"

이서준은 고개를 끄덕이며 그럼 시술이 성공한 것이라고 말해줬다. 김수연은 아직 긴가민가 한 듯한 느낌이 들었는지 갸우뚱거리며 말했다.

"그럼 저는 어떻게 되는 것일까요? 제 삶이 달라질까요? 내가 누군인지 알게 될까요?"

"글쎄요. 그렇게 질문하신다면 확답을 드릴 수 없겠네요. 내가 누구일까 라는 것은 평생 하게 될 질문 아닐까요? 나는 이서준이라는 이름을 가진 바로기억클리닉의 의사이자, 이석훈과 감다올의 아들이자, 친구들과 동창들에게는 이숲. 저 여러 작은 사회의 다른 서클안에 다른 정체성을 가진 사람이죠. '누가 진짜 나일까'는 굉장히 원론적인 질문이자 근시안적 질문이 아닐까요? 답을 정확하게 할 수 있다면, 아마도 그 답에서 가장 먼 사람일 것이라 봅니다."

그녀는 그를 가만히 지켜보다 한숨을 쉬고 감사인사를 했다. 김수연이 밖으로 나가고 박새봄과 이신명은 정리를 했고, 그런 그들에게 이서준이 말했다.

"새봄 씨, 정리가 다 되면 먼저 나가 보셔도 돼요. 제가 이신명 씨와 할 얘기가 있습니다."

박새봄은 그에게 고개를 끄덕이며 그러겠다고 말하고 밖으로 나갔다.

이신명은 정리를 마치고 이서준에게 자신과 할 말이 무엇인지 물었다.

"왜 그랬어요?"

"네?"

"이상했어요. 어떻게 뉴스에서 그렇게 많은 정보를 알고 있었는지. 뭐, 그렇다고 나무라는 것은 아니에요. 이 클리닉의 기술, 특히 REM은 논란의 거리가 많은 기술이니. 처음에는 배달호 씨가 기자들과 연락을 했을 줄 알았어요. 워낙 말이 많고 부주의하고 다혈질이니까. 그런데 뭔가 한 가지 이상했어요. 배달호 씨가 기자들과 연락했다면 내가 '김기수의 기억을 지우던 도중에 사이코패스인 것을 알아냈다'고 보도를 안 했을 텐데, 어째서 그렇게 보도했는지 말이에요. 실수였을까? 또 한 가지 이상했던 점은 그때 패션트 제로의 편지를 받았을 때 이신명 씨가 아무 말도 하지 않은 것이에요. 분명 경찰에 진술했던 대로 얘기했다면 이재규가 패션트 제로라고 얘기하며 편지지의 사람이 패션트 제로가 아니라고 했을 것이니까. 아, 맞다. 이재규, 제 동생이요. 경찰에 진술한 것은 사실인가요? 제 동생이 정말로 REM을 자신에게 테스트하려고 강인수 교수를 쓰러뜨리고 시술을 하다가 식물인간이 된 것인가요?"

이신명은 아무 말 없이 이서준의 얘기를 들었다. 그는 마치 대리석 조각처럼 하얗게 질려 서있었다. 꽤 긴 시간 침묵을 지키며 깊은 생각에 잠겨있던 이서준이 다시 말을 꺼냈다.

"아니면 조요나, 당신, 패션트 제로 모두가 짜고 지금 거짓말을 하고 있는 것인가요? 조요나 원장은 사건 당일 당신은 해외 출장 나가 있다고 했는데, 경찰에는 당일 사건을 진술했으니 말이에요. 앞뒤가 안 맞네요"

"조요나 원장님은 관계없습니다!" 이신명이 당황하며 답했다.

"그렇다면 그녀의 기억은 왜곡된 것이군요. 당신과 패션트 제로로부터."

이신명은 이서준의 말에 고개를 끄덕였고, 이서준은 말을 이었다.

"패션트 제로가 누구를 인질로 잡고 있나요? 왜 그를 돕고 있죠? 기자들에게 이 사건을 보고한 것도 그 때문인가요? 패션트 제로가 누군가요?"

아무 대답도 돌아오지 않자 이서준은 자신의 가설을 말했다.

"장준식 형사를 만나서 강인수 교수에 대해 들었어요. 그리고 이런 가설을 세워봤어요. 패션트 제로가 혹시 이중기가 아닐까? 반대로 감옥에 있는 사람은 강인수?"

이에 이신명이 더 크게 당황하며, 답했다.

"아니에요! 잘못 짚으셨어요! 강인수 교수, 강인수가 패션트 제로라고요!"

12_ _ _ _

아브락사스

"사건을 도와주셔서 감사했습니다. 덕분에 이중기가 시신들을 어디에 묻었는지 다 알아낼 수 있었어요."

장준식은 강인수에게 감사 인사를 했고, 강인수는 당연히 해야 할 일을 했다고 했다. 둘은 악수를 했고, 장준식은 이재규에게도 인사를 했다. 형사가 MIR 장비실에서 모두에게 감사 인사를 하고 나갔을 때는 이미 이중기의 모든 기억이 MAP 장비의 데이터베이스에 들어가 영상화 되었으며, 증거 확보 및 피해자의 시신 수습을 마친 후였다. 분명 사건은 잘 마무리가 되었지만, 강인수의 얼굴은 교통체중에 갇힌 택시 운전사의 표정이었다. 그럴 수밖에 없었던 것이 본인이 입양된 아들이라는 것은 알고 있었지만 자신에게 일란성 쌍둥이 동생이 있다는 것을 사건을 통해 깨닫게 되었고, 그마저도 사이코패스 연쇄 살인마였으니 탐탁지 아니할 수밖에 없었다. 그의 표정을 읽은 이재규가 미소를 지으며 능청스럽게 말했다.

"교수님, 참 다이내믹한 삶이네요. 정말 막장 드라마 같은 전개예요. '나에게 동생이 있었다니.' 이제 진짜 친 부모님 찾으러 갑자기 그만 두시는 것 아니죠?"

늘 이재규의 위트 있는 농담에 익숙했던 강인수는 웃으며 말했다.

"내 생각을 너무 정확하게 읽었는데? 이제 다 재규한테 맡겨 놓고 나의 뿌리를 찾으러 여행이나 가야지."

"갑자기 우리 건물 경비 아저씨가 막장드라마처럼 '내가 네 애비다' 이러는 거 아니에요?"

"경비 아저씨가 무슨 다스베이더니? 갑자기 찾아와서 '노, 아이 엠 유얼

파덜' 같은 말이나 하게."

"다스베이더? 무슨 얘기하는 거죠? 또 옛날 우리 아버지 때 영화 얘기하시는 거 아니죠?"

그들은 한창을 가벼운 얘기를 하며 분위기를 풀었다. 이재규는 웃으며 농담을 하는 강인수의 표정을 봤다. 사실 이중기 사건을 돕는 내내 강인수의 표정을 계속 지켜봤었다. 뭔가 강인수의 깊은 곳에 눌려 있는 감정이 꿈틀대는 것이 느껴졌다. 강인수 교수는 가끔 자기도취적이며 이기적일 때가 있지만 분명 좋은 사람이었다. 어떤 일이 있더라도 그가 가진 고유의 미소를 잃지 않고, 냉정하게 모든 일을 처리했다. 머리가 비상했으며 자신의 일에 100퍼센트 집중하는 사람이었다. 그의 속을 다 알 수 없지만 그가 기억에 대한 연구를 했던 것도 사람의 마음을 치유하고자 하는 것이었고, 지금은 조금 멀어졌지만 자신을 키워준 양어머니의 트라우마를 돕기 위해 시작한 것으로 알고 있다. 때문에 이재규는 계속 농담으로 강인수의 기분을 풀어주고 싶었다. 이재규는 알고 있다. 강인수가 가벼운 농담을 받아주며 미소를 짓고 있었지만 그 미소가 진짜가 아니라는 것을. 그때 강인수가 마음에 계속 담고 있었던 것을 한숨 쉬듯 뱉었다.

"만약 내가 그의 입장이었다면, 아니, 같은 과거를 가졌다면…"

이재규는 강인수가 무슨 말을 할지 알고 있었다. 그렇기에 강인수의 말을 가로막고 대답했다.

"어후, 상상하기도 싫은데요?"

강인수가 눈썹을 치켜 올리며 쳐다보자 이재규는 어깨를 으쓱거리며 말했다.

"어쨌든 안 그랬잖아요. 교수님은 그런 환경에서 자라지 않았고, 그럴 일도 없었기에 이 자리에 있는 겁니다. 이 세상에 '만약'이라는 것은 없어요."

"나는 그와 일란성 쌍둥이야. 외모, 성향, 유전자까지 다 똑같은 거라고, 다른 점은 자란 환경뿐이지. 이건 가설이 아니야. 사실이지. 우리가 둘 다 이중기 양부모 아래서 자라고 같은 학령기, 청소년기, 성년기를 겪었다면 같은 결과가 나왔을 거라는 것이지. 굉장히 재밌지 않아? 나와 이중기는 PET 스캔을 해보면 동일한 그림이 나와."

"말하고자 하는 것이 뭐예요? PET 스캔이 같은지는 또 어떻게 알았어요?"

"PET 스캔을 대조시켜 봤으니까."

"네?" 미소를 잃지 않았던 이재규의 얼굴은 점점 굳기 시작했다.

"화내지 말고 들어봐. 내 친 동생을 그렇게 만든 과거가 무엇인지 궁금해. 이런 것을 확인할 기회도 없고. 나는 MAP으로 내 동생의 기억을 봤으면 해."

"교수님, 정신 차리세요. 이중기가 무슨 교수님 동생입니까? 평생을 본 적 없는 사람인데. 그리고 기억을 보는 게 교수님에게 어떤 영향을 줄지 모르는데. 그렇게 할 수 없어요."

"왜, 내가 갑자기 살인자로 변할까 봐? 그럴 일은 없어. 확인하고 만약 위험할 것 같으면 DEM으로 내 기억을 망각 시켜. 그럼 되잖아."

"무슨 말도 안 되는 소리를 하세요. 교수님, 이건 정말 아닙니다."

"그렇지? 말도 안돼." 강인수 교수는 푸념을 하며 한숨 쉬었다. 그리고 그는 이재규에게 걱정 말라고, 잠시 정신이 나갔던 것 같다고 안심시켰다.

그리고 그들은 현재 개발하고 있는 신기술 REM에 대한 회의를 했고, 이를 위해 이신명도 호출했다.

"결국 우리에게 필요한 기술은 광유전학(Optogenetic Technology)이야."

"광유전학이요?" 이신명이 물었다.

"광유전학 기술은 빛을 이용해 생체조직에서 세포의 행동을 조종할 수 있는 기술이야. 세포를 유전자 조작하는데 세포막에 있는 이온 채널인 옵신을 생성하기 위해서이며 특정 빛의 파장에 반응하게 하기 위해서지."

이에 이재규가 답했다.

"그건 알겠는데, 예전 실험에서는 빛이 뇌 조직을 관통할 수 없기 때문에 쥐의 뇌 깊은 곳에 광케이블을 삽입했잖아요. 우리가 사람들에 뇌에 광케이블을 넣을 수 있지는 않잖아요."

"두 가지 가능성이 있지. 첫 번째로 최신 뉴럴링크가 있는 사람들의 경우는 조금 더 쉽게 접속할 수 있을 거고, 두 번째 뉴럴링크가 없다면 광유전학을 이행할 수 있는 나노봇을 이용하는 것이지."

그리고 강인수는 이신명을 바라보며 말했다.

"재규랑 신명이 뉴럴링크가 있으니, 아주 간단한 시험부터 해볼까? 정말 간단한 실험이니까 걱정하지 마. 아무런 부담 가지지 않아도 돼."

강인수와 이재규는 간단한 실험을 했다. 바로 트럼프 카드를 이용하는 것이었는데, 카드 4장을 랜덤으로 뽑은 다음 그것을 기억한 다음 종이에다 적는 방식이었다. 그러고 나서 기억 왜곡을 실행할 때 그 4장의 카드 이미지를 다른 카드로 바꾸어 놓는 방식이다. 그들은 몇 번의 시행에 거쳐 실험을 했고, 뽑은 카드를 다른 카드로 기억해내는 것을 결국 성공시켰다. 그때 이재규가 저녁 약속이 있어서 먼저 나가봐야 할 것 같다 말했다. 강인수는 그에게 잘 다녀오라 인사를 했고, 이재규는 급히 나갔다. 매일 연구실에 처박혀서 새벽까지 일하던 탓에 친구들에게 달달 볶이던 이재규 였기에 몇 주전부터 절대 취소 못하는 약속으로 잡혀버린 것이다. 하지만 친구들과 저녁 식사 내내 신경이 쓰였던 이재규는 친구들에게 양해를 구하고 일찍 자리에서 일어났다. 근처 패스트푸드 점에서 햄버거 세트를 두 개 구매한 뒤 다시 병원으로 향했다. '감동 좀 먹겠지?'

한창 광유전학에 몰두해야 할 두 사람이 MIR 장비를 발동 시킨 것을 봤을 때 이재규는 당황했다. 그리고 지금 이게 어떤 상황인지 곧바로 파악할 수 있었다. 그렇기에 이재규는 이신명을 막아서며 말했다.

"이게 무슨 짓이에요!"

"안됩니다. 강 교수님께서 누구도 방해하지 말라고 하셨어요."

이재규는 이신명을 밀어내고 MAP 장비를 중단시키려고 했고, 이신명은 이를 제지하려고 막았다. 그들은 몸싸움을 벌이기 시작했고, 점점 과격해졌다.

"둘 다 그만해. 나는 이거 계속 모니터링 해볼 거니까 재규는 가만히 있어줘."

강인수의 말을 무시하고 이재규는 손을 내밀어 기억 모니터링을 막으려고 했고, 이신명은 온몸으로 이를 가로막았다. 더이상 이를 방치할 수 없던 이재규는 이신명을 세게 밀어냈고, 이신명은 실수로 MAP 장비에 빛 파장 기능을 가동시키며 쓰러진다. 이에 강인수는 극도로 불편하게 몸을 흔들며 괴성을 지르기 시작했다. 이재규가 MAP 장비로 달려가 무슨 일인지 확인했다. 이중기의 기억이 강인수의 머릿속으로 일부 덮어씌우기를 시작한 것이다. 이는 강인수의 머릿속에 자신의 기억과 이중기의 기억이 공존해 버릴 수 있다는 것이었다. 이재규는 선택을 해야 했다. 지금 당장 이 과정을 멈추거나 아니면 완료되길 기다렸다 이중기의 기억을 아직 개발되지도 않은 REM으로 강인수의 기억을 다시 입히는 것이다. 그리고 빠른 선택을 해야 했던 이재규는 이 과정을 강제 종결 시켜버린다. MAP 장비 모니터에는 [기억 왜곡 10% 완료]라고 나왔다. 이재규는 당황해서 어쩔 줄 몰라 하는 이신명에게 정신 차리라고 말하고, 조요나 교수에게 문자를 하나 보낸 뒤 강인수에게 달려갔다.

"교수님, 괜찮아요?"

정신을 잃어버린 강인수는 깨어날 기미가 보이지 않았다. 이재규는 이신명에게 다가가 물었다.

"강인수 교수는 이중기의 어떤 기억을 보고 있었죠? 만약 기억이 왜곡되었다면 어느 시절인가요?"

"6살부터 17까지예요."

이재규는 온몸에 소름이 돋았다. 이중기가 양부모로부터 학대 당한 시절, 학교에서 지속적인 따돌림을 받던 시절이었다. 내성적이었던 이중기는 유독 책에 빠져 살았는데 그가 제일 좋아했던 책은『성경』과 『데미안』이었다. 후에 '낙인 살인마'라고 불리게 된 이중기가 사람을 죽일 때 피해자의 머리에 새겼던 표식 역시 가인의 표식을 ('Oth 또는 אות) 고대 히브리어로 표기한 것이다.

현재 강인수의 기억은 자신의 어린 시절과 이중기의 어린 시절이 뒤섞인 상태다. 만약 이런 기억이 강인수의 의식과 무의식에 영향을 주었다면, 곧 깨어날 사람이 누구일지는 알 수 없었다.

"강인수 교수를 깨우면 안 될 것 같아요. 우리 여기서 당장 기억 왜곡을 실험해 봐야 하겠군요. 강인수 교수의 기억이 MIR 데이터 베이스에 있으니 원래 기억을 지금 뒤죽박죽된 기억에 대체 시켜야 합니다."

"저…교수님."

"네?"

이신명이 흔들리는 목소리로 말을 잇지 못했다. 이선명의 시선이 향한 곳은 이재규의 눈이 아닌 그의 어깨너머다. 눈을 뜬 강인수가 이재규 바로 뒤에서 주사를 하나 놓고, 그의 의식을 잃게 만들었다. 그리고 차가운 목소리로 이신명에게 말했다.

"MAP 가동해. 실험 좀 해보게."

겁에 질린 이신명이 자리에서 일어나지 못하고 있자 강인수가 그를 경멸하듯 쳐다보며 말했다.

"정신 안 차리면 그냥 너한테 실험해도 되고."

그제야 이신명은 일어서서 MAP 장비 앞으로 갔다. 강인수는 이재규를 자리에 앉히고 그의 머리에 장비를 얹혔다.

"이제 DEM 가동해 봐."

"네? 어떤 기억을?"

"그냥 아무거든 상관없어. 우리가 제일 많이 지워본 기억이 어느 정도지?"

"시간으로 정해진 것은 아닌데 최근 1개월 정도일 거예요."

"그럼 오늘로부터 1개월 전까지의 기억을 지울 거야. 그리고 나서 계속해서 지우는 거야. 얼마나 지울 수 있는지 보자."

이신명은 늘 강인수 교수를 존경하고 두려워했지만 이렇게 극심한 공포를 느낀 적은 처음이었다. 그의 광기 어린 눈은 이신명에게 거부할 수 없는 명령을 내렸고, 이에 따르지 않는다면 자신의 목숨이 위험하다는 것을 본능적으로 느끼게 해주었다. 이신명은 강인수의 말대로 한 달을 망각시킨 점점 2개월, 3개월, 4개월을 망각시키기 시작했다. 10~11개월가량이 지나기 시작했을 때 그의 뇌에서 일시적인 불안정함이 보이기 시작했다.

"대략 현재로부터 333일."

강인수는 혼자 중얼거리며 이를 자신의 노트에 메모한 뒤 이신명에게 또 다른 실험을 강행하도록 했다.

"뉴럴링크로 이재규 어린 시절의 기억을 재공고화 하도록 해봐. 그리고 11개월가량 망각시켜."

"하지만…."

이신명이 머뭇거리자 강인수는 만약 문제가 있을 경우 복구시킬 방법이 있다고 했다. 이신명은 이재규의 기억의 11개월가량의 기억을 망각시켜 보았다. 하지만 기억은 상대적이며 기억의 영향에 따라 느껴지는 시간도 상대적이다. 또한 최근의 기억과 예전의 기억은 같은 척도로 비교할 수가 없는 것이다. 최근에 가까운 기억일 수록 동일한 기간이라도 옛적 기억보다 상대적으로 길게 느껴지는 경우가 있고, 기억의 영향이 클수록 길게 느껴지는 경우도 많았다. 기억의 시간이라는 부분에서 정확한 절대적 수치가 나오지 않았기에 MAP에서 이것을 현재 시간의 정의로 측정하기 어려웠다. 때문에 이재규의 11개월가량의 어린 시절은 예상보다 많은 기억을 망각시킨 것이었다. 이재규의 뇌는 계속해서 불안정한 상태가 지속됐고, 강인수는 기억을 대체할 때 쓰려고 AI가 만든 시나리오 영상으로 이재규의 기억을 왜곡시켜 보기 시작한다. 그러자 싱크로율이 높은 기억일수록 재공고화되며 안착이 잘 되었다. 그때 갑자기 조요나가 문을 열고 들어왔다.

"이게 무슨 짓이에요? 재규 씨한테 무슨 일이 일어난 거예요?"

강인수가 그녀에게 다가가 진정시켰다.

"실험을 좀 하고 있었어."

"재규 씨도 이 실험에 동의를 한 것인가요?"

조요나의 질문에 이신명은 답없이 고개를 숙였고, 강인수가 다가와 말했다.

"여기 이 차트 봐. 우리 REM에 드디어 성공한 것이라니까."

강인수는 그녀에게 모니터의 차트를 가리켰고, 조요나가 고개를 돌리자 그녀에게도 수면 마취제를 놓았다.

"자, 하던 일 계속해볼까? 우선 이재규 기억 전부 DEM 시켜보고, MIR로 백업 시켜놓은 거로 다시 재공고를 시켜보자."

"교수님, 더 이상은 무리일 것 같아요. 그럼 재규 교수님 뇌 손상이 일어날 것 같아요."

"그럼 하지마. 너 죽이고 내가 하면 돼. 뭐 그리고 이재규가 못 버티면 조요나도 시험할 수 있으니."

이신명은 소심한 반항을 그만두고 강인수의 말을 듣기로 했다. 적어도 조요나 교수의 뇌까지 과부하가 오게 할 수 없다. 그리고 몇 시간에 걸쳐 이재규의 뇌에 기억을 지우고 왜곡시키는 것을 반복했고 이재규가 구토를 하기 시작했을 때 강인수는 실험을 멈추고 그의 기억을 통째로 초기화한 뒤, 데이터 베이스에 저장해 놓았던 이재규의 기억을 대체하려고 했다. 하지만 이재규의 뇌는 더 이상 기억의 재공고를 하지 않았다. 이신명이 강인수에게 소리쳤다.

"교수님, 이재규 교수님의 뇌가 더 이상 반응하지 않습니다."
강인수는 전혀 동요하지 않고 말했다.
"반응하지 않는다라…여기 까지가 한계군. 그럼 됐어. 조요나 앉혀."
"교수님, 잠시만요. 만약 조요나 원장님까지 실험을 하게 되면 교수님도 위험할 수 있습니다. 구급 대원이 오면 설명이 필요합니다. 이러다가 경찰이 찾아와서 심문할 수 있어요."
이신명은 이재규를 구하진 못했지만 또 피해자를 만들어 낼 수는 없었다. 하지만 이 말을 듣고 강인수는 그의 의도를 비웃듯 차갑게 답했다.
"알아 알아. 내가 그 정도도 모를 거 같아? 이미 테스트는 다 끝났어. 조요나에게는 여기 도착을 때 기억만 새로 심어 놓을 거야. 우리들한테 너 말고도 증인이 필요하잖아."
이재규는 이해할 수 없었다. '이중기의 기억이 도대체 강인수의 무엇을 바꿔 놓은 것일까? 그래도 강인수의 기억이 여전히 남아있을 텐데 어찌하여 몇 년 동안 같이 연구했던 사람들조차 실험 쥐처럼 해부한

뒤 버리는 것일까? 지금의 강인수는 내가 알던 강인수라고 할 수 있는 것일까?'

*

"그렇다면 바로기억클리닉에서 일어났던 일들을 방송사 기자들에게 넘긴 이유는 뭔가요?"

이서준의 질문에 이신명이 답했다.

"경찰은 이제야 바로기억클리닉에 오간 사람들이 살해 당한 것의 연관성을 찾았어요. 더 많은 피해자들이 나오기 전에 뉴스 매체에서 알게 돼 이목이 집중되면 쉽게 접근 못 할 것이라 생각했어요. 바로기억클리닉 다녀간 피험자들도 어느 정도 보호가 될 것이고."

"그냥 경찰에 강인수가 저지른 일이라고 신고하면 되잖아요."

"경찰 앞에서 사람을 죽이고 간 사람이에요. 그리고 이미 우리 클리닉의 모든 것을 알고 있고, 모든 정보를 가지고 있고요. 지금 상황에서 우리를 보호할 수 있는 것은 경찰이 아니에요. 그리고 무엇보다 지금 만약 강인수 교수가 잡히면 그냥 살인자로 잡혀가게 돼요. 지금 제정신이 아니라고요. 원래의 자신으로 돌려놔야 해요."

"지금 상황에서는 되돌려 놓는 것 보다 잡는게 우선일 것 같습니다. 그리고 강인수가 되돌려놓는 걸 원할지 모르겠네요. 그 사람의 정신이 어떻게 됐든, 그는 이미 사람을 몇 명이나 죽인 사람이 되었으니까요."

"그렇다고 이대로 놔둘 수 없습니다."

"지금 강인수는 어디 있습니까?"

"모르겠어요. 예전 교수님 집으로 찾아가고 연구실에도 찾아가봤는데 없더라고요. 처음 김기수가 죽었을 때도 계속 찾아봤는데 없었어요."

"어쨌든 바로기억클리닉에서 강인수가 패션트 제로라는 것을 유일하게 아는 사람은 이신명 씨입니다. 뭔가 남긴 말이나 힌트는 있을 것 아닙니까?"

이신명은 그런 것이 없다고 말했고, 그 대답에 이서준은 침묵을 지키며 깊은 생각에 잠겼다. 그러자 이신명이 뭔가 떠오른 듯 말했다.

"생각해 보니, 강인수 교수가 사라졌을 때 제게 성경 한 권을 놓고 갔어요."

"성경이요? 그건 지금 어디있나요?"

이신명은 장비실에 빠르게 들려서 강인수가 준 성경을 들고 왔다. 그리고 이서준은 그 성경을 주의 깊게 살펴 보았고, 성경의 갈피 끈들이 어디에 있는지 확인해 보았다. 갈피 끈 두개가 부자연스럽게 창세기에 자리하고 있었고 딱 한 구절이 형광펜으로 줄쳐져 있다. 서준은 이 구절을 소리 내어 읽었다.

"창세기 4장 9절, 여호와께서 가인에게 이르시되 네 아우 아벨이 어디 있느냐 그가 이르되 내가 알지 못하나이다 내가 내 아우를 지키는 자니이까"

"네?"

이서준은 뭔가 떠오른 듯 이중기의 집이 어딘지 아는지 물었다. 그가 모른다고 하자 이서준은 곧장 장준식에게 전화를 걸어 이중기이 예전에 살던 집이 어딘지 물었다.

"이중기요? 아마 당산 쪽인 것으로 아는데 내가 한 번 알아볼게요. 왜요? 강인수에 대한 단서가 나왔나요?"

"네. 이야기가 좀 길어질 것 같습니다."

말을 이어 나가려고 하는 사이 이서준에게 의구심이 떠올랐다. 만약 이신명이 말한 사실이 전부 진실이 맞을까? 그가 설명해 준 것마저 REM으로 만들어진 것이라면 어떻게 해야 하나? 어디서부터 진실일까? 결국 이것을 확인할 방법은 딱 하나밖에 없었다. 강인수를 만나 확인하는 것 밖에 없었다. 하지만 패션트 제로가 살인마라는 사실은 바뀌지 않기 때문에 본인이 직접 가는 것은 위험한 생각이었다. 이서준은 장준식에게 이신명에 대해 들었던 모든 사실을 공유했고, 장준식은 어쩔 줄 몰라 횡설수설하는 것 같았다.

"우선 형사님, 당산에 강인수 교수가 있는지 확인해 보시고 지금 어떤 상태인지 봐야 할 것 같습니다. 만약 강인수 교수를 잡게 되면 저에게 연락 주세요."

장준식은 그렇게 하겠다 답하고 전화를 끊었다. 서준은 바로기억클리닉의 모든 스케줄이 끝나길 기다렸다. 그리고 오후 7시쯤 되었을 때 이서준은 클리닉의 모든 사람들을 불러 모아 이신명이 말했던 사실에 대해 알렸다. 조요나는 큰 충격을 먹은 듯 당황한 기색을 숨기지 못했고, 모두가 잠시의 침묵을 지키는 사이 배달호가 큰 목소리로 말했다.

"아니, 이거 정말 믿을 사람이 없네요. 신명이는 패션트 제로를 알면서 우리를 속인 거고, 결국 이서준 선생님도 여기 동생이 왜 그런 상태가 된 건지 알아내려고 여기 오신 거잖아요. 뭔가 배신 당한 느낌이네요."

"맞아요. 둘 다 우리한테 얘기는 할 수 있었잖아요. 신명 씨는 우리를 위험에 빠뜨린 거고 이서준 선생님은 우리 중 누군가를 의심한 거고."

박새봄이 툴툴대며 말했다.

"둘 다 사정이 있었겠죠. 이서준 선생의 경우 개인 사정이나 동기가 어떻게 되었건 우리에게 필요한 사람이었어요."

조요나가 박새봄을 달랬다. 그리고 잠시 한숨을 쉬고 다시 말했다.

"신명씨는 신변에 위험을 느꼈기 때문에 그랬다는 것은 이해할 수 있어요. 그러나 그 긴 기간 동안 우리에게 말할 기회는 많았다고 생각해요. 그동안 알면서도 그 사실을 얘기하지 않은 것에 대한 책임은 져야 할 거예요. 당장은 강인수 교수가 장준식 형사에게 잡히는 것을 기다리기로 해요. 다들 몸은 조심해야 할 것이고요."

이신명은 고개를 숙인 채 아무 말도 하지 못했다. 그때 아무말 하지 않던 강한나가 말했다.

"그런데 이신명 씨의 기억이 REM으로 왜곡이 안됐다는 증거가 있나요? 그 기억마저도 왜곡이 되었다면 어떻게 하죠?"

"그런 가능성을 배제할 수 없겠네요."

조요나가 강한나의 의심에 대답했고, 모두가 동시에 김이 빠진 듯 의자 등받이에 기댔다. 그때 이서준의 전화가 울렸다. 장준식 형사의 전화였다.

"여보세요?"

"지금 옆에 사람들 있나?"

굉장히 여유롭고 나긋한 투의 목소리였고, 그 안에는 불길한 기운이 있었다. 그것은 장준식이 아닌 강인수의 목소리였다.

"모르는 척하고 들어. 만약 누구라도 알아채면 장준식 죽여버릴 수 있으니까."

이서준은 그들에게 양해를 구한 뒤 자신의 방으로 들어가 강인수와 통화했다.

"장준식 형사는 무사합니까?"

"뭐, 죽지는 않았어."

"저에게 뭘 원합니까?"

"원하는 것이라. 잠깐 봤으면 하는데."

"이중기의 집인가요? 제가 그쪽으로 가겠습니다."

"이미 클리닉 근처에 있어. 사람들 눈치채지 않게 적당히 둘러대서 내보내. 내가 그리 인내심이 많이 없으니까 빠르게 움직이는 게 좋을 거야. 그리고 허튼짓하지 마. 근처에서 다 보고 듣고 있으니까."

이서준은 재빠르게 클리닉 사람들에게 돌아가 말했다.

"방금 장준식 형사와 통화했는데 지금 기자들이 또 몰려올 것 같다고 합니다. 그전에 다들 나가는 게 좋을 것 같아요."

이서준은 자신은 마지막으로 한 가지만 정리하고 나가겠다고 한 뒤 모두 나가는 것을 보았다. 그리고 자신의 방에서 강인수가 들어오기만 기다렸다.

잠시 후 검은 그림자 형상의 누군가 들어왔다. 그리고 들어와서 불을 켜며 말했다.

"아주 능청스럽게 연기 잘하던데?"

"클리닉에 도청이 되어있었나요?"

강인수는 어깨를 한번 들먹이며 미소를 지었다.

"여기서 일어나는 일 중에 모르는 건 없어. 이서준 씨가 맡은 실험체들도 말이지. 아주 재밌는 쥐들에게 많은 실험을 했더군."

"사람들입니다. 그리고 실험은 내 동생에게 한 게 실험 아닌가? 아무 잘못도 없는 내 동생에게 당신이 저지른 일?"

"내가 저지른 일? 이신명 말을 다 믿어?"

"그럼 이신명이 거짓말을 했다는 거야?"

"이신명은 거짓말을 하지 않았어. 그냥 걔가 기억하고 있는 것을 사실대로 얘기했을 뿐이지."

"그럼 진실은 뭔 데?"

"진실? 그런 건 존재하지 않아. 마치 예전의 강인수가 존재하지 않듯이 말이야. 우리 기억이란 그런 거야. 누구의 머리에서 어떤 관점에서 봤는지에 따라서 다른 진실이 존재해. 모든 사건의 기록은 단편적으로 정확하지만 전체적인 맥락을 표현할 수 없는 파편일 뿐이고, 개인의 기억은 지극히 개인적이고 어떻게 기억하는지에 따라 그 사람의 주관적인 편견을 강화하는 것뿐이야. 나는 강인수의 기억을 그대로 가지고 있고, 동시에 이중기의 기억을 갖고 살게 됐지. 내가 가진 기억은 진실일까? 적어도 내게는 진실이야. 나는 강인수인 동시에 이중기가 느끼는 인간에 대한 기억과 편견을 가지게 된 사람일 뿐이야."

"개소리 하지 마. 그렇게 뭉뚱그려 말하지만 결국 내 동생에게 실험해서 식물인간으로 만든 것은 부정하지 못하잖아. 넌 그냥 연쇄살인마의 기억을 핑계 삼아 사람을 헤치는 사이코패스일 뿐이야. 일란성 쌍둥이인 네 형제의 기억에 못 이긴 실패작이야."

이서준은 강인수를 도발하기 위해 그가 제일 싫어할 말들을 던졌다. 강인수는 잠시 차가운 얼굴로 이서준의 얼굴을 주시했다. 그리고 큰 소리로 웃으며 말했다.

"맞아. 처음 봤을 때부터 표식을 달고 있어서 알아봤어. 너도 카인의 후예이자 표식은 가진 사람이니 나를 두려워할 리가 없지."

"표식은 무슨 표식. 또 무슨 말이야. 카인이고 나발이고 내 동생은 왜 그렇게 만든 거야?"

"재규 일은 미안하게 됐어. 개인적으로 악감정이 있어서 그런 건 아니었어. 이해하지? 다 실험이었을 뿐이야. 아마 걔도 실험의 성공을 위해서 그걸 원했을 거야."

"그렇게 말해봐야 재규는 돌아오지 않아. 당신은 지금 제정신이 아니야. 도대체 나에게 원하는 게 뭐야?"

"원하는 거? 없어. 그저 나처럼 표식을 지닌 동료를 만나고 싶었을 뿐이야."

"내가 왜 당신의 동료지? 말도 안되는 소리 하지마."

"지금은 이해 못하지만 알게 될 거야. 이게 무슨 의미인지."

강인수는 이 말을 끝으로 갑자기 소리쳤다.

"이제 들어와!"

그 말을 듣자 누군가 들어왔다. 이신명과 조요나였다. 이서준은 이게 무슨 영문인지 이해할 수 없었다.

"이게 도대체 무슨 상황이야? 원장님, 이신명 씨, 왜 다시 돌아온 거죠?"
이신명과 조요나는 둘 다 자신들의 행동에 대해 설명하지 못했다. 그들조차 어떤 이유에서 돌아온 것인지 이해 못한 것만 같았다. 오로지 이 상황을 완벽하게 이해한 사람은 강인수 한 명 밖에 없는 듯 했다.
"그걸 물어봐야 아무도 설명할 수 없을 거야. 내가 이런 상황을 대비해서 보험도 안 들어 놨겠나? 그런데 실망인데? 이렇게 간단한 상황을 이해 못한다니 말이야. 우리 연구 자료를 공부했다면 쉽게 알 수 있을 텐데 말이야. 우리 기술에 제일 근본이 되는 기술 중에 하나, 광유전학을 안다면 말이야."
"광유전학, 설마?"
"뇌라는 게 참 재밌어. 뇌의 회로를 몇 가지 변경하는 것으로 사람의 미래 행동까지 제어할 수 있으니 말이야. 어떤 특정 조건이 성립되면 내 방으로 들어오게끔 했을 뿐인데 이런 성과를 내니 참 재밌는 실험이야."
"설마 이 두 사람 말고 다른 사람들도 광유전학을 이용해서 미래 행동을 제어했나?"
"글쎄. 맞기도 하고, 아니기도 하지. 우선 질문은 그만, 이제 재밌는 일을 시작할 거니까."
강인수의 말에 조요나가 항의를 했다.
"강인수 교수님, 정신 차리세요. 이런 것은 옳지 않습니다."

"조요나 원장, 조용히 하고 저기 의자에 앉으세요. 그리고 신명이는 장비 가지고 와. 조 원장 기억을 좀 수정해야겠다. 아, 그리고 그 강한나랑 박새봄도 클리닉에 급한 일 생겼다고 돌아오라고 해. 걔네들도 기억을 수정해 줘야지."

조요나와 이신명은 더 이상 항의하지 못하고 마치 절대적인 권력과 힘 앞에서 굴복할 수 밖에 없는 겁에 질린 이들의 표정을 지으며 그의 지시에 따랐다. 이서준은 도대체 어떤 트라우마와 기억을 그들의 뇌에 심어 놓은 것인지 가늠할 수 없었다. 하지만 더 이상 강인수를 내버려 둘 수 없었다. 이서준의 이 상황을 어떻게 막을 수 있을지 생각해 보았으나 딱히 떠오르지 않았다. 그리고 이서준의 눈 앞에 펼쳐진 오로지 한 풍경, 인위적으로 배치된 가구, 카펫, 그림들을 제치고 강인수 등 뒤로 보이는 통유리 뿐이다. 이서준은 순간 떠오른 섬뜩한 생각과 함께 자신의 동생에 대한 복수심에 사로잡혀 강인수를 향하여 전속력으로 온 힘을 다하여 달렸다. 순식간에 커다란 두 성인이 통유리를 통과하여 4층 건물에서 떨어졌다.

*

"제 목소리 들리세요?"
어디선가 많이 들어본 따뜻한 목소리가 들려왔다. 눈을 떴을 때 굉장히 낯선 풍경이 펼쳐졌다. 꽤 오랜 시간 잠들었던 모양이었다. 아직 모든 감각이 돌아오지 않아서인지 귀가 제대로 들리지 않고 모든 게 뿌옇다.

"누구세요?"

"강한나입니다."

"어떻게 된 거죠? 저는 지금 어디입니까?"

"계속 누워계세요. 꽤 오랜 시간 코마 상태로 계셨어요."

환자는 깊은 잠에 빠졌다.

*

다시 잠에서 깨어났을 때 그의 곁에는 아무도 없었다. 그리고 곧이어 장준식 형사가 찾아왔다.

"무사하셔서 다행입니다."

"어떻게 된 것이죠?"

"혹시 마지막으로 기억하시는 게 뭔가요?"

침대에 누워서 인상을 쓰면서 기억을 떠올리려 애썼다. 당장은 무리인 것 같았다.

"괜찮습니다. 조금 더 쉬는게 좋을 것 같아요. 갑작스러운 소식이 많을 거라서."

"아닙니다. 지금 듣겠습니다. 적어도 왜 내 손에 수갑이 채워진 상태인지 알아야겠어요."

"알겠습니다, 교수님."

장준식은 깨어난 강인수에게 여태 있던 일들에 대해 설명했다. 그리고 그가 혼수상태인 사이에 이신명과 조요나가 이중기과 결합되어버린 기억을 원래 강인수의 기억으로 어느 정도 복구시켰다고 설명했다. 물론 이신명과 조요나 역시 그에게 영향을 받은 기억들을 원상복구 시켰어야 했다. 그리고 나서 장준식 형사는 그날 일에 대해 말했다.

"제가 이중기의 집을 찾아갔을 때 이미 교수님은 제가 올 것을 알고 대비하고 계셨더라고요. 이중기 집의 문을 열고 들어가자마자 누가 뒤에서 머리를 가격해서 저도 병원에서 깨어났어요. 그런데 일어나서 상황을 나중에 보고 받았어요. 이서준씨가 교수님을 밀어서 같이 4층에서 떨어졌다고."

"꿈인 줄 알았던 것이 진짜 일어난 일이었군요. 처음 병원에서 깼을 때, 그게 다 악몽인 줄 알았어요. 저는 어떻게 되는 거죠?"

장준식은 잠시 말을 아끼는 듯 머뭇거렸다. 강인수는 그에게 괜찮다며 진실을 얘기해 달라고 했다. 장준식은 현재 살인을 저지른 혐의가 있기 때문에 곧 체포가 될 예정이며 재판을 하게 될 것이기에 변호사를 임명할 것을 권했다. 강인수는 이를 받아들인 듯 고개를 끄덕이며 물었다.

"이서준 씨는 어떻게 됐죠?"

"이서준 씨는 지금 어딨는지 아무도 모릅니다."

"네? 아무도 모르다니요. 무슨 일이 있었나요?"

"사실 이서준 씨는 먼저 깨어났어요. 이서준 씨가 떨어진 곳에 수풀이 있어서 크게 다치거나 하진 않았어요. 하지만…"

"하지만?"

"이서준 씨 동생 이재규 씨가 얼마전 세상을 떠났어요. 그 일을 겪고 장례를 치른 이후로 행방을 알 수 없다고 해요."

"그랬군요. 다 제 과오네요."

"마지막으로 아직 박우주가 발견되지 않았습니다. 생존 여부도 모르고요. 수사에 협조를 해주셔야 할 것 같습니다. 곧 경찰에서 교수님 체포하러 올 겁니다."

"그 아우에 그 형이었군요."

강인수는 고개를 끄덕이며 조용히 답했다. 장준식은 강인수의 시선을 피했다. 잠시 침묵을 지키던 강인수는 자신의 허벅지 위에 놓인 자신의 두 손을 물끄러미 바라보다 이미 모든 것을 받아들인 듯한 차분한 목소리로 장준식에게 물었다.

"마지막으로 하나만 알려주세요. 임상 실험이 허가가 떨어졌나요?"

장준식의 얼굴이 살짝 일그러지며 차분하게 질문하는 그에게서 괴리감을 느꼈는지 잠시 대답하기 주저하는 듯 했다. 그리고 답했다.

"네, 허가났다고 합니다."

"잘 됐네요."

그들은 그 말을 끝으로 침묵을 유지했다.

∞

Epilogue

"닥터 리!"

Anderson이라는 이름표를 달고 있는 흑인 의사가 누군가를 불렀다.
그러자 수많은 의사들 중 한 명이 고개를 내밀며 물었다.

"무슨 일이죠? 닥터 앤더슨?"
"아, 어떤 한국 의사 분이 찾아왔는데, 꽤나 재미있는 연구 자료를
가져와서 한 번 같이 만나보면 좋을 것 같아서요."
"어떤 연구 자료인가요?"
"기억을 망각시키고, 조작하는 기술을 연구한다고 해요. 왠지 닥터
리가 관심이 많을 것 같아서요."
"흥미롭네요. 같이 가시죠."

Anderson은 고개를 끄덕이며 활짝 미소를 보였다.
그리고 그들은 함께 한국에서 온 의사를 찾아가 인사했다.
"안녕하세요, 강 교수님! 굉장히 흥미로운 연구를 하신다고 들었습니다."

기억술사
The Mnemonist

초판 1쇄 발행 2022년 12월 21일
       2쇄 발행 2022년 12월 23일

지은이 H.W. NOEL BAHK
책임편집 박현민
디자인 이용혁

펴낸이 박현민
펴낸곳 우주북스
등록 2019년 1월 25일 제2020-000093호
주소 (04735) 서울시 성동구 독서당로 228, 2층
전화 02-6085-2020
팩스 0505-115-0083
이메일 gato@woozoobooks.com
인스타그램 woozoobooks
홈페이지 woozoobooks.com

ISBN 979-11-976863-4-4 (03810)